Discard

KENDARE BLAKE

TRES

CORONAS

OSCURAS

DEL NUEVO EXTREMO

Blake, Kendare
    Tres coronas oscuras / Kendare Blake. - 1a ed . 1a reimp. -
Ciudad Autónoma de Buenos Aires : Del Nuevo Extremo, 2017.
    416 p. ; 21 x 14 cm.

    Traducción de: Martín Felipe Castagnet.
    ISBN 978-987-609-678-2

    1. Narrativa Juvenil Estadounidense. I. Castagnet, Martín Felipe,
trad. II. Título.
    CDD 813

© 2017, Kendare Blake

Título en inglés: *Three dark crowns*

© 2017, Editorial Del Nuevo Extremo S.A.
A. J. Carranza 1852 (C1414 COV) Buenos Aires Argentina
Tel / Fax (54 11) 4773-3228
e-mail: editorial@delnuevoextremo.com
www.delnuevoextremo.com

Imagen editorial: Marta Cánovas
Traducción: Martín Felipe Castagnet
Diagramación de tapa: Silvia Ojeda
Diagramación interior: ER
Correcciones: Diana Gamarnik

1ª ed. 1ª reimpr.: marzo de 2017
ISBN 978-987-609-678-2

Tres reinas oscuras
nacidas en la cañada,
dulces pequeñas trillizas
que nunca serán amigas

Tres hermanas oscuras
muy hermosas a la vista,
dos para devorar
y una sola para reinar

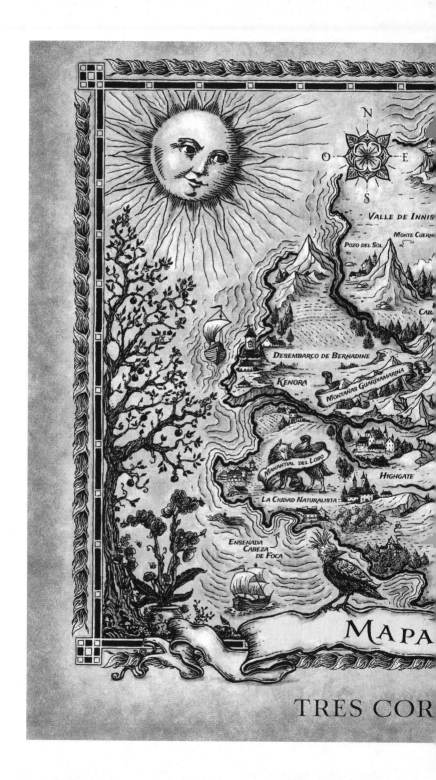

VALLE DE INNIS

MONTE CUERN

POZO DEL SOL

CAB

DESEMBARCO DE BERNADINE

KENORA

MONTAÑAS GUARDIAMARINA

MANANTIAL DEL LOBO

HIGHGATE

LA CIUDAD NATURALISTA

ENSENADA
CABEZA
DE FOCA

MAPA

TRES COR

EL DECIMOSEXTO CUMPLEAÑOS DE LAS REINAS

--- ❧ ♨ ⚜ ---

21 de diciembre
Cuatro meses antes de Beltane

MANSIÓN GREAVESDRAKE

※

Una joven reina se mantiene de pie sobre un bloque de madera, descalza y con los brazos extendidos. Únicamente la escasa ropa interior y el largo cabello negro que le cubre la espalda la protegen de las corrientes de aire. Necesita toda la fuerza de su cuerpo menudo para mantener el mentón en alto y los hombros derechos.

Dos mujeres dan vueltas en torno al bloque de madera. Golpetean los dedos contra los brazos cruzados, y sus pisadas resuenan en el frío y duro piso de madera.

—Se le ven las costillas —dice Genevieve, y las golpea apenas, como si pudiera asustar a los huesos bajo la piel—. Y todavía es tan pequeña. Las reinas pequeñas no inspiran mucha confianza. El resto del Concilio no deja de murmurar sobre ello.

Estudia a la reina con desagrado, los ojos demorándose en cada imperfección: las mejillas hundidas, la piel pálida. Las costras que obtuvo por haberle frotado roble venenoso que todavía le estropean la mano derecha. Pero ni una cicatriz. Siempre son cuidadosas con ese tema.

—Baja los brazos —ordena Genevieve, y le da la espalda.

Antes de hacerlo, la reina Katharine mira a Natalia, la mayor y más alta de las hermanas Arron. Natalia asiente, y la sangre regresa a la punta de los dedos de Katharine.

—Esta noche tendrá que usar guantes —dice Genevieve. Su tono de voz es indudablemente crítico. Pero es Natalia la que determina el entrenamiento de la reina, y si Natalia quiere frotar las manos de Katharine con roble venenoso una semana antes del cumpleaños, así se hará.

Genevieve alza un mechón de cabello de Katharine. Luego lo tironea con fuerza.

Katharine parpadea. Fue picoteada por las manos de Genevieve una y otra vez desde que se paró sobre el bloque. A veces esta la sacude con tanta fuerza que parece como si quisiera que se cayera para poder retarla por los moretones.

Genevieve le tira del pelo una vez más.

—Al menos no se te cae. ¿Pero cómo puede el cabello negro tener tan poco brillo? Y es tan, tan pequeña.

—Es la más pequeña y joven de las trillizas —contesta Natalia con su voz calma y profunda—. Algunas cosas, hermana, no puedes cambiarlas.

Cuando Natalia da un paso al frente, es difícil para Katharine no seguirla con la mirada. Natalia Arron es lo más cerca de una madre que jamás tendrá. Fue en su falda de seda que Katharine se escondió, a los seis años, durante todo el viaje desde la Cabaña Negra hasta su nuevo hogar en la Mansión Greavesdrake, sollozando por haber sido apartada de sus hermanas. Ese día Katharine no tuvo nada de reina. Pero Natalia la consintió. Dejó que llorara y que le arruinara el vestido. Le acarició el cabello. Es la memoria más temprana de Katharine. La única vez que Natalia le permitió comportarse como una niña.

En la luz inclinada e indirecta de la sala, el rodete rubio gélido se ve casi plateado. Pero ella no es vieja. Natalia nunca será vieja. Tiene demasiado trabajo y demasiadas responsabilidades como para permitirlo. Es la cabeza de la familia de envenenadores Arron, y la integrante más poderosa del Concilio Negro. Está criando a la nueva reina.

Genevieve sujeta la mano envenenada de Katharine. Sigue la trama de las costras hasta que encuentra una grande y la arranca hasta hacerla sangrar.

—Genevieve —advierte Natalia—, ya es suficiente.

—Los guantes estarán bien, supongo —dice Genevieve, aunque todavía se ve molesta—. Guantes hasta los codos que le darán algo de forma a los brazos.

Suelta la mano de Katharine, que rebota contra la cadera. Hace más de una hora que está parada sobre el bloque, y todavía queda mucho día por delante. Demasiado hasta la medianoche, su fiesta y el *Gave Noir*. El banquete del envenenador. Su estómago se entrecierra de solo pensarlo, y se estremece ligeramente.

Natalia frunce el ceño.

—¿Estuviste haciendo ayuno? —pregunta.

—Sí, Natalia.

—¿Nada salvo agua y avena diluida?

—Nada.

Nada para comer salvo eso durante días, y quizás no sea suficiente. El veneno que tendrá que consumir, en enormes cantidades, podría incluso superar el entrenamiento de Natalia. Por supuesto, no sería nada si el don envenenador de Katharine fuera poderoso.

Parada sobre el bloque, las paredes de la sala oscura se le hacen pesadas. La presionan hacia adentro, con el peso de todos los Arron encima. Han venido de todas partes de la isla por esto. El decimosexto cumpleaños de las reinas. Greavesdrake suele parecer una gran caverna silenciosa y vacía, excepto por los sirvientes y Natalia, los hermanos de Natalia: Genevieve y Antonin; y los primos de Natalia: Lucian y Allegra, cuando no están en sus casas de la ciudad. Hoy en cambio la mansión está bulliciosa y repleta de adornos, cargada de venenos y envenenadores. Si una casa pudiera sonreír, Greavesdrake tendría una mueca burlona.

—Más le vale estar lista —dice Genevieve—. Cada rincón de la isla se enterará de lo que ocurra esta noche.

Natalia ladea la cabeza en dirección a su hermana. El gesto alcanza para transmitir su comprensión de las preocupaciones de Genevieve, y a la vez lo cansada que está de escucharlas.

Luego observa a través de la ventana y más allá de las colinas hacia Indrid Down, la ciudad capital. Las negras agujas gemelas del Volroy, el palacio donde habita la reina durante su reinado y donde reside el Concilio Negro de forma permanente, se elevan por sobre el humo de las chimeneas.

—Genevieve, estás demasiado nerviosa.

—¿Demasiado nerviosa? —contesta ella—. Estamos entrando al Año de Ascensión con una reina débil. Si perdemos… ¡yo no volveré a Prynn!

La voz de su hermana es tan aguda que Natalia se ríe. Prynn. Alguna vez fue la ciudad de los envenenadores, pero ahora solo los débiles habitan allí. Ahora la capital entera de Indrid Down es suya. Lo ha sido por más de cuatrocientos años.

—Genevieve, tú nunca has ido a Prynn.

—No te rías de mí.

—Entonces no seas graciosa. A veces no sé de qué hablas.

Mira a través de la ventana, hacia las agujas negras del Volroy. Hay cinco Arron sentados en el Concilio Negro. En tres generaciones nunca ha habido menos de cinco, ubicados allí por la reina envenenadora en el poder.

—Únicamente te estoy contando lo que te puedes haber perdido, por lo general tan lejos de los asuntos del Concilio, mientras entrenas y consientes a nuestra reina.

—No se me escapa nada —contesta Natalia, y Genevieve baja la mirada.

—Por supuesto. Lo siento, hermana. Es solo que el Concilio está cada día más preocupado, con el apoyo abierto del Templo a la elemental.

—El Templo está para días festivos y para rezar por niños enfermos. —Natalia da la vuelta y apoya el dedo bajo el mentón de su hermana. —Para todo lo demás, la gente mira al Concilio. ¿Por qué no vas a los establos y montas un rato, Genevieve? —le sugiere—. Te calmará los nervios. O regresa al Volroy. Hay asuntos que seguramente requieren atención.

Genevieve cierra la boca. Por un momento, pareciera que va a desobedecerla o a abofetear el rostro de Katharine, solo para aliviar la tensión.

—Es una buena idea —dice al fin—. Te veré esta noche entonces, hermana.

Las rodillas de la delgada muchacha tiemblan mientras desciende del bloque, con cuidado para no tropezar.

—Ve a tus habitaciones —dice Natalia, y se aleja para estudiar un manojo de papeles sobre el escritorio—. Enviaré a Giselle con un cuenco de avena. Luego nada más salvo unos sorbos de agua.

Katharine inclina la cabeza y hace media reverencia que Natalia observa por el rabillo del ojo. Pero se demora.

—¿Es tan… es tan malo como dice Genevieve? —pregunta Katharine.

Natalia la observa un momento, como si decidiera si va a molestarse o responder.

—Genevieve se preocupa. Ha sido así desde que éramos niñas. No, Kat. No es tan malo como dice —responde al fin. Se acerca a correrle algunos mechones detrás de la oreja. Suele hacerlo cuando está satisfecha—. Las reinas envenenadoras se han sentado en el trono desde mucho antes de que yo naciera. Y se seguirán sentando mucho después de que tú y yo estemos muertas.

Deja las manos apoyados en los hombros de Katharine. La alta y fríamente hermosa Natalia. Las palabras de su boca no dan espacio a discusiones, no dejan espacio a dudas. Si Katharine fuera más como ella, los Arron no tendrían nada que temer.

—Esta noche es una fiesta —dice Natalia—. Para ti, en tu cumpleaños. Disfrútala, reina Katharine. Y deja que yo me preocupe por el resto.

Sentada frente al espejo del tocador, la reina Katharine inspecciona su reflejo mientras Giselle le cepilla el cabello negro en movimientos largos y parejos. Todavía está en camisón y ropa interior y aún tiene frío. Greavesdrake es un lugar ventoso y sombrío. A veces parece como si Katharine hubiera pasado la mayor parte de su vida en la oscuridad y congelada hasta los huesos.

En el lado derecho del tocador hay una jaula de cristal. En el interior descansa su serpiente coral, hinchada de grillos. Katharine la tiene desde que era una cría, y es la única criatura ponzoñosa a la que no le teme. La serpiente conoce las vibraciones de la voz de Katharine y el olor de su piel. Nunca la ha mordido, ni siquiera una vez.

Katharine la vestirá durante la fiesta de esta noche, enroscada en torno a la muñeca como un brazalete cálido y muscular. Natalia vestirá una mamba negra. Una pequeña serpiente de brazalete no es tan elegante como una envuelta sobre los hombros, pero Katharine prefiere su pequeño adorno. Es más bonita; roja y amarilla y negra. Colores tóxicos, aseguran. El accesorio perfecto para una reina envenenadora.

Katharine toca el cristal, y la serpiente levanta la cabeza redondeada. La instruyeron para no ponerle nombre, insistiéndole una y otra vez que no era una mascota. Pero Katharine en su cabeza la llama "Dulzura".

—No bebas demasiado champagne —dice Giselle mientras le separa el cabello en secciones—. Seguramente esté viciado o mezclado con jugo envenenado. Oí hablar en la cocina sobre las bayas de muérdago rosadas.

—Algo tendré que beber —responde Katharine—. Después de todo, estarán brindando en mi honor.

Su cumpleaños y el de sus hermanas. A lo largo de toda la isla la gente está celebrando el decimosexto cumpleaños de la más reciente generación de reinas trillizas.

—Mójate los labios entonces —dice Giselle—. Nada más. No es solo el veneno a lo que tienes que estar alerta, sino a la bebida misma. Eres demasiado delgada para aguantar el alcohol sin perder la compostura.

Entrelaza el cabello en diferentes trenzas, luego las levanta en alto y las tuerce una y otra vez hasta formar un rodete. Sus movimientos son gentiles, sin tironear. Sabe que tantos años de envenenamiento han debilitado el cuero cabelludo.

Katharine se estira en busca de más maquillaje, pero Giselle chasquea la lengua. La reina ya está demasiado empolvada, un intento por esconder los huesos que le sobresalen de los hombros y para encubrir las mejillas ahuecadas. La han adelgazado a fuerza de veneno. Noches de sudor y vómitos le dejaron la piel frágil y traslúcida como papel mojado.

—Ya estás lo suficientemente bonita —dice Giselle, y le sonríe al espejo—. Con esos ojos grandes y negros de muñeca.

Giselle es amable. Su favorita de todas las doncellas de Greavesdrake. Pero incluso la doncella es más bella que la reina en varios sentidos, con caderas anchas, color en el rostro, cabello rubio que brilla incluso aunque tenga que teñírselo del rubio platinado que prefiere Natalia.

—Ojos de muñeca —repite Katharine.

Quizás. Pero no son encantadores. Son orbes grandes y negros en un rostro enfermizo. Mirándose al espejo, imagina su cuerpo en pedazos. Huesos. Piel. Sin la suficiente sangre. No costaría mucho reducirla a nada, arrancarle los escasos músculos y sacarle los órganos para secarlos al sol. Se pregunta seguido si sus hermanas se desarmarían de la misma manera. Si debajo de su piel todas son iguales. En vez de ser una envenenadora, una naturalista y una elemental.

—Genevieve piensa que voy a fallar —se lamenta Katharine—. Dice que soy demasiado pequeña y débil.

—Eres una reina envenenadora —responde Giselle—. ¿Qué otra cosa importa? Además, no eres tan pequeña. Ni tan débil. He visto más débiles y más pequeñas.

Natalia entra a la habitación en un ajustado vestido de tubo negro. Deberían haberla escuchado acercarse; sus tacos cliquean contra el suelo y rebotan en los techos altos. Estaban demasiado distraídas.

—¿Está lista? —pregunta Natalia, y Katharine se pone de pie. Ser vestida por la cabeza de la casa Arron es un honor, reservado para los días festivos. Y para el más importante de los cumpleaños.

Giselle le acerca el vestido a Katharine. Es negro y de faldón completo. Pesado. No lleva mangas, pero sí guantes de satén negro para cubrir las costras causadas por el roble venenoso.

Se mete en el vestido, y Natalia comienza a abrocharlo. El estómago de Katharine se estremece. La fiesta se está poniendo en marcha y los ruidos empiezan a subir por las escaleras. Natalia y Giselle le calzan los guantes en cada mano. Giselle abre la jaula de la serpiente. Katharine toma a Dulzura y la serpiente se enrosca obedientemente en torno a su muñeca.

—¿Está drogada? —pregunta Natalia—. Quizás debería estarlo.

—Estará bien —dice Katharine, y le acaricia las escamas—. Tiene modales.

—Como digas.

Natalia la ubica frente al espejo y le apoya las manos en los hombros.

Nunca antes tres reinas del mismo don reinaron consecutivamente. Sylvia, Nicola y Camille fueron las últimas tres. Todas envenenadoras, criadas por los Arron. Una más, y quizás se establezca una dinastía; quizás solo le permitan crecer a la reina envenenadora, y sus hermanas sean ahogadas al nacer.

—No habrá nada demasiado sorprendente en el *Gave Noir* —dice Natalia—. Nada que no hayas visto antes. Pero de todas formas no comas demasiado. Usa tus trucos. Haz lo que practicamos.

—Sería un buen presagio —agrega Katharine en voz baja— que mi talento apareciera esta noche. En mi cumpleaños. Como ocurrió con la reina Hadly.

—Has estado vagando por los libros de historia una vez más.

Natalia rocía un poco de perfume de jazmín en el cuello de Katharine y concluye con las trenzas apiladas en la parte posterior de la cabeza. El cabello rubio gélido de Natalia está peinado de modo similar, tal vez como muestra de solidaridad.

—La reina Hadly no era una envenenadora. Tenía el don de la guerra. Es diferente.

Katharine asiente mientras la giran a la izquierda y a la derecha, menos persona que maniquí, la difícil arcilla en la que Natalia puede trabajar su oficio envenenador.

—Estás algo delgada —dice Natalia—. Camille nunca estuvo delgada. Más bien regordeta. Esperaba el *Gave Noir* como una niña un festival.

Las orejas de Katharine arden ante la mención de la reina Camille. A pesar de haber sido criada como su hermana adoptiva, Natalia nunca habla de la reina anterior. La madre de Katharine, aunque ella nunca la piensa como su madre. La doctrina del Templo establece que las reinas no tienen ni madre ni padre. Son hijas únicamente de la Diosa. Además, la reina Camille partió de la isla con su rey-consorte una vez que se recuperó de dar a luz, como hacen todas las reinas. La Diosa envió a las nuevas reinas, y con eso terminó el reinado de la antigua.

Aun así, Katharine disfruta escuchar historias sobre las que vivieron antes que ella. La única historia sobre Camille que cuenta Natalia es la de cómo Camille obtuvo su corona. Cómo envenenó a sus hermanas tan astuta y silenciosamente que les llevó días morirse. Cómo se veían tan en paz, cuando todo terminó, que si no fuera por la espuma en sus labios hubieras creído que habían muerto mientras dormían.

Natalia vio esos rostros pacíficos y envenenados con sus propios ojos. Si Katharine tiene éxito, verá otros dos más.

—Aunque eres como Camille, en otras cosas —dice Natalia, con un suspiro—. Ella también amaba esos libros polvorientos de la biblioteca. Y siempre se veía tan joven. Era *realmente* tan joven. Solo reinó por dieciséis años luego de ser coronada. La Diosa le envió sus trillizas temprano.

Las trillizas de la reina Camille llegaron temprano porque era débil. Eso es lo que la gente murmura. Katharine a veces se pregunta cuánto tiempo tendrá ella. Cuántos años tendrá para guiar a su pueblo, antes de que la Diosa vea conveniente reemplazarla. Supone que a los Arron no les importa. El Concilio Negro gobierna la isla entre tanto, y mientras ella esté en el trono, seguirán controlándola.

—Camille era como una hermanita para mí, supongo —continúa Natalia.

—¿Eso me hace tu sobrina?

Natalia le sujeta el mentón.

—No seas demasiado sentimental —dice, y la deja ir—. Para parecer tan joven, Camille mató a sus hermanas con elegancia. Su don se manifestó rápido.

Katharine arruga las cejas. Una de sus hermanas también mostró un don con rapidez: Mirabella. La gran elemental.

—Mataré a mis hermanas con la misma facilidad, Natalia —dice—. Lo prometo. Aunque quizás cuando termine no parecerán dormidas.

El salón de baile del ala norte está repleto de envenenadores. Pareciera que cualquiera que alegara tener sangre Arron, más muchos otros envenenadores venidos de Prynn, hicieron el viaje hasta Indrid Down. Katharine observa la fiesta desde lo alto de la escalera principal. Todo es cristal y plata y gemas, incluso las torres relucientes de bayas de belladona púrpura envueltas en algodón de azúcar.

Los invitados son casi demasiado refinados; las mujeres llevan perlas negras y gargantillas de diamante negro, los hombres corbatas de seda oscura. Y todos tienen demasiada carne en los huesos. Demasiada fuerza en los brazos. La juzgarán y la encontrarán débil. Se reirán.

Mientras Katharine observa, una mujer con el cabello carmesí echa su cabeza hacia atrás. Por un instante sus molares —al igual que su garganta, como si su mandíbula se hubiera desencajado— son visibles. En los oídos de Katharine la cháchara política se transforma en lamentos, y el salón de baile está repleto de monstruos esplendorosos.

—No puedo hacer esto, Giselle —murmura, y la doncella se detiene a enderezar las voluminosas polleras del vestido, para luego sujetarle los hombros por detrás.

—Sí puedes.

—Hay más escalones de los que había antes.

—Por supuesto que no —dice Giselle, y se ríe—. Reina Katharine, estarás perfecta.

En el salón de baile se detiene la música. Natalia ha levantado la mano.

—Estás lista —continúa Giselle, y chequea el ruedo del vestido una vez más.

—Gracias a todos —Natalia se dirige a sus invitados con su voz profunda y vibrante—, por estar con nosotros esta noche en una fecha tan importante. Una fecha importante todos los años. Pero este año es aún más importante. ¡Este es el año en que nuestra reina Katharine cumple dieciséis!

Los invitados aplauden.

—Y cuando llegue la primavera, y sea el momento del festival Beltane, será mucho más que un festival. Será el comienzo del Año de la Ascensión. ¡Durante Beltane, la isla podrá ver la fuerza de los envenenadores durante la ceremonia del Avivamiento! Y una vez que termine Beltane, tendremos el placer de ver cómo nuestra reina envenena deliciosamente a sus hermanas.

Natalia señala las escaleras.

—El festival de este año está por comenzar, y también el festival por la corona del año que viene.

Más aplausos. Risas y gritos de aprobación. Piensan que será tan fácil. Un año para asesinar dos reinas. Una reina fuerte podría hacerlo en un mes, pero Katharine no lo es.

—Esta noche, sin embargo —continúa Natalia—, simplemente podrán disfrutar de su compañía.

Se acerca a las escaleras empinadas, tapizadas de color bermellón. También han añadido una alfombra negra para la ocasión. O quizás para que Katharine se resbale.

—Este vestido es más pesado de lo que parecía en mi probador —dice Katharine en voz baja, y Giselle contiene la risa.

En cuanto sale de las sombras y pisa la escalera, Katharine siente cómo la siguen con la mirada. Los envenenadores son naturalmente severos y rigurosos. Pueden cortar con una mirada al igual que con un cuchillo. Los habitantes de la isla Fennbirn aumentan sus fuerzas según la reina gobernante. Los naturalistas se fortalecen con una naturalista. Los elementales con una elemental. Luego de tres reinas envenenadoras es poderoso hasta el último de los envenenadores, y los Arron más que el resto.

Katharine no sabe si debiera intentar sonreír. Solo sabe que no debe temblar. O tropezarse. Casi se olvida de respirar. Divisa a Genevieve, un poco más atrás y a la derecha de Natalia. Sus ojos lila son como piedras. Parece a la vez furiosa y preocupada, como si desafiara a Katharine a cometer algún error. Como si disfrutara de la posibilidad de abofetearle la cara.

Cuando los tacos de Katharine llegan al salón de baile, los invitados levantan las copas y sonríen con dentaduras relucientes. El corazón se le sale de la garganta. Todo estará bien, al menos por un rato.

Un sirviente le ofrece una copa de champagne; ella la toma y lo olfatea: huele un poco a roble y otro poco a manzana. Si ha sido emponzoñado, entonces no fue con bayas de muérdago rosadas, como sospechaba Giselle. Aun así, solo bebe un sorbo, apenas como para humedecerse los labios.

Tras su entrada, la música recomienza y la charla continúa. Envenenadores vestidos con sus mejores trajes oscuros se acercan revoloteando en torno a ella como cuervos y se alejan igual de rápido. Hay demasiados, con sus reverencias y sus tantos nombres, pero el único nombre que importa es Arron. Al cabo de pocos minutos la angustia empieza a presionarla. El vestido se siente apretado y la sala súbitamente caliente. Busca a Natalia con la mirada, pero no puede encontrarla.

—¿Te encuentras bien, reina Katharine?

Katharine le parpadea a la mujer frente a ella. No puede recordar qué es lo que le estaba diciendo.

—Sí —dice—. Por supuesto.

—Bueno, ¿qué piensas entonces? ¿Las celebraciones de tus hermanas serán tan gloriosas como esta?

—¡No veo por qué no! —responde Katharine—. Los naturalistas estarán rostizando pescado.

Los envenenadores se ríen.

—Mientras que Mirabella… Mirabella…

—Está dando saltitos en un charco, descalza.

Katharine gira para ver quién le completó la frase. Un joven y hermoso envenenador que le sonríe, con los ojos azules de Natalia y el mismo pelo rubio gélido. Extiende la mano.

—¿Qué otra cosa podrían disfrutar los elementales, después de todo? —pregunta—. Reina mía, ¿bailarías conmigo?

Katharine se deja guiar hacia la pista y también se deja atraer. El joven lleva prendido en la solapa un magnífico escorpión acechador de color verdeazul. Todavía vivo. Sus patas se retuercen con pereza, un adorno tan bello como grotesco. Katharine se aleja un poco. El veneno del acechador es intolerable. Ya ha sido picada y curada siete veces, pero todavía siente poca resistencia a sus efectos.

—Me salvaste —le dice al joven—. Un instante más sin palabras y me habría echado a correr.

La sonrisa de él es lo suficientemente atenta como para hacerla sonrojarse. Dan varias vueltas en la pista de baile, y mientras tanto Katharine le estudia las facciones angulosas.

—¿Cuál es tu nombre? Debes ser un Arron. Tienes el aspecto. Y el cabello. A menos que lo hayas teñido para la ocasión.

Él se ríe.

—¿Qué? ¿Como los sirvientes, dices? Ah, la tía Natalia y las apariencias.

—¿Tía Natalia? Entonces sí eres un Arron.

—Lo soy. Me llamo Pietyr Renard. Mi madre era Paulina Renard. Mi padre es uno de los hermanos de Natalia, Christophe —contesta, y la hace dar un giro—. Bailas muy bien.

Su mano se desliza por la espalda de Katharine, quien se tensa cuando se acerca demasiado al hombro: Pietyr podría sentir la aspereza de un antiguo envenenamiento que le curtió la piel.

—Es sorprendente, considerando lo pesado que es este vestido. Se siente como si las tiras me quisieran extraer la sangre.

—Bueno, no debes permitirlo. Dicen que las envenenadoras más poderosas tienen veneno en la sangre. Odiaría que cualquiera de estos buitres te raptara en busca de un trago.

Veneno en la sangre. Qué decepcionados estarían, entonces, si la pudieran saborear.

—¿"Buitres"? —pregunta—. ¿No son la mayoría de ellos parte de tu familia?

—Precisamente.

Katharine se ríe y se detiene solo cuando su rostro se acerca demasiado al acechador. Pietyr es alto, y le lleva casi una cabeza. Bien podría bailar ella mirándole los ojos al escorpión.

—Tienes una risa muy bonita —dice Pietyr—. Pero es extraño. Esperaba que estuvieras nerviosa.

—Estoy nerviosa. El *Gave*…

—No hablo del *Gave*. Hablo de este año. El Avivamiento durante el festival Beltane. El comienzo de todo.

—El comienzo de todo —repite Katharine suavemente.

Muchas veces Natalia le ha dicho que viva las cosas a medida que ocurran. Así puede evitar sentirse superada. Hasta ahora ha sido fácil. Pero claro que Natalia hace que todo suene sencillo.

—Lo voy a tener que enfrentar, tengo que hacerlo —dice Katharine, y Pietyr se ríe.

—Hay mucho temor en tu voz. Espero que puedas mostrar un poco más de entusiasmo cuando conozcas a tus pretendientes.

—No tienen importancia. Cualquiera sea el rey-consorte que elija, me amará cuando yo sea reina.

—¿Entonces no prefieres que te amen antes de que eso suceda? Se me ocurre que es lo que todos desean: ser amados por lo que son y no por la posición que ocupan.

Está a punto de repetirle la respuesta apropiada: ser reina no es únicamente un cargo. No cualquiera puede reinar. Solo ella, o una de sus hermanas, está tan conectada con la Diosa. Solo ellas pueden recibir a la próxima generación de trillizas. Pero entiende a qué se refiere Pietyr. Sería magnífico que la quisieran a pesar de sus defectos, y por su carácter y no por el poder que conlleva.

—¿Y no sería mejor que *todos* ellos te amaran, en vez de solo uno?

—Pietyr Renard —le responde—. Debes venir de muy lejos si no has escuchado los rumores. Todos en esta isla saben adónde irán los favores de los pretendientes. Dicen que mi hermana Mirabella es hermosa como una estrella. Nadie ha dicho nada ni la mitad de halagador sobre mí.

—Pero quizás sea únicamente eso: halagos. También dicen que Mirabella está medio loca. Propensa a ataques de cólera. Que es una fanática y una esclava del Templo.

—Y que es lo suficientemente poderosa como para hacer temblar un edificio.

Pietyr levanta los ojos al techo, y Katharine sonríe. No estaba pensando en Greavesdrake. No existe nada en el mundo tan fuerte como para arrancar a Greavesdrake de sus cimientos. Natalia no lo permitiría.

—¿Y qué hay de Arsinoe, tu hermana naturalista? —Pietyr pregunta imperturbable. Ambos se ríen. Nadie dice nada sobre Arsinoe.

Pietyr la hace dar más vueltas sobre la pista de baile. Han estado bailando un largo rato, y muchos ya han comenzado a advertirlo.

La canción termina. La tercera desde que empezaron, o quizás la cuarta. Pietyr deja de bailar y le da un beso en la punta de los dedos enguantados.

—Espero verte de nuevo, reina Katharine.

Ella asiente. Recién advierte lo silencioso del salón de baile tras la partida de Pietyr, cuando el bullicio regresa, rebotando como un eco contra los espejos de la pared sur hasta a los mosaicos tallados en el techo.

Natalia capta la atención de Katharine desde una nube de vestidos negros. Debería bailar con alguien más. Pero la larga mesa tapizada de negro ya está rodeada de sirvientes como hormigas, que depositan los cubiertos de plata necesarios para el festín.

El *Gave Noir*. También llamada "la gula negra". Es un festín de venenos, un ritual ejecutado por las reinas envenenadoras en prácticamente todos los festivales importantes. Y por eso, siendo su don escaso o no, Katharine también debe ejecutarlo. Debe aguantar el veneno hasta la última mordida, hasta que esté resguardada en sus habitaciones. Ninguno de los visitantes envenenadores tiene permitido ver lo que sucede a continuación. El sudor y las convulsiones y la sangre.

Cuando comienzan a sonar los cellos, casi se echa a correr. Le parece demasiado pronto. Que debería haber tenido más tiempo.

Cada envenenador de importancia se encuentra esta noche en el salón de baile. Cada Arron del Concilio Negro: Lucian y Genevieve, Allegra y Antonin. Natalia. No podría soportar decepcionar a Natalia.

Los invitados se acercan a la mesa servida. La multitud, por una vez, es una ayuda, al empujarla hacia delante como una ola negra.

Natalia ordena a los sirvientes que revelen los platos bajo las campanas de plata. Pilas de bayas relucientes. Gallinas con ensalada de cicuta. Escorpiones confitados y jugo dulzón especiado con adelfa. Un sabroso estofado burbujea con los frutos rojinegros del regaliz. A Katharine se le seca la boca de solo verlo. Tanto la serpiente en su muñeca como el vestido parecen constreñirse.

—¿Tienes hambre, reina Katharine? —pregunta Natalia.

Katharine recorre las tibias escamas de la serpiente con el dedo. Sabe lo que debe decir. Está todo guionado. Practicado.

—Estoy famélica.

—Lo que a otros los mataría a ti te alimentará —continúa Natalia—. La Diosa provee. ¿Estás satisfecha?

Katharine traga saliva.

—Los ofrecimientos son adecuados.

La tradición ordena que Natalia haga una reverencia. Resulta antinatural cuando la hace, como una vasija que se quiebra.

Katharine apoya ambas manos sobre la mesa. El resto del banquete queda en ella: su progresión, su duración y su velocidad. Puede sentarse o mantenerse de pie. No necesita comer todo, pero cuanto más coma, más impactante será. Natalia le aconsejó ignorar los cubiertos y usar las manos. Dejar que los jugos se deslicen por el mentón. Si fuera una envenenadora tan poderosa como Mirabella es elemental, devoraría el banquete entero.

La comida huele deliciosa. Pero su estómago no se engaña: cruje y se retuerce dolorosamente.

—La gallina —dice. Un sirviente la deposita frente a ella. La sala está pesada y repleta de ojos, expectante. Le hundirían la cara en el plato si fuera necesario.

Katharine se endereza. Siete de los nueve miembros del Concilio se encuentran cerca, al frente de la multitud. Los cinco Arron, por supuesto, así como Lucian Marlowe y Paola Vend. Los otros dos miembros fueron enviados como una cortesía a la celebración de sus hermanas.

Únicamente hay tres sacerdotisas presentes, pero Natalia dice que las sacerdotisas no importan. Mirabella siempre ha tenido a la Sacerdotisa Suprema Luca en el bolsillo, quien abandonó la neutralidad del Templo creyendo que Mirabella será el puño que le arrebatará el poder al Concilio Negro. Pero el Concilio Negro es quien importa ahora en la isla, y las sacerdotisas no son nada salvo reliquias y niñeras.

Katharine desgarra la carne blanca de la parte más gruesa del pecho, la más alejada del relleno tóxico. Cierra la boca y mastica. Por un momento, la aterroriza ser incapaz de tragar. Pero el bocado desciende, y la multitud se relaja.

A continuación solicita los escorpiones confitados. Son fáciles. Dulces relucientes en ataúdes de caramelo dorado. Todo el veneno está en la cola. Katharine come cuatro pares de pinzas y luego pide el estofado de venado con regaliz.

Debería haber dejado el estofado para el final. No puede esquivar el veneno. El regaliz ya se fundió con el resto. En cada trozo de carne y cada gota de salsa.

El corazón le empieza a latir. En algún lugar de la sala, Genevieve la maldice por idiota. Pero no hay nada que hacer. Debe tragar un bocado, e incluso lamerse los dedos. Bebe un sorbo de jugo ponzoñoso y luego limpia el paladar con agua fresca y limpia. Le comienza a doler la cabeza, y su visión se trastorna a medida en que las pupilas se dilatan.

No falta mucho para que se descomponga. Para que fracase. Siente el peso de tantos ojos. Y el peso de tantas expectativas. Le demandan que termine el banquete. Esa voluntad conjunta es tan poderosa que prácticamente puede escucharla.

Sigue el pastel de hongos salvajes, y lo acaba rápidamente. Ya le tiembla el pulso, pero no está segura de si es por el veneno o por los nervios. La velocidad con la que come causa una buena impresión, y los Arron aplauden. La vitorean. La vuelven imprudente, y traga más hongos de los que pretendía. Uno de los últimos mordiscos sabe a Russula, pero eso no puede ser. Es demasiado peligroso. El estómago se le estremece. La toxina es rápida y violenta.

—Las bayas.

Se introduce dos en la boca y las aprieta contra la mejilla, luego busca el vino envenenado. La mayor parte se desliza por el cuello hacia la parte delantera del vestido, pero ya no importa. El *Gave Noir* ha terminado. Golpea la mesa con ambas manos.

Los envenenadores braman.

—Esto es solo una muestra —declara Natalia—. El *Gave Noir* durante el Avivamiento será digno de leyenda.

—Natalia, necesito irme —dice Katharine, y le tira de la manga.

La multitud hace silencio. Natalia se suelta discretamente.

—¿Qué? —pregunta.

—¡Necesito irme! —grieta Katharine, pero es demasiado tarde.

Su estómago da un bandazo. Pasa tan rápido que no tiene tiempo de darles la espalda. Se dobla en dos y vomita todo los contenidos del *Gave* en el mantel.

—Estaré bien —dice, luchando contra la náusea—. Debo estar enferma.

El estómago le gorgotea de nuevo. Pero más audibles aún son los jadeos de disgusto. El murmullo de las túnicas a medida que los envenenadores se alejan del desastre.

Katharine observa sus miradas reprobadoras a través de ojos inyectados de sangre y lágrimas. Su desgracia se refleja en cada rostro.

—¿Puede alguien, por favor —pregunta, y jadea del dolor—, llevarme a mis habitaciones?

Nadie se acerca. Las rodillas golpean contra el piso de mármol. No es una dolencia sencilla. Está impregnada de sudor. Las mejillas se le irrigan de sangre.

—Natalia —dice—, perdón.

Natalia no contesta. Todo lo que puede ver Katharine son los puños cerrados de Natalia, y el movimiento de sus brazos cuando ordena silenciosa y furiosamente que los invitados abandonen la sala. Los pies se apuran en salir, para alejarse lo más pronto posible de Katharine. Descompuesta una vez más, toma el mantel para cubrirse.

La sala de baile queda a oscuras. Los sirvientes comienzan a limpiar las mesas mientras un nuevo calambre le retuerce el pequeño cuerpo.

Tan desgraciada es que ni siquiera ellos se acercan a ayudarla.

MANANTIAL DEL LOBO

❦

Camden persigue a un ratón por la nieve. Un ratoncito marrón que se encontró de repente en el medio de un claro. No importa cuán rápido se deslice sobre la superficie, las enormes zarpas de Camden cubren más y más terreno, incluso cuando ya esté hundida hasta las rodillas.

Jules observa entretenida el juego macabro. El ratón está aterrado pero determinado. Y Camden se le abalanza, excitada como si la presa fuera un ciervo o un pedazo de cordero en vez de apenas un bocado. Camden es una gata montés, y a los tres años ya ha alcanzado su imponente tamaño definitivo. Está muy lejos de la cachorra de ojos lechosos que siguió a Jules a casa desde el bosque, tan joven que todavía tenía manchas, y con más pelusa que pelo. Ahora su pelaje es lustroso y dorado como la miel, y lo único que le queda de negro está en las puntas: orejas, garras y el extremo de la cola.

La nieve se dispara para los costados a medida que la gata corre, y el ratón se escurre aún más rápido hasta la protección de un arbusto pelado. A pesar del vínculo con su familiar, Jules no sabe si el ratón será devorado o perdonado. De cualquier forma, espera que se termine pronto. El pobre ratón todavía tiene mucho que recorrer hasta llegar a refugio, y la persecución empieza a parecer una tortura.

—Jules, esto no está funcionando.

La reina Arsinoe está en el centro del claro, toda vestida de negro como corresponde a las reinas, una mancha de tinta en la nieve. Ha estado tratando de florecer una rosa de un capullo, pero en la palma de su mano el capullo se mantiene verde, firmemente cerrado.

—Reza —dice Jules.

Han repetido esta escena una y otra vez a lo largo de los años. Jules sabe lo que viene a continuación.

Arsinoe extiende el brazo.

—¿Por qué no me ayudas?

Para Jules, el capullo se ve lleno de energía y posibilidades. Puede oler cada gota de perfume alojada allí adentro. Incluso sabe qué clase de rojo es.

Una tarea así resultaría fácil para cualquier naturalista. Tendría que ser especialmente fácil para una reina. Arsinoe debería ser capaz de florecer arbustos enteros y madurar campos completos. Pero su don no ha aparecido. A causa de esta debilidad, nadie espera que Arsinoe sobreviva al Año de Ascensión. Pero Jules no se va a rendir. Ni siquiera si es el decimosexto cumpleaños de las reinas, y Beltane es en cuatro meses, acercándose como una sombra.

Arsinoe mueve los dedos, y el capullo rueda de lado a lado.

—Solo un empujoncito —dice—. Para ayudarme a empezar.

Jules suspira. Le tienta decirle que no. Debería decir que no. Pero el capullo sin florecer es como una picazón que necesita que la rasquen. El pobre ya está muerto, de todas formas, cortado de su planta de origen en el invernadero. No puede permitir que se marchite todavía verde.

—Focaliza —le dice—. Junto a mí.

—Mm-hmm —asiente Arsinoe.

No tarda mucho. Apenas un pensamiento. Un susurro. El capullo explota como la cáscara de una legumbre en aceite caliente, y una rosa roja de pétalos gruesos y elegantes se desenvuelve en la mano de Arsinoe. Es brillante como la sangre y huele a verano.

—Listo —dice Arsinoe, depositando la rosa sobre la nieve—. Y nada mal, tampoco. Creo que yo hice la mayoría de los pétalos del centro.

—Hagamos otra —responde Jules, bastante segura de que fue ella quien hizo todo. Quizás deberían probar algo distinto. Vio unos estorninos camino arriba, desde la casa. Podrían convocarlos para que llenen las ramas desnudas alrededor del claro. Miles de ellos, hasta que no quede ningún estornino en el Manantial del Lobo, y los árboles bullan de pájaros negros y manchados.

La bola de nieve de Arsinoe golpea a Camden en la cabeza, pero Jules lo siente igual: la sorpresa y un dejo de irritación mientras la gata se sacude los copos del pelaje. La segunda bola golpea a Jules en el hombro, justo como para que la nieve se abra paso hasta el cuello tibio del abrigo. Arsinoe se ríe.

—¡Eres tan infantil! —le grita Jules, enojada, y Camden gruñe y da un salto.

Arsinoe apenas logra esquivar la agresión. Se cubre el rostro con el brazo y se agacha, y las garras de la puma le pasan por encima.

—¡Arsinoe!

Camden retrocede y se escabulle, avergonzada. Pero no es su culpa. Siente lo que Jules siente. Sus acciones son las acciones de ella.

Jules corre hasta la reina y la inspecciona rápidamente. No hay sangre, tampoco marcas de garras, ni está desgarrado el abrigo de Arsinoe.

—¡Perdón!

—Está todo bien, Jules. —Arsinoe le apoya una mano tranquilizadora en el hombro, pero los dedos tiemblan. —No fue nada. ¿Cuántas veces nos empujamos la una a la otra de los árboles cuando éramos niñas?

—No es lo mismo. Esos eran juegos. —Jules mira a su puma arrepentida. —Cam ya no es una cachorra. Sus garras y dientes son filosos, y rápidos. Tengo que ser más cuidadosa de ahora en adelante. Lo prometo.

Los ojos se le agrandan.

—¿Eso es sangre en tu oreja?

Arsinoe se quita su gorra negra y tira hacia atrás su pelo oscuro, corto y enrulado.

—No. ¿Ves? Ni siquiera se acercó. Sé que nunca me harías daño, Jules. Ninguna de las dos.

Extiende la palma y Cam se desliza para que la acaricie. El ronroneo profundo es su forma de pedir disculpas.

—No fue mi intención —dice Jules.

—Lo sé. Todos estamos nerviosos. No lo pienses más. —Arsinoe vuelve a ponerse la gorra negra. —Y no le cuentes a la abuela Cait. Ya tiene suficiente de qué preocuparse.

Jules asiente. No necesita contarle a la abuela Cait para saber qué diría. O para imaginar la decepción y preocupación en su rostro.

Luego de dejar el claro, Jules y Arsinoe caminan más allá del embarcadero, a través de la plaza y hacia el mercado de invierno. Al pasar por la ensenada, Jules alza el brazo para saludar a Shad Miller, de pie en la popa de su barco, recién regresado de una incursión, que asiente un hola y muestra un grueso lenguado marrón. Su familiar, una gaviota, aletea con orgullo, aunque Jules duda de que haya sido el pájaro quien capturó al pescado.

—Espero que no me toque uno de esos —dice Arsinoe, señalando la gaviota. Esta mañana convocó a su familiar. Como ha hecho cada mañana desde que dejó la Cabaña Negra cuando era niña. Pero no se acercó nada.

Continúan por la plaza, Arsinoe pisa charcos fangosos y Camden remolonea detrás, infelices por dejar atrás la naturaleza polvorienta por el poblado de piedra fría. La fealdad del invierno sujeta con firmeza a Manantial del Lobo. Meses de congelamiento y descongelamientos parciales revistieron los adoquines con gravilla. La niebla cubre las ventanas, y la nieve está moteada de marrón luego de haber sido pisoteada por tantos pies cubiertos de barro. Junto a las nubes cargadas, el pueblo entero parece como visto a través de un vidrio oscuro.

—Cuidado —murmura Jules mientras pasan frente al almacén de las hermanas Martinson. Con la cabeza señala los canastos de fruta vacíos. Tres niños conflictivos se esconden debajo. Una de ellos es Polly Nichols, con la gorra de sarga de su padre. A los varones no los conoce. Pero sabe qué es lo que traman.

Cada uno de ellos tiene una piedra en la mano.

Camden se acerca a Jules y gruñe ruidosamente. Los niños escuchan. Los dos varones miran a Jules y empequeñecen, pero Polly Nichols entorna la mirada. Ha cometido una travesura por cada peca de su rostro; hasta su madre lo sabe.

—No arrojes eso, Polly —le ordena Arsinoe, pero solo lo empeora. Polly aprieta tanto los labios que desaparecen. Emerge de un salto entre los canastos y arroja la piedra con fuerza. Arsinoe la bloquea con la palma de la mano, pero la piedra se las arregla para rebotar y golpearle la cabeza.

—¡Auu!

Arsinoe apoya la mano donde golpeó la piedra. Jules aprieta los puños y lanza a Camden hacia los niños, determinada en aplastar a Polly contra los adoquines.

—Estoy bien, llámala de regreso —pide Arsinoe. Limpia el hilo de sangre que se desliza hacia su mandíbula—. Pequeños granujas.

—¿Granujas? ¡Son unos mocosos imbéciles! Deberían ser azotados. ¡Deja que Cam destroce la gorra de Polly, al menos!

Pero la llama a Cam, que se detiene en la esquina y sisea.

—¡Juillenne Milone!

Jules y Arsinoe se dan vuelta. Es Luke, el dueño y encargado de la pastelería y librería de Gillespie, elegante en su chaqueta marrón, su pelo rubio peinado hacia atrás, el rostro hermoso.

—Pequeña de estatura pero enorme de león —dice, y se ríe—. Entren a beber un té.

Al entrar Jules se pone en puntas de pie para aquietar la campana de bronce sobre la puerta. Sigue a Luke y a Arsinoe tras los altos estantes verdeazules y luego escaleras arriba hasta el descanso, donde una mesa está servida con sándwiches y una bandeja con rebanadas de una mantecosa torta amarilla.

—Siéntense —dice Luke, y se dirige a la cocina en busca de la tetera.

—¿Cómo supiste que veníamos? —pregunta Arsinoe.

—Tengo una buena vista de la colina. Disculpen las plumas. Hank está mudando.

Hank es el familiar de Luke, un hermoso gallo verde y negro. Arsinoe sopla una pluma fuera de la mesa y se estira hacia el plato de pastelitos. Toma uno y lo observa.

—¿Esos pedacitos negros y brillantes son patas? —le pregunta Jules.

—Y caparazones —contesta Arsinoe. Pastelitos de escarabajos, para ayudar a Hank a que le crezcan nuevas plumas—. Pájaros —musita, y deja el pastelito a un costado.

—Tú solías querer un cuervo, como Eva —le recuerda Jules.

Eva es la familiar de Cait, la abuela de Jules. Un enorme y bello cuervo negro. La madre de Jules, Madrigal, también tiene un cuervo. Su nombre es Aria y tiene huesos más delicados que los de Eva, y es mucho más malhumorada, como la propia Madrigal. Durante mucho tiempo Jules pensó que también tendría un cuervo. Solía observar los nidos, esperando que un polluelo negro y suave cayera en sus manos ahuecadas. Sin embargo, secretamente también deseó un perro, como Jake, el spaniel blanco de su abuelo Ellis. O el sabueso color chocolate de su tía Caragh. Ahora, por supuesto, no cambiaría a Camden por nada.

—Me parece que me gustaría una liebre veloz —dice Arsinoe—. O un mapache astuto de máscara negra, que me ayude a robar las almejas fritas de Madge.

—Tendrás algo mucho más grande que un conejo o un mapache —dijo Luke—. Eres una reina.

Arsinoe y él le echan una mirada a Camden, tan alta que su cabeza y hombros sobrepasan la mesa. Familiar de la reina o no, nada podría ser más grandioso que un puma.

—Quizás un lobo, como la reina Bernadine —dijo Luke. Le sirve té a Jules y agrega crema y cuatro cucharadas de azúcar. Té para niños, como a ella le gusta pero no le permiten en casa.

—Otro lobo en Manantial del Lobo —musita Arsinoe mientras mastica un poco de torta—. A esta altura, me contentaría con tener... uno de los escarabajos de los pastelitos de Hank.

—No seas pesimista. Mi padre no tuvo el suyo hasta cumplir los veinte.

—Luke —dice Arsinoe, y se ríe—, las reinas sin dones no viven hasta los veinte.

Se estira en busca de un sándwich.

—Quizás es por eso que mi familiar no se ha molestado —dice—. Sabe que estaré muerta, de cualquier manera, dentro de un año. ¡Oh!

Una gota de sangre cae en su plato. La roca de Polly le había dejado un corte escondido entre el cabello. Otra gota cae sobre el elegante mantel de Luke.

—Mejor me limpio esto —dice Arsinoe—. Lo siento, Luke. Voy a conseguir otro.

—Ni se te ocurra —dice Luke mientras ella va al baño. Apoya el mentón en las manos con tristeza—. Ella será la coronada en el Beltane de la primavera del año que viene, Jules. Espera y verás.

Jules observa el té, tan lleno de crema que está casi blanco.

—Primero tenemos que atravesar el Beltane de *esta* primavera —contesta.

Luke solo sonríe. Está tan seguro. Pero en las últimas tres generaciones, naturalistas más fuertes que Arsinoe han terminado muertas. Los Arron son demasiado poderosos. Su veneno siempre llega. E incluso si no lo hace, también tendrían que encargarse de Mirabella. Cada barco que parte al noreste de la isla regresa con historias sobre las feroces Tormentas de Shannon que sitian la ciudad de Rolanth, donde los elementales tienen su hogar.

—Tú únicamente tienes esperanzas, sabes —dice Jules—. Al igual que yo. Porque no quieres que Arsinoe muera. Porque la amas.

—Por supuesto que la amo —dice Luke—. Pero también creo. Creo que Arsinoe es la reina elegida.

—¿Cómo lo sabes?

—Solo lo sé. ¿Por qué otra razón la Diosa pondría una naturalista tan poderosa como tú para protegerla?

La celebración de cumpleaños de Arsinoe se realiza en la plaza del pueblo, bajo grandes tiendas blancas y negras. Cada año las tiendas se calientan con comida y demasiados cuerpos hasta que las solapas tienen que abrirse para que entre el aire del invierno. Cada año, la mayoría de los invitados ya están borrachos para antes del anochecer.

Mientras Arsinoe se abre paso, Jules y Camden la siguen de cerca. El ambiente es jovial, pero solo basta un segundo para que aparezca el whisky.

—Ha sido un invierno largo —Jules escucha que alguien dice—. Pero la locura fue suave. Es sorprendente no haber perdido más pescadores con un golpe de mástil en la cabeza.

Jules empuja a Arsinoe más allá de la conversación. Hay demasiada gente que ver antes de que puedan sentarse a comer.

—Estas están muy bien hechas —dice Arsinoe, y se inclina para oler un jarrón lleno de flores salvajes. El arreglo está compuesto con los rosas y púrpuras de la ortiga y de las exuberantes orquídeas, florecidas tempranamente gracias al talento naturalista. Es tan bonito como un pastel de bodas. Cada familia trajo su arreglo, y la mayoría trajo algunos más, para decorar las mesas de los que no tienen el don.

—Nuestra Betty las hizo este año —dice el hombre más cerca de Arsinoe. Sonriendo, le guiña un ojo a una niña ruborizada que parece de ocho años, que lleva un suéter negro recientemente tejido y un collar de cuero trenzado.

—¿No es así, Betty? Bueno, son las más bonitas de aquí, este año.

Arsinoe sonríe, y Betty le agradece, y si alguien nota que una niñita puede hacer florecer de un modo tan elegante cuando la reina no puede ni abrir una rosa, nadie lo demuestra.

Los ojos de Betty se iluminan cuando encuentran a Camden, y la enorme gata se acerca para dejarse acariciar. El padre de la niña se queda mirando. Asiente respetuosamente en dirección a Jules cuando ellas se retiran.

Los Milone son los naturalistas más prósperos de Manantial del Lobo. Sus campos son ricos y sus huertos abundantes. Su bosque está lleno de presas. Y ahora tienen a Jules, la naturalista más poderosa en sesenta años, según se dice. Por estas razones y otras, fueron elegidos para educar a la reina naturalista y deben afrontar todas las responsabilidades que ello acarrea, lo que incluye oficiar de anfitriones para los miembros del Concilio que lleguen de visita. Algo que no les sale con naturalidad.

Dentro de la tienda principal, los abuelos de Jules se sientan a cada lado de la huésped de honor, Renata Hargrove, una miembro del Concilio Negro enviada desde la lejana capital de Indrid Down. Madrigal debería estar allí, también, pero su asiento está vacío. Ha desaparecido, como siempre. Pobres Cait y Ellis. Atrapados en sus sillas. Al abuelo Ellis le dolerán las mejillas, más tarde, de tanto mantener una sonrisa falsa. En su falda, su pequeño spaniel, Jake, sonríe de una manera que más que amistosa es puro diente.

—Solo han enviado un representante este año —susurra Arsinoe—. Una de nueve. Y la que no tiene dones, encima. ¿Qué creen que el Concilio está tratando de decir?

Se ríe y luego se lleva a la boca una pinza de cangrejo a la manteca, asado a las hierbas. Arsinoe esconde todo bajo la misma mueca despreocupada. Hace contacto visual con Renata, que inclina la cabeza. No es demasiado reconocimiento. Apenas suficiente, y a Jules se le erizan los cabellos de la nuca.

—Todo el mundo sabe que su asiento en el Concilio fue comprado por su familia sin dones —gruñe—. Lamería el veneno de las botas de Natalia Arron si se lo pidieran.

Jules observa a las pocas sacerdotisas del Templo de Manantial del Lobo que decidieron asistir. Enviar un único miembro del Concilio es un insulto, pero aun así es mejor que la forma en que el Templo trató a Arsinoe. La Suma Sacerdotisa Luca no se ha acercado a su fiesta de cumpleaños ni siquiera una vez. Sí fue a la de Katharine, en ocasiones, los primeros años. Ahora es únicamente Mirabella, Mirabella, Mirabella.

—Esas sacerdotisas no deberían ni mostrar la cara —refunfuña Jules—. El Templo no debería elegir lados.

—Calma, Jules —dice Arsinoe. Luego le palmea el brazo y cambia de tema—. Qué pesca notable.

Jules mira hacia la mesa principal, atiborrada de cangrejos y pescados. Su presa luce como pieza central: un enorme bacalao negro, acompañado por dos sardinas igualmente grandes. Los convocó de las profundidades esa misma mañana, incluso antes de que Arsinoe se levantara de la cama. Ahora yacen sobre una pila de papas, cebollas y un pálido repollo invernal. La mayoría de sus jugosos filetes ya han sido limpiados hasta el hueso.

—No deberías dejarlo pasar —advierte Jules—. Es importante.

—¿La falta de respeto? —pregunta Arsinoe, con un resoplido—. No, no lo es.

Sigue con otra pinza de cangrejo.

—Sabes, si logro sobrevivir este Año de Ascensión, querría un tiburón como pieza central.

—¿Un tiburón?

—Un gran tiburón blanco. No escatimes en lo que se refiera a mi coronación, Jules.

Jules se ríe.

—Cuando sobrevivas la Ascensión, podrás encantar tu propio tiburón.

Sonríen. Excepto por su bronceado intenso, Arsinoe no se parece demasiado a una reina. Lleva el cabello revuelto, y no pueden impedir que se lo corte una y otra vez. Sus pantalones negros son los que usa cada día, y lo mismo la chaqueta. El único adorno que lograron que se ponga para la ocasión fue una bufanda nueva que Madrigal encontró en Pearson's, hecha del pelaje de sus finos y orejudos conejos. Pero probablemente es para mejor. Manantial del Lobo no es una ciudad de adornos. Sí de pescadores y granjeros y gente de puerto, y ninguno viste su ropa negra elegante salvo en Beltane.

Con el ceño fruncido, Arsinoe estudia el tapiz colgado detrás de la mesa principal. Normalmente cuelga en el ayuntamiento, pero siempre lo sacan para el cumpleaños de Arsinoe. Representa la coronación de la última gran reina naturalista, Bernadine, quien multiplicaba los frutos de los huertos mientras pasaba y tenía un enorme lobo gris como familiar. En el tapiz, Bernadine se encuentra bajo un árbol cargado de manzanas, con el lobo a su lado. En las fauces del animal, la garganta destripada de una de sus hermanas, que yace a los pies de Bernadine.

—Odio esa cosa —dice Arsinoe.

—¿Por qué?

—Porque me recuerda lo que no soy.

Jules choca el hombro contra el de la reina.

—Hay pastel de semillas en la tienda de dulces —dice—. Y pastel de calabaza. Y pastel blanco con cobertura de frutilla. Vayamos a buscar a Luke y comamos algunos.

—De acuerdo.

De camino, Arsinoe se detiene a charlar con la gente y acariciar a sus familiares. La mayoría son perros y pájaros, guardianes habituales de los naturalistas. Thomas Mintz, el mejor pescador de la isla, hace que su león de mar le ofrezca una manzana a Arsinoe, en equilibrio sobre la trompa.

—¿Se están yendo? —pregunta Renata Hargrove.

Jules y Arsinoe se dan vuelta, sorprendidas porque Renata se haya molestado en descender de la mesa principal.

—Únicamente a la tienda de dulces —responde Arsinoe—. Quizás… ¿podríamos traerte algo?

La mira a Jules avergonzada. Ningún miembro del Concilio Negro ha demostrado nunca ningún interés en ella, a pesar de ser huéspedes anuales de su cumpleaños. Comen, intercambian cortesías con los Milone y parten, quejándose de la calidad de la comida y del tamaño de los cuartos en la Posada de los Lobos. Pero Renata parece casi feliz de verlas.

—Si se van, se perderán mi anuncio —dice Renata, y sonríe.

—¿Qué anuncio? —le pregunta Jules.

—Estoy a punto de anunciar que el exilio de Joseph Sandrin ha concluido. Ya está por emprender el viaje de regreso y llegará en dos días.

La ensenada Cabeza de Foca se curva al final del largo muelle de madera. Los avejentados maderos grises crujen con el fuerte viento, y el mar picado, iluminado por la luna, imita el temblor de la respiración de Jules.

Joseph Sandrin está volviendo a casa.

—Jules, espera.

Las pisadas de Arsinoe traquetean sobre el muelle, mientras que Camden trota a regañadientes a su lado. La gata nunca ha tenido aprecio por el agua, y unas delgadas maderas curvadas no le parecen la protección más segura.

—¿Estás bien? —le pregunta Jules, por pura costumbre.

—¿Qué es lo que me estás preguntando? —responde. Hunde el cuello contra el viento y hacia lo más profundo de su bufanda.

—No debería haberte dejado.

—Sí, sí que debiste —dice Arsinoe—. Joseph está regresando. Luego de todo este tiempo.

—¿Crees que es cierto?

—Mentir sobre esto, durante mi celebración de cumpleaños, requeriría más sangre fría de la que ya tienen los Arron.

Contemplan hacia el otro lado del agua oscura, más allá de la ensenada, más allá del banco de arena sumergido que la protege de las olas y de las corrientes más profundas.

Han pasado más de cinco años desde que trataron de escapar de la isla. Desde que Joseph robó uno de los veleros de su padre y las ayudó a intentar escapar.

Jules se recuesta contra el hombro de Arsinoe. Es el mismo gesto tranquilizador que hacen desde que eran niñas. Sin importar lo que les costó su escape frustrado, Jules nunca se arrepintió de haberlo intentado. Lo intentaría de nuevo si hubiera al menos alguna esperanza.

Pero no la hay. Más allá del puerto, el mar susurra contra los costados del barco, exactamente como hizo mientras los atrapaba en la niebla que rodea a la isla. Sin importar cómo preparaban las velas o trabajaran los remos, era infranqueable. Los encontraron, helados y asustados, meciéndose en el puerto. Los pescadores dijeron que debieron haberlo imaginado. Que Jules y Joseph podrían haberlo logrado, quizás para perderse en el mar o para encontrar tierra firme. Pero Arsinoe era una reina. Y la isla jamás la dejaría ir.

—¿Cómo piensas que es ahora? —pregunta Arsinoe—. Probablemente ya no tan pequeño, con suciedad en el mentón y bajo las uñas. Ya no será un niño. Habrá crecido.

—Tengo miedo de verlo —dice Jules.

—Tú no le tienes miedo a nada.

—¿Y qué pasa si ha cambiado?

—¿Y qué si no?

Arsinoe busca en su bolsillo y trata de hacer rebotar una piedra contra el agua, pero hay demasiadas olas.

—Se siente correcto —dice—. Que él regrese. Para esto. Nuestro último año. Se siente como si fuera lo que debía ocurrir.

—¿Cómo si la Diosa lo hubiera querido?

—No dije eso.

Arsinoe baja la mirada y sonríe. Rasca a Camden entre las orejas.

—Vamos —dice Jules—. Engriparnos no mejoraría la situación.

—Definitivamente no, sobre todo si los ojos se te ponen rojos y la nariz te chorrea.

Jules empuja a Arsinoe de regreso hacia el embarcadero y al largo camino sinuoso hacia la casa de los Milone.

Camden trota golpeando la parte posterior de las rodillas de Arsinoe. Ni Jules ni la gata dormirán mucho esta noche. Gracias a Renata Hargrove, cada memoria que tienen de Joseph les está pasando por la cabeza.

Luego del último muelle, Camden se detiene, y sus orejas se inclinan en dirección al pueblo. Unos pasos más adelante, Arsinoe lamenta la falta de pastel de fresa en su estómago. No escucha nada. Tampoco Jules, pero los ojos amarillos de Camden le dicen que algo está mal.

—¿Qué es? —pregunta Arsinoe al darse cuenta.

—No sé. Una pelea, creo.

—Algunos borrachos después de mi cumpleaños, sin duda.

Se apuran de regreso a la plaza. Cuanto más se acercan, más rápidamente avanza la enorme gata. Cuando pasan por la librería de Gillespie, Jules le dice a Arsinoe que golpee y espere dentro.

—¡Pero Jules...! —empieza Arsinoe, salvo que Jules y Cam ya se han ido corriendo, más allá de las tiendas ahora vacías, sacudidas por el viento, y hacia el callejón detrás de la cocina del Lumbre y Piedra.

Jules no reconoce las voces. Pero sí cómo suenan los golpes de puños.

—¡Deténganse! —grita, y salta al medio de la refriega.

Con Camden de su lado, las personas retroceden. Dos hombres y una mujer. Peleando por algo que a ella no le importa. Dejará de importar a la mañana, cuando la cerveza se disipe.

—Milone, eres una matona con esa puma —se burla uno de los hombres—. Pero no eres la ley.

—Así es, no lo soy —dice Jules—. El Concilio Negro es la ley y, si continúan, dejaré que los aprehendan. Dejaré que los envenenen hasta perder la cordura, o incluso hasta la muerte, en la plaza de Indrid Down.

—Jules, ¿está todo bien? —se preocupa Arsinoe mientras emerge de las sombras.

—Todo bien. Solo una pelea.

Una pelea, sí, pero en escalada. La mujer borracha tiene un garrote en la mano.

—Por qué no cuidas a la reina —farfulla la mujer— y te largas de aquí.

La mujer levanta el garrote y ataca. Jules se echa hacia atrás, pero de todas formas le termina golpeando el hombro de un modo doloroso. Camden gruñe, y Jules aprieta los puños.

—¡Idiota! —grita Arsinoe. Se mete entre Jules y la mujer—. No la provoques. No me provoques.

—¿A ti? —dice el hombre borracho, y se ríe—. Cuando llegue la reina verdadera, le ofreceremos tu cabeza en una pica.

Jules muestra los dientes y se arroja hacia el hombre, directo a la mandíbula, antes de que Arsinoe pueda sujetarla.

—¡Envíalo a Indrid Down! —grita Jules—. ¡Te está amenazando!

—Que lo haga —responde Arsinoe. Se da vuelta y empuja al hombre, que se sujeta la mandíbula sangrante. Camden está zumbando, y los otros dos retroceden.

—¡Lárguense de aquí! —grita Arsinoe—. Si quieren atacarme, tendrán su oportunidad. Todos la tendrán cuando concluya Beltane.

ROLANTH

ⵟ

Los peregrinos se agrupan bajo la cúpula norte del Templo de Rolanth, los labios pegajosos con pastel de caramelo o brocheta de pollo azucarado al limón, los hombros cubiertos por ondulantes mantos negros.

La reina Mirabella se encuentra de pie en el altar de la Diosa. Transpira, pero no por el calor. A los elementales no les preocupa demasiado la temperatura, y si les preocupara, nadie en el interior se quejaría por sentirse entibiado. El Templo de Rolanth es el templo de una reina del clima, abierto al este y al oeste, el techo sostenido por vigas y sólidas columnas de mármoles. Las corrientes de aire lo atraviesan sin importar la estación, y nadie tiembla, salvo las sacerdotisas por la emoción.

Mirabella acaba de llenar el ambiente con electricidad. Majestuosos y brillantes rayos, crujiendo y esparciéndose por el cielo como venas gruesas. Largos y repetidos golpes que hacen resplandecer el interior del templo como si fuera de día. Se siente relajada. El rayo es su favorito. Los rayos y las tormentas, la electricidad recorriendo su sangre hasta hacerle vibrar los huesos.

Pero por la expresión en el rostro de su gente, creería que todavía no ha hecho nada. A la luz anaranjada de las velas, los ojos abiertos llenos de expectativa hablan por sí solos. Han escuchado los murmullos, los rumores de lo que puede hacer. Y quieren verlo todo. El fuego, el viento, el agua. Le harían hacer sacudir la tierra hasta quebrar los pilares del edificio. Quizás incluso querrían que decapitara el negro acantilado por completo y lo arrojara al mar, hasta que el templo quedase a la deriva.

Mirabella resopla. Algún día, tal vez. Ahora sería pedir demasiado.

Convoca al viento. Apaga la mitad de las antorchas y hace volar chispas y brasas anaranjadas desde los braseros. Los oídos se le llenan de gritos de placer a medida que la multitud se hace a un lado.

Ni siquiera espera a que el viento se extinga antes de elevar las llamas de las últimas antorchas, lo suficiente como para chamuscar el mural de la reina Shannon, la escupefuego. La reina está representada en su barca dorada mientras incendia una flota invasora de naves del continente y las envía a los abismos del puerto de Bardon.

Y aun así querrían más. Juntos se comportan como niños emocionados. Hay muchos más de los que jamás ha visto, apretados en el interior del templo y también afuera, en el atrio. La Suma Sacerdotisa Luca le dijo antes de la ceremonia que el camino hacia el templo resplandecía con las velas de sus seguidores.

No todos son elementales. Su don ha inspirado a otros seguidores, a algunos naturalistas y a otros que poseen el raro don de la guerra. Muchos no tienen ningún don en absoluto. Vienen con el deseo de que los rumores sean ciertos, que Mirabella es la próxima reina de Fennbirn y que el largo reinado de los envenenadores está llegando a su fin.

Los brazos le tiemblan. Hace mucho tiempo que Mirabella no ha exigido tanto de su don. Quizás desde la primera vez que llegó a Rolanth y a los Westwood, cuando a los seis años fue separada de sus hermanas y trató de derrumbar la Casa Westwood con vientos y rayos. Contempla la fuente poco profunda a su derecha, iluminada con velas flotantes.

No. Agua no. El agua es su peor elemento. El más difícil de controlar. Debería haber empezado por ahí. Debería, si su mente no hubiese estado nublada por los nervios.

Mirabella observa más allá de la multitud, al fondo, donde la Suma Sacerdotisa Luca se apiña contra la curva de la pared sur, envuelta en múltiples capas de abrigo. Mirabella le hace un gesto con el ceño transpirado, y la Suma Sacerdotisa entiende.

La voz límpida y llena de autoridad de Luca aquieta el alboroto.

—Uno más.

La multitud es sugestionable, y al instante se escuchan murmullos de "uno más" junto con gritos de aliento.

Uno. Solo un elemento más. Una demostración más.

Mirabella busca en lo profundo de su interior, llamando silenciosamente a la Diosa y dando gracias por su don. Pero eso son únicamente enseñanzas del Templo. Ella no necesita oraciones. El don elemental anida en su pecho. Toma aliento y exhala. Una onda expansiva pasa por debajo del suelo. Sacude al edificio y a todos en su interior. En algún lugar un jarrón cae al suelo y estalla en pedazos. Los que están afuera sienten la reverberación y jadean.

Dentro del templo, por fin, la gente brama.

Hace sangrar a su hermana con un par de tijeras de plata. Lo que intentaba ser simplemente un corte de pelo terminó por cortar una oreja.

—¿Es esto una canción de cuna, hermana? —pregunta su hermana—. ¿Es un cuento de hadas?

—Ya lo he escuchado antes —dice Mirabella, y estudia la mancha carmesí. Deja caer la oreja en la falda de su hermana y pasa el dedo por el filo de la tijera.

—Cuidado con cortarte. La piel de nuestra reina es frágil. Además, mis pájaros te querrán entera. Los ojos en tu cabeza y las orejas pegadas al cuerpo. No bebas. Ella ha transformado nuestro vino en sangre.

—¿Quién? —pregunta Mirabella, aunque lo sabe muy bien.

—Vino y sangre, y otra vez adentro, a nuestras venas y a nuestras copas.

Desde algún lugar de la torre llega la voz de una niñita; su canto sube las escaleras y da vueltas y vueltas y vueltas como un nudo ajustándose.

—Ella no es mi hermana.

Su hermana se alza de hombros. La sangre se desliza como una lenta cascada desde la herida abierta al costado de su cabeza.

—Ella lo es y yo lo soy. Nosotras lo somos.

Las tijeras se abren y se cierran. La otra oreja cae sobre la falda de su hermana.

Mirabella despierta con sabor a sangre en la boca. Fue solo un sueño, pero uno vívido. Casi que espera mirar hacia abajo y descubrir porciones de sus hermanas en el interior de los puños apretados.

La oreja de Arsinoe cayó con delicadeza sobre su falda. Aunque no era realmente Arsinoe. Pasaron tantos años que Mirabella ni siquiera sabe cómo luce su hermana. La gente dice que Arsinoe es fea, con el cabello corto y pajizo, el rostro ordinario. Pero Mirabella no lo cree. Es solo lo que creen que ella querría escuchar.

Aparta la sábana con los pies y bebe un largo trago de agua de un vaso apoyado en su mesa de luz. Los terrenos en expansión de la Casa Westwood están en calma. Imagina que todo Rolanth está en calma, aunque la luz del sol le dice que es casi mediodía. La celebración por su cumpleaños duró toda la noche.

—Estás despierta.

Mirabella gira la mirada hacia la puerta abierta y le sonríe débilmente a la pequeña sacerdotisa que acaba de entrar a la habitación. Es muy menuda y joven. Los brazaletes negros en sus muñecas son todavía brazaletes reales, y no tatuajes.

—Sí —dice Mirabella—. Desde recién.

La muchacha asiente y se acerca a ayudarla a cambiarse, junto con una segunda iniciada que había quedado escondida bajo la sombra de la primera.

—¿Dormiste bien?

—Bastante —miente Mirabella. Los sueños han empeorado últimamente. Luca dice que es lo esperable. Es lo que sucede con las reinas, y luego de que mueran sus hermanas, los sueños se detendrán.

Mirabella se mantiene muy quieta mientras las sacerdotisas la peinan y la visten con un vestido cómodo, luego de la fiesta de ayer. Después regresan a las sombras. Siempre están con ella. Incluso en Casa Westwood. Ha estado bajo la vigilancia del Templo desde que la Suma Sacerdotisa vio la fuerza de su don. A veces Mirabella desea que desaparezcan.

En el pasillo que lleva a la cocina se cruza con el tío Miles, que tiene una compresa fría en la frente.

—¿Demasiado vino?

—Demasiado todo —dice, y hace una torpe reverencia antes de seguir camino a su habitación.

—¿Dónde está Sara?

—En la sala de dibujo —responde Miles por encima del hombro—. No se ha movido de allí desde el desayuno.

Sara Westwood. Su matrona adoptiva. Una mujer amable y devota, aunque algo tendiente a preocuparse de más. Ha cuidado bien de Mirabella, y es bastante dotada, sobre todo en el elemento de agua. Cuando Mirabella se sienta en la sala de estar para tomar el té, los lamentos de Sara suben desde el sofá de la sala de dibujo donde probablemente está reclinada. Los excesos tienen un precio.

Pero la noche fue un éxito. Lo dice Luca. Lo dicen todas las sacerdotisas. La gente de Fennbirn hablará de eso durante años. Dirán que estuvieron allí cuando se alzó la nueva reina.

Mirabella apoya los pies sobre la silla de pana verde opuesta al sillón y se estira. Está agotada. Siente su don hecho goma en el estómago, tembloroso e intranquilo. Pero regresará.

—Eso sí que fue un espectáculo, mi reina.

Bree está apoyada contra la puerta, y con un giro perezoso entra en la sala. Se deja caer junto a Mirabella en el largo sofá de satén. En vez de la habitual trenza, lleva suelto el cabello brillante, dorado y castaño, y aunque también se ve cansada, es la mejor clase de cansancio.

—Odio cuando me llamas así —dice Mirabella, y sonríe—. ¿Dónde has estado?

—Fenn Wexton me estuvo mostrando los establos de su madre.

—Fenn Wexton —resopla—. Es un bufón idiota.

—¿Pero has visto sus brazos? —pregunta Bree—. Y no hizo tantas bromas ayer. Tilda y Annabeth estuvieron un rato. Nos llevamos una jarra de vino endulzado y nos acostamos en el techo del establo, bajo las estrellas. ¡Casi nos caemos por las vigas podridas!

Mirabella mira al cielorraso.

—Quizás te podríamos haber hecho escapar —dice Bree, y a Mirabella se le escapa una risita.

—Bree, me pusieron cascabeles en los tobillos. Enormes, repiqueteantes cascabeles, como si fuera un gato. Como si pensaran que me fuera a escapar.

—No es que no hayas desaparecido antes —sonríe Bree.

—¡Nunca antes de algo tan importante! —protesta Mirabella—. Siempre he sido obediente cuando es importante. Pero siempre quieren saber dónde estoy. Qué estoy haciendo. Qué estoy pensando.

—Te presionarán aún más ahora que se acerca el Año de Ascensión —dice Bree—. Rho y esas sacerdotisas guardianas.

Se da vuelta y se acuesta boca abajo.

—Mira, ¿algún día serás libre?

Mirabella la mira de costado.

—No seas tan dramática. Ahora debes ir a bañarte. Esta tarde tenemos que probarnos vestidos.

El escalón suelto de la escalera rechina seis veces y un momento después seis sacerdotisas de gran altura entran en fila en la sala. Bree pone mala cara y se estira lánguidamente.

—Mi reina —dice la sacerdotisa más cercana—, la Suma Sacerdotisa Luca desea verla.

—Muy bien.

Mirabella se pone de pie. Pensó que sería un encargo menos placentero. Pero siempre es agradable visitar a Luca.

—Asegúrense de que retorne para la prueba de vestidos que tiene esta tarde —dice Bree, y mueve los dedos en una despedida haragana.

Mirabella duda de que vuelva a ver a Bree en lo que queda del día. Prueba de vestidos o no, nada puede impedir que Bree haga exactamente lo que quiere, y como es la adorada hija de Sara Westwood, nadie ha tratado de impedirlo. Sería muy sencillo para Mirabella odiarla por su libertad si no fuera porque la quiere tanto.

Afuera, Mirabella camina a paso rápido, como una refutación sutil a las sacerdotisas que la siguen tan celosamente. La mayoría de ellas tienen tanta resaca como Sara, y el agitado paseo las deja ligeramente verdosas.

Pero no es demasiado cruel. La Casa Westwood está cerca del templo. Cuando Mirabella era joven, y más hábil para escapar de su custodia, de vez en cuando se escabullía para visitar a Luca a solas, o para correr por los terrenos del templo hasta los acantilados de basalto oscuro en el Pasaje Negro de Shannon. Extraña ese lugar. La privacidad. Cuando podía caminar encorvada o patear piedras a los árboles. Cuando podía ser tan salvaje como debería ser una reina elemental.

Ahora está rodeada de hábitos blancos. Tiene que estirar el cuello sobre el hombro de la más cercana para, aunque sea, poder ver un destello de la ciudad. Rolanth. La ciudad de los elementales, un centro expansivo de piedra y agua que corre velozmente desde las colinas eternamente verdes. Los canales circulan como arterias entre los edificios para transportar gente y cargamento tierra dentro, a través de un sistema de esclusas. Desde esta altura, los edificios se ven blancos y orgullosos. Los canales, prácticamente azules. Puede imaginar con facilidad la manera en que alguna vez, cuando era rica y estaba fortificada, brilló la ciudad. Antes de que los envenenadores tomaran el trono y el Concilio y se negaran a abandonarlos.

—Es un día hermoso —dice Mirabella para romper la monotonía.

—Lo es, mi reina —responde una de las sacerdotisas—. La Diosa provee.

No dicen más. Mirabella no conoce el nombre de ninguna de sus acompañantes. Tantas sacerdotisas han llegado últimamente al Templo de Rolanth que no logra estar al tanto de las más nuevas. Luca dice que los templos a lo largo de la isla están obteniendo el mismo botín. La fuerza del don de Mirabella ha renovado la fe de la isla. A veces, Mirabella desea que Luca atribuyera menos cosas a la fuerza de su don.

Luca la recibe en el templo propiamente dicho, en vez de arriba, en sus habitaciones. La anciana extiende los brazos. Toma a Mirabella y le besa la mejilla.

—No te ves tan cansada. Tal vez anoche debí haberte hecho trabajar el agua, después de todo.

—Si lo hubieras hecho, no habrías visto nada —responde Mirabella—. O habría empapado a alguien por accidente.

—Por accidente —dice Luca con ironía. La primera vez que se conocieron, Mirabella intentó ahogarla convocando a un elemental de agua del lago de los Cometas y lanzándolo contra la garganta de la Suma Sacerdotisa. Pero eso fue hace mucho tiempo atrás.

Luca desliza las manos de regreso al interior de sus capas de tela y pieles. Mirabella desconoce qué don tenía Luca antes de transformarse en sacerdotisa, pero no era el don elemental. Es demasiado vulnerable al frío.

Una sacerdotisa de paso casi se tropieza, y el brazo de Luca sale disparado para sujetarla.

—Con cuidado, niña —dice, y la chica asiente—. Estos hábitos son demasiado largos. Vas a lastimarte. Haz que alguien los acorte.

—Sí, Luca —susurra.

La chica es solo una iniciada. Todavía puede fallar en servir al Templo. Todavía puede cambiar de opinión y volver a casa.

Camina más lento en dirección a la pared sur, donde otras tres se juntaron a restaurar el mural de la reina Shannon. El pintor original capturó a la reina excepcionalmente bien. Los ojos negros contemplan desde el muro, concentrados y decididos a pesar de la lluvia y la tormenta que oscurecen la parte inferior del rostro.

—Siempre fue mi favorita —dice Mirabella—. La reina Shannon y sus tormentas.

—Una de las más poderosas. Hasta ti. Un día tu rostro en el muro eclipsará el suyo.

—Esperemos que no. Ninguno de estos murales representan tiempos de paz.

Luca suspira.

—Ahora los tiempos no son tan pacíficos, con décadas de envenenadores en la capital. Y la Diosa no te habría hecho tan poderosa si no fueras a necesitar esa fuerza.

La toma del brazo y la guía hacia la bóveda sur.

—Algún día —continúa Luca—, tal vez después de tu coronación, te llevaré al Templo de la Reina Guerrera en la ciudad de Bastian. No tienen murales sino una estatua de Emmeline, con su lanza manchada de sangre sobre su cabeza y flechas, suspendida del cielorraso.

—¿Suspendida del cielorraso?

—Hace mucho tiempo, cuando el don de la guerra era fuerte, una reina guerrera podía mover cosas por el aire, tan solo con su fuerza de voluntad.

Los ojos de Mirabella se agrandan, y la Suma Sacerdotisa ríe.

—O al menos eso dicen.

—¿Por qué me has llamado, Suma Sacerdotisa?

—Porque ha surgido una tarea. —Luca da la espalda al mural y se toma las manos. Camina hacia al norte, al altar de la Diosa, y Mirabella la sigue.

—Quería esperar —continúa—. Sabía qué cansada estarías, al día siguiente de un espectáculo semejante. Pero por más que trate de mantenerte joven, y mantenerte aquí conmigo en este lugar silencioso, jamás podré hacerlo. Has crecido. Eres una reina, y a menos que tu don ahora incluya detener el tiempo, el Avivamiento se acerca. No podemos postergar más lo que debe hacerse.

Apoya su suave mano en la mejilla de Mirabella.

—Pero si no te sientes lista, lo postergaremos de todas maneras.

Mirabella apoya su propia mano sobre la de Luca. Besaría la cabeza de la anciana si las sacerdotisas no las estuvieran observando. Ninguna Suma Sacerdotisa apoyó tanto a una reina como Luca lo ha hecho con ella. O causado tanto escándalo por abandonar sus habitaciones en el Templo de Indrid Down e instalarse en cambio cerca de su favorita.

—Estoy lista —dice Mirabella—. Haré con alegría cualquier cosa que me pidas.

—Bien —dice Luca, y le da unas palmadas—. Bien.

Las sacerdotisas acompañan a Mirabella mucho más allá de los terrenos del templo, a través del bosque perenne y hacia los acantilados de basalto sobre el mar. Siempre ha amado el aire salado y disfrutado la brisa fresca, así como alzarse el hábito y estirar las piernas.

Cuando vinieron para reclamarla, no le dijeron qué era lo que querían. La sacerdotisa Rho lidera la custodia, así que Mirabella piensa que probablemente vayan de cacería. Rho siempre lidera las cacerías. Todas las iniciadas del Templo le tienen miedo. Se la conoce por golpear a aquellas que la decepcionan. Ser sacerdotisa significa no tener pasado, pero Mirabella está segura de que Rho posee el don de la guerra.

Hoy, sin embargo, Rho se encuentra sombría y serena. Las sacerdotisas portan sus picas de caza, pero no han traído a los sabuesos. Y todos los senderos que llevan a los cotos han quedado atrás, en lo más profundo del bosque.

Llegan a los acantilados y continúan hacia el norte, adentrándose en la roca mucho más allá de lo que Mirabella ha ido antes.

—¿Adónde estamos yendo? —pregunta.

—No mucho más lejos, mi reina —responde Rho—. Para nada más lejos.

Le da un golpecito a la sacerdotisa a su izquierda.

—Adelántate. Asegúrate de que todo esté en orden.

La sacerdotisa asiente y corre hasta desaparecer por un recodo del camino.

—¿Rho? ¿Qué estamos haciendo? ¿Qué es lo que tengo que hacer?

—La voluntad de la Diosa y el deber de la reina. ¿Existe alguna otra cosa?

La mira a Mirabella por encima del hombro y sonríe perversamente, y su cabello rojo sangre sobresale de la capucha.

El paso de las botas contra la piedra y la gravilla es ruidoso pero regular. Nadie salvo la muchacha enviada a explorar apura la marcha, sin importar cuánto Mirabella trate de cambiar el ritmo. Rápidamente deja de intentar, sintiéndose una tonta, como un pájaro que revolotea contra una jaula de hábitos.

Más adelante el camino toma un giro, y se adentran en el cañón de roca negra. Mirabella echa un primer vistazo a lo que sea que la hayan traído. No parece gran cosa. Una reunión de sacerdotisas en hábitos blancos y negros. Un brasero de gran altura que arde casi sin humear. Y un barril. Cuando el grupo las escucha llegar, dan la vuelta y se ordenan en fila.

Ninguna es una iniciada. Solo hay dos novicias. Una de las novicias está extrañamente vestida con una simple camisa negra, y una manta sobre los hombros. Lleva suelto el cabello castaño, y a pesar de la manta su piel se ve fría y pálida. Observa a Mirabella con ojos inmensos y agradecidos, como si Mirabella viniera a salvarla.

—Deberías haberme dicho —dice Mirabella—. ¡Deberías haberme dicho, Rho!

—¿Por qué? —pregunta Rho—. ¿Hubiera cambiado algo?

Le hace un gesto a la chica para que avance, y ella deja caer la manta y camina descalza y temblorosa.

—Hace este sacrificio por ti —susurra Rho—. No la deshonres.

La joven sacerdotisa se arrodilla ante Mirabella y la mira. Sus ojos están límpidos. Ni siquiera la drogaron contra el dolor. Extiende la mano. Mirabella la toma, con renuencia, y queda paralizada mientras la muchacha reza. Cuando termina, se pone de pie y camina hacia el precipicio.

Está todo allí. Agua en el barril. Fuego en el brasero. El viento y el rayo, siempre en la punta de sus dedos. O podría hacer temblar las rocas y enterrarla. Quizás al menos sea indoloro.

La joven que será sacrificada le sonríe a Mirabella y luego cierra los ojos, para hacerlo más fácil. Pero no es más fácil.

Impaciente, Rho le hace un gesto a la sacerdotisa que está junto al brasero, que enciende una antorcha.

—Si tú no lo haces, mi reina, entonces lo haremos nosotras. Y nuestro método será mucho más lento que el tuyo.

MANSIÓN GREAVESDRAKE

❖

Giselle vierte agua tibia sobre las ampollas levantadas en la piel de la reina Katharine. Las ronchas coloradas llenas de pus brillante se extienden en bandas a lo largo de la espalda, y también en los hombros y en la parte superior de los brazos. Las ampollas son el resultado de un hisopo de tintura de ortigas con el que Natalia pintó a Katharine esa mañana.

—Fue imprudente —murmura Giselle—. Esto dejará cicatriz. No te muevas, Katharine.

La toca con gentileza, y una lágrima cae por la mejilla de la joven reina.

Natalia jamás habría preparado la tintura tan fuerte. Pero no fue ella quien la hizo. Fue Genevieve.

—Cuando vea lo que ha hecho, cómo se levantó la piel, hará que azoten a esa hermana suya en la plaza.

Katharine alcanza a reírse un poco. Cómo le encantaría ver eso. Pero no ocurrirá. Natalia estará disgustada cuando vea las marcas. Pero todo reproche que Genevieve reciba será mantenido en silencio y en privado.

Deja escapar un suspiro cuando Giselle vierte con gentileza más agua sobre sus hombros. La doncella ha impregnado la bañera con manzanilla, pero incluso así tendrán que pasar días hasta que Katharine pueda vestirse con normalidad sin miedo a que se revienten las ampollas.

—Ponte derecha, Kat.

Cuando lo hace, rompe a llorar de nuevo. A través de la puerta abierta del baño puede ver su habitación y el tocador, y la jaula vacía de Dulzura. Su pequeña serpiente quedó aterrorizada cuando cayó al suelo durante el *Gave Noir*. Se soltó de la muñeca de Katharine y desapareció. Probablemente esté muerta ahora, perdida para siempre en algún lugar de las frías paredes de Greavesdrake.

El envenenamiento con ortigas no fue un castigo. Eso es lo que dijo Natalia, que se lo aseguró con voz reposada y uniforme mientras le pintaba raya tras raya. Pero Katharine lo sabe. Es el precio por haberle fallado a un Arron, e incluso las reinas deben pagarlo.

Podría haber sido peor. Conociéndola a Genevieve, podría haber sido inyectada con veneno de serpiente y cargar para siempre con lesiones necróticas.

—¿Cómo pudo hacerte esto? —pregunta Giselle, y le aprieta un trapo tibio en la parte posterior del cuello.

—Sabes por qué —responde Katharine—. Lo hace para volverme más fuerte. Lo hace para salvarme la vida.

Las habitaciones y las salas de la Mansión Greavesdrake están maravillosamente en silencio. Por fin, luego de tantos arribos y partidas durante los días previos, la casa está en calma, y Natalia puede relajarse en la soledad de su estudio y en la confortabilidad de su sillón de cuero favorito. Hasta que alguien golpea.

Cuando el mayordomo entra con las manos vacías, su rostro se decepciona.

—Tenía la esperanza de que me trajeras una tetera de té de manglar.

—Desde luego, señora —dice—. ¿Debo traer una taza para su visita?

Se estira en la silla para ver la figura que espera en la sala en penumbras. Asiente, irritada, y el visitante ingresa al estudio.

—Después de treinta años aquí, creería que mi propio mayordomo ya debería saber que no quiero visitas luego de despejar la casa —dice Natalia, y se pone de pie.

—Me estaba preguntando dónde se habían ido todos. Incluso los sirvientes se han transformado en fantasmas.

—Hice que se largaran todos esta mañana —responde. Se cansó de verles las caras. Sus miradas engreídas y acusadoras—. ¿Cómo te encuentras, Pietyr?

Su sobrino se acerca y le besa la mejilla. Hasta el baile, habían pasado años desde que lo vio por última vez, el único hijo de su hermano Christophe. Era un niño cuando su hermano renunció al Concilio en favor de una vida en el campo. Pero ahora ya no es un niño, y se convirtió en un hombre apuesto.

—Me encuentro bien, tía Natalia.

—¿A qué debo esta visita? Pensé que estarías en tu casa a esta altura, de regreso con mi hermano y Marguerite.

Él frunce apenas el ceño ante la mención de su madrastra. Natalia no lo culpa. La primera esposa de Christophe fue muy superior. Jamás lo hubiera hecho acercarse al Templo.

—Precisamente —dice Pietyr—. Estoy esperando que me digas que no tengo que regresar jamás a ese lugar.

Sin esperar a ser invitado se sirve una copita del brandy ponzoñoso de Natalia. Al ver su expresión de consternación, le dice:

—Disculpas. ¿Quieres una? Pensé que habías pedido un té.

Natalia se cruza de brazos. Ahora recuerda que Pietyr siempre fue su favorito entre todos sus sobrinos y sobrinas. Es el único con sus mismos pómulos y ojos azul gélido. Tiene la misma boca seria y el mismo descaro.

—Si no quieres regresar al campo, ¿entonces qué es lo que piensas hacer? ¿Quieres que te ayude a encontrar alguna vocación en la capital?

—No —responde, con una sonrisa—. Espero quedarme aquí, contigo. Quiero ayudar con la reina.

—Fuiste tú el que danzó con ella durante un buen rato —dice Natalia.

—Fui yo.

—Y ahora crees saber qué ayuda necesita.

—Sé que algo necesitará —subraya—. Estaba afuera esta mañana mientras la envenenabas. Escuché los gritos.

—Su don es testarudamente débil. Pero viene progresando.

—¿Ah, sí? ¿Has visto sus inmunidades mejoradas, entonces? ¿Pero es gracias a su don o a tu... —baja la voz— "entrenamiento"?

—Eso no tiene importancia. Ella envenena muy bien.

—Es bueno saberlo.

Pero Natalia sabe que Katharine va a necesitar más que eso. Ninguna reina Arron ha tenido nunca que enfrentar una rival tan dotada como Mirabella. Han pasado generaciones desde la última vez que la isla vio una reina la mitad de poderosa. Incluso en Indrid Down susurran que cada reina Arron es más débil que la anterior. Dicen que Nicola se descomponía con hongos, que Sylvia no podía soportar el veneno de serpiente y que Camille era tan ineficaz con las toxinas que Natalia tuvo que asesinar a sus hermanas por ella.

¿Pero y qué? El don importa cada vez menos. Las coronas ya no se ganan, son fabricadas a través de política y alianzas. Y ninguna familia en la isla navega en esas aguas tan bien como los Arron.

—Por supuesto, los Westwood todavía nos acechan —dice Pietyr—. Piensan que Mirabella es la elegida. Que es intocable. Pero tú y yo sabemos que si Mirabella gobierna, el que estará en el poder será el Templo.

—Sí —dice Natalia—. Desde que Luca comenzó a favorecer tanto a los Westwood, han quedado atrapados alrededor del meñique de la Suma Sacerdotisa.

Los estúpidos. Pero solo porque son estúpidos no significa que no sean una amenaza. Si Mirabella gana la corona, usará su derecho como reina para reemplazar a cada envenenador en el Concilio con un elemental. Con los Westwood. Y con un Concilio guiado por los Westwood, la isla quedará lo suficientemente débil como para caer.

—Si tienes una propuesta, sobrino, deberías hacerla.

—Katharine tiene otros activos —dice Pietyr—. Otras fuerzas.

Sostiene su vaso y mira a contraluz. Definitivamente no hay un brandy tan bueno en casa de Marguerite.

—Una vez que finalice Beltane —continúa—, los pretendientes delegados estarán cerca de las otras reinas. Podrán deslizar veneno con facilidad, y nuestras manos quedarán limpias.

—Los pretendientes delegados conocen las reglas. Ninguno de ellos se arriesgará a ser descubierto.

—Podrían arriesgarse si aman a Katharine.

—Es cierto —admite Natalia. Un chico haría cualquier cosa por una chica a la que crea amar. Lamentablemente, Katharine no está bien equipada para inspirar tanta lealtad. Es dulce pero demasiado dócil. Y Genevieve tiene razón cuando dice que está demasiado flaca—. ¿Puedes mejorarla a tiempo?

—Puedo. Para cuando haya terminado, será tan esplendorosa que olvidarán todo sobre política y alianzas. Pensarán con sus corazones.

Natalia resopla.

—Saldría igual de bien si pensaran con lo que está entre sus piernas.

—También harán eso.

El mayordomo regresa con la tetera de té de manglar, pero ahora Natalia lo rechaza. Beberá brandy, en cambio, para sellar su acuerdo. Incluso si los pretendientes no fuesen útiles para el envenenamiento, bastará que Mirabella sufra la desgracia de ser rechazada para que valga la pena.

—¿Y qué quieres a cambio de tu ayuda? —pregunta.

—No demasiado. Únicamente no regresar nunca junto a mi debilitado padre y su tonta esposa. Y también —agrega Pietyr, los ojos azules iluminados—, luego de que Katharine sea coronada, quiero un asiento en el Concilio Negro.

Katharine se mantiene callada y de pie, vestida con una ligera bata negra, mientras Giselle y Louise cambian las sábanas de su cama. Quedaron arruinadas luego de la noche del *Gave* y la mañana de dolor, manchadas con sudor y salpicaduras de sangre. O quizás las puedan salvar. Louise aprendió muchos trucos de lavandería desde que se transformó en una de sus doncellas. Está acostumbrada a hacer la limpieza tras un envenenamiento severo.

Katharine mantiene la bata cerrada y se estremece cuando la tela roza una de sus ampollas. Bajo su mano, la jaula vacía de Dulzura cuelga abierta. Su pobre y pequeña serpiente... Debería haber prestado más atención cuando se cayó. Debería habérsela alcanzado a un sirviente antes de que empezara el banquete. Enferma como estaba, ni siquiera se dio cuenta de que Dulzura se había perdido hasta la mañana siguiente. Demasiado tarde. Lo que realmente le duele es que a pesar del miedo que debió haber sentido, Dulzura no la mordió.

Katharine se sobresalta cuando Louise pega un grito, y Giselle pellizca con fuerza a la otra doncella en el hombro. Louise siempre ha sido asustadiza. Pero su cara de sorpresa está justificada: hay un muchacho parado en la habitación de la reina.

—Pietyr —dice Katharine, y él se inclina.

—¿Le ha pasado algo a tu mascota? —le pregunta señalando la jaula.

—Mi serpiente —dice Katharine—. Se perdió después de... de...

—¿Natalia ordenó que buscaran en el salón de baile?

—No la quise molestar.

—Estoy seguro de que no será una molestia —responde Pietyr. Le hace un gesto a Louise, que con una reverencia corre a avisarle a Natalia. Luego le pide a Giselle que los deje solos.

Katharine cierra la bata con fuerza, pese a las ampollas. Difícilmente es lo que ella se pondría para entretener a una visita.

—Disculpas por haber entrado sin anunciarme —continúa Pietyr—. No estoy acostumbrado a seguir el protocolo. De donde soy, en el campo, nos tomamos toda clase de libertades. Espero que me perdones.

—Por supuesto —dice Katharine—. Pero qué... ¿Por qué has venido? Todos los que vinieron al baile ya partieron.

—Yo no —responde, y levanta las cejas—. Acabo de hablar con mi tía y, aparentemente, me voy a quedar.

Se acerca a ella, solo para cambiar de dirección a último momento e inspeccionar los frascos de perfume en el tocador. Su sonrisa expresa travesura, y un secreto compartido entre ellos, o quizás un secreto por venir.

—¿Quedarte? ¿Aquí?

—Sí. Contigo. Me voy a transformar en el mejor amigo que hayas tenido, reina Katharine.

Katharine ladea la cabeza. Esto debe ser alguna broma de Natalia. Katharine nunca ha entendido su sentido del humor.

—Oh —dice—. ¿Y qué clase de cosas haremos?

—Supongo que haremos toda la clase de cosas que hacen los amigos —dice, y le rodea la cintura con su brazo—. Cuando estés lo suficientemente bien como para hacerlas.

—Ya sé bailar.

—Hay más cosas que bailar.

Pietyr se inclina para besarla, y ella le corre la cara. Fue tan repentino. Tartamudea una disculpa. Aunque no sabe por qué es ella la que se disculpa, si el demasiado impulsivo fue él. En todo caso, no parece enojado.

—¿Ves? —dice, y sonríe—. Has estado demasiado tiempo en compañía de mis tías y tus doncellas. No te han preparado para cortejar pretendientes mejor de lo que te prepararon para el banquete envenenado.

Katharine se pone roja.

—¿Quién te piensas que eres para decir eso?

—Tu sirviente —responde Pietyr, y le acaricia la mejilla—. Tu esclavo. Estoy aquí para asegurarme de que ninguno de tus pretendientes piense en tus hermanas antes de pensar en ti.

MANANTIAL DEL LOBO

❧

El día del regreso de Joseph amanece nublado y feo. Jules observa el cielo grisáceo desde su cama, en la habitación que comparte con Arsinoe. Apenas ha dormido.

—Hace semanas que sabían que estaba en camino —dice.

—Por supuesto que sabían —dice Madrigal. Se queda detrás de Jules, que se sienta en el tocador, para peinar el cabello salvaje y castaño oscuro de su hija.

—¿Y por qué lo envían a casa ahora, dos días después del cumpleaños de Arsinoe? Se habrá perdido la celebración y todo lo que verá será la basura en la calle y las gaviotas y los cuervos peleando por lo que sobró de comida.

—Esa es precisamente la razón —dice Madrigal—. Y ahora nos lo tiran encima, para ver cómo nos peleamos como gallinas alteradas. Pobre Annie Sandrin, debe estar fuera de sí.

Sí.

Más abajo, en la casa de la familia junto al muelle, la madre de Joseph estará prácticamente sobrepasada y ladrándole a su marido, a Matthew y a Jonah. Ladridos felices, pero ladridos.

—¿Y qué pasa si no viene? —pregunta Jules.

—¿Por qué no vendría? —Madrigal intenta hacerle el rodete una vez más. —Este es su hogar.

—¿Cómo crees que será?

—Si se parece en algo a su hermano Matthew, entonces todas las muchachas de Manantial del Lobo están en peligro —dice Madrigal, y sonríe—. Cuando Matthew tenía la edad de Joseph, la mitad del pueblo nadaba tras su barco.

Jules se retuerce bajo el peine.

—A Matthew nunca le interesó nadie salvo la tía Caragh.

—Sí, sí —murmura Madrigal—. Era devoto como un sabueso de mi seria hermana, exactamente como Joseph será contigo, sin ninguna duda.

Alza las manos y deja que el cabello de Jules se desparrame.

—Es inútil intentar nada con este lío.

Jules se observa en el espejo con tristeza. Madrigal es hermosa sin esfuerzo, con su pelo castaño color miel, y miembros gráciles y esbeltos. Nadie adivina nunca que ellas son madre e hija. A veces Jules sospecha que Madrigal lo prefiere así.

—Deberías haber dormido más —la reta su madre—. Ahora tienes ojeras.

—No pude, no con Camden levantándose y dándose vuelta cada dos por tres.

—¿Y por qué crees que no podía dormir? Tu nerviosismo la mantuvo despierta. Si hoy corre contra la mesa y rompe algo, será tu culpa.

Madrigal da un paso adelante y se estudia en el espejo. Se toca las puntas de su suave y tostado cabello ondulado y se pone perfume en su largo cuello blanco.

—Hice todo lo que pude —dice—. Tendrá que amarte tal como eres.

Arsinoe sube las escaleras y se apoya contra la puerta.

—Te ves espléndida, Jules.

—Deberías dejar que él venga hacia ti —dice Madrigal.

—¿Por qué? Es mi amigo. Esto no es un juego.

Jules se levanta del tocador y baja las escaleras. Abre la puerta y está casi llegando al largo camino de tierra cuando advierte que Arsinoe se ha quedado cerca de la casa.

—¿No vienes?

La reina se mete las manos en los bolsillos.

—Me parece que no. Deberías ser solo tú.

—Él querrá verte.

—Sí. Pero después.

—Bueno, ¡camina un rato conmigo al menos!

Arsinoe se ríe.

—Está bien.

Caminan juntas a lo largo del angosto y sinuoso camino que va desde las colinas hacia el pueblo, pasando por el puerto, hasta la plaza y el mercado de invierno. Cuando suben la última colina antes de la bahía, Arsinoe se detiene.

—¿Alguna vez te preguntaste qué estaríamos haciendo si hubiera salido diferente?

—¿Diferente cómo? —pregunta Jules—. ¿Si no hubiéramos tratado de escapar? ¿O si lo hubiéramos logrado? ¿O si nos hubieran exiliado también a nosotras?

Pero únicamente exiliaron a Joseph. La sentencia de Jules fue convertirse en la solitaria Comadrona, enfermera de las reinas. Vivir sola en la Cabaña Negra como una sirviente de la corona, su única compañía la reina y su rey consorte durante el embarazo, y las trillizas hasta que tuvieran la edad de ser reclamadas. Estaría en la Cabaña Negra, ahora, no de ser por su tía Caragh, que se ofreció como voluntaria para ocupar su lugar.

—Deberían haberme matado —susurra Arsinoe—. Debería haberlo ofrecido, a cambio de que permitieran que Joseph se quedara. A cambio de que Caragh no fuera a esa cabaña.

—Nos querían matar a todos. Natalia Arron nos habría hecho envenenar para que muriéramos dando sacudidas y con espuma en la boca en el suelo del Concilio. Ahí mismo en el Volroy.

Habría hecho desfilar los cuerpos a través de la plaza principal de Indrid Down, si hubiera pensado que podía salirse con la suya. Pero solo tenían once años entonces.

—Quizás todavía sea nuestro destino si nos pasamos de la raya —dice Arsinoe—. Y será peor. Planearán algo para que tardemos días en morir. Perdiendo sangre a través de nuestros ojos y bocas.

Escupe al suelo.

—Envenenadores.

Jules suspira y mira hacia el pueblo en el que creció. Edificios de madera pegados uno con otro al borde de la bahía, como una masa de crustáceos grises. Hoy Manantial del Lobo se ve horrendo. De ninguna manera un lugar suficientemente grandioso para que Joseph, o cualquiera, vuelva a casa.

—¿Piensas que él tendrá algún don? —pregunta Arsinoe.

—Probablemente no llegue a uno. Ninguno de los otros Sandrin tiene. Salvo Matthew, lo de encantar a los peces.

—Creo que Matthew le contó eso a tu tía Caragh solo para impresionarla. Su verdadero don es encantar chicas, y todos los Sandrin lo tienen. Incluso Jonah empezó a perseguir chicas.

Jules maldice en voz baja. Es exactamente lo que dijo Madrigal.

—¿De eso es lo que tienes miedo? —pregunta Arsinoe.

—No tengo miedo —retruca Jules. Pero sí tiene. Tiene mucho miedo de que Joseph haya cambiado y de que se haya ido. Desaparecido en los cinco años que estuvieron separados.

Camden trota, retoza al costado del camino y bosteza.

—Simplemente no sé qué hacer con él. Ya no podemos ir a cazar sapos y caracoles en el arroyo Welden.

—No con este clima —concuerda Arsinoe.

—¿Cómo piensas que son las chicas del continente? —pregunta Jules de pronto.

—¿Las chicas del continente? Oh, son horribles. Horripilantes.

—Por supuesto. Es por eso que mi hermosa madre encajaba tan bien con ellas.

Arsinoe resopla.

—Si se parecen a Madrigal, entonces no tienes nada de qué preocuparte.

—Quizás, sin embargo, ella tenga razón. Quizás no debería ir.

Arsinoe la empuja, con fuerza.

—Ve de una vez, idiota. O llegarás tarde.

Así que Jules desciende en dirección al puerto, donde la familia de Joseph espera con sus mejores trajes negros. El barco de Joseph todavía no se ve en el horizonte, pero su madre, Annie, ya está parada sobre una caja para ver mejor. Jules podría esperar con ellos. Es bienvenida entre los Sandrin desde que Joseph y ella eran niños, incluso antes de que su tía Caragh y el hermano de Joseph, Matthew, se casaran. Pero en vez de eso hace un rodeo para ver de lejos.

En la plaza las tiendas todavía están armadas. Las han limpiado en parte, pero no por entero. Desde que terminaron las festividades, Manantial del Lobo se recupera de una resaca colectiva. No se ha hecho mucho. A través de las solapas de una tienda, Jules espía platos todavía en la mesa principal, cubiertos de un revoltijo de pájaros negros. Los cuervos encontraron lo que quedaba de un abadejo. Una vez que se hayan llenado, alguien tirará los huesos de regreso al agua.

La gente se agolpa en el puerto, y no solo en el muelle. En todas las casas de la bahía levantaron cortinas y persianas, y aquí y allá muchos simulan que están barriendo sus porches.

Siente un empujoncito en la cintura, y contempla los ojos hambrientos y verdeamarillos de Camden. Su propio estómago le cruje. En el escritorio de su habitación hay una bandeja, sin tocar, con té y tostadas con manteca. Entonces no podía ni pensar en comer; nunca se ha sentido tan vacía.

Compra un pescado para Camden en el mercado de invierno, un buen róbalo de ojos claros con la cola torcida, como si se hubiera congelado mientras todavía estaba nadando. Para ella se compra algunas ostras de la pesca temprana de Madge, y las abre con un chuchillo de hoja corta y gruesa.

—Toma —le dice Madge, y le alcanza una botella de vinagre. Hace un gesto en dirección a la bahía—. ¿No deberías estar allí, vivando con el resto?

—No me entusiasman las multitudes.

—No te culpo —dice, y le apoya otra ostra en la mano, mientras le guiña el ojo—. Para la puma.

—Gracias, Madge.

La multitud se agita en el muelle, y el movimiento llega hasta la colina y el mercado. Madge estira el cuello.

—Ahí está.

El barco de Joseph ha entrado en la bahía. Llegó sigilosamente; ya está tan cerca que Jules puede ver a la tripulación sobre cubierta.

—Todo velas negras —dice Madge—. Alguien del continente está tratando de besarnos el trasero.

Jules se para lo más alto que puede. Ahí está el barco, cargando el momento con el que ha soñado, y al que ha temido, los últimos cinco años.

—Mejor baja hasta el muelle, Jules Milone. Todos sabemos que es tu cara lo que querrá ver.

Jules le sonríe a Madge, y sale corriendo del mercado junto con Camden. Sus pisadas resuenan en la plaza, pasando las flojas solapas de las tiendas.

Hay demasiadas personas reunidas, que fueron al puerto consumidas por la curiosidad. No será capaz de pasar. Ni siquiera con Camden abriendo camino, a menos que pegara y gruñera, algo que la abuela Cait nunca aprobaría y de lo que seguramente se enteraría.

Jules camina inquieta sobre la cuesta desde la que mira. Primero descargan baúles. Pertenencias y quizás mercancías. Regalos. Jules observa el barco del continente. Se ve fuera de lugar en la ensenada Cabeza de Foca, pintado de blanco resplandeciente, y recubierto de oro y plata en las ventanas y aparejos. Bajo la pobre luz de Manantial del Lobo, prácticamente reluce.

Entonces Joseph pone el pie en la pasarela.

Lo hubiera reconocido incluso sin el gemido de su madre. Lo hubiera reconocido a pesar de que está más alto, y más maduro, y de que toda la suavidad infantil ha desaparecido de su rostro.

Los Sandrin se le tiran encima. Matthew lo levanta en un gran abrazo, y su padre los sujeta a ambos de los hombros. Joseph despeina el cabello de Jonah. Annie no le suelta la solapa de la chaqueta.

Jules da un paso atrás. Cinco años es mucho tiempo. Un tiempo suficientemente largo como para olvidar a alguien. ¿Qué hará ella si Joseph la ve sobre la cuesta y le sonríe por educación? ¿Si le hace un gesto con la cabeza mientras pasa de largo con su familia?

Está empezando a darse vuelta cuando él la llama por su nombre. Luego lo grita, con fuerza, por encima de todos.

—¡Jules!

—¡Joseph!

Corren el uno al otro: él lucha por abrirse paso entre la multitud, ella baja precipitadamente la cuesta. La chaqueta negra se le abre, mostrando una camisa blanca, y colisionan.

No es un encuentro de cuento de hadas, nada como lo que imaginó o soñó en todo el tiempo en que estuvieron lejos. Su mentón golpea el pecho de Joseph. No sabe dónde poner los brazos. Pero él está allí, es sólidamente real, está cambiado y a la vez está igual que siempre.

Cuando se separan, él la toma de los hombros y ella de los codos. Jules empieza a lagrimear, pero no de tristeza.

—Estás tan…

—Igual que tú —responde Joseph, y le seca la mejilla con el pulgar—. Dios mío, Jules. Tenía miedo de no reconocerte. ¡Pero apenas has cambiado!

—¿No cambié? —pregunta, de pronto mortificada por ser tan pequeña. Pensará que es todavía una niña.

—No quise decir eso —se corrige Joseph—. Por supuesto que has crecido. Pero cómo me puedo haber preocupado de no reconocer esos ojos.

Le toca una sien, cerca del ojo azul, y luego la otra, cerca del verde.

—Por mucho tiempo estuve seguro de que, si hacía la suficiente fuerza, podría verte.

Pero eso era imposible. El Concilio no permitió correspondencia entre ellos. Jules y los Sandrin solo sabían que estaba en el continente, bien criado, y vivo por el tiempo presente. Su exilio había sido absoluto.

Camden se filtra a través de las piernas de Jules y maúlla. El movimiento casi parece tímido, pero Joseph salta hacia atrás.

—¿Qué pasa? —pregunta Jules.

—¿Q-qué pasa...? —tartamudea, y luego ríe—. Por supuesto. Supongo que estuve demasiado tiempo afuera. Me había olvidado lo extraño que podía ser Fennbirn.

—¿Qué quieres decir con "extraño"?

—Lo entenderías si te fueras.

Extiende la mano para que Cam lo huela, y ella le lame los dedos.

—Es un familiar.

—Es *una* familiar —lo corrige Jules—. Se llama Camden.

—Pero —dice Joseph—, no puede ser...

—Sí —asiente—. Es mía.

La mirada de Joseph va de la chica a la puma y vuelve de regreso.

—Pero debería ser de Arsinoe. Tener una familiar así te haría la naturalista más poderosa en cincuenta años.

—Sesenta, o eso dicen —dice Jules, y se encoge de hombros—. Se eleva una reina naturalista, y el don se eleva con ella. ¿O también olvidaste eso?

Joseph sonríe y rasca a Camden detrás de las orejas.

—¿Qué es lo que tiene Arsinoe, entonces? ¿Y dónde está ella? Acá hay gente que la quiere conocer. Uno más que los demás.

—¿Quién?

—Mi hermano adoptivo, William Chatworth Junior. Y su padre. Tienen una delegación este año.

La mira con picardía. Al Templo no le gustará nada. Las delegaciones no tienen permitido arribar hasta el festival Beltane, y los pretendientes no tienen permitido conversar con las reinas hasta que finalice el Avivamiento. Jules se pregunta qué hombres serán estos, capaces de doblar las reglas.

Joseph le hace una seña a alguien a su izquierda, y Jules se da vuelta para ver a Otoño, una sacerdotisa del Templo de Manantial del Lobo, que se aproxima con una expresión sombría.

—Juillenne Milone —dice con suavidad—, perdón por la intromisión. El Templo desea darle la bienvenida a Joseph Sandrin, de regreso a su hogar. Querríamos llevar a él y a su familia al altar para que reciban una bendición.

—Por supuesto —dice Jules.

—¿No puede esperar? —pregunta Joseph, y gruñe cuando no recibe respuesta.

El Templo de Manantial del Lobo se ubica en la colina oriental de Manantial del Lobo, un círculo blanco de ladrillos rodeado por las pequeñas cabañas de las sacerdotisas. Otoño es una de las solo doce sacerdotisas que allí residen. Cada vez que había ido a rezar, a Jules le había parecido un lugar solitario. Salvo en los días de festivales, está mayormente vacío, excepto por Otoño, que cuida los terrenos, y las demás, que cuidan el jardín.

—Y como siempre —dice Otoño—, extendemos nuestra invitación a la reina Arsinoe, para que reciba una bendición.

Jules asiente. Arsinoe nunca ha puesto un pie en el Templo. Dice que no le rezará a una Diosa que le ha dado la espalda.

—Escucha —dice Joseph—. Iré con ustedes cuando me sienta listo. Si es que alguna vez voy.

El rostro sereno de Otoño se desencaja. Da la vuelta y camina de regreso.

—Eso no fue una gran bienvenida —dice Jules—. Lo siento.

—Esta es toda la bienvenida que necesito. —Joseph apoya los brazos en los hombros de ella. —Tú. Aquí. Y mi familia. Ven y salúdalos. Quiero que estén todos conmigo, durante todo el tiempo que pueda.

Madrigal le avisa a Arsinoe que irán a las colinas en busca de pavos reales. Ella se encargará de encantarlos, y Arsinoe de dispararles.

—Nunca has ido de caza en tu vida —dice Arsinoe, cargando en el hombro su pequeño arco y una bolsa con flechas—. ¿Qué es lo que vamos a hacer realmente?

—No entiendo a qué te refieres —contesta Madrigal. Se acomoda el bonito cabello castaño claro hacia atrás, pero por la forma en que mira hacia la ventana de la cocina, donde Cait está preparando un estofado, le confirma a Arsinoe lo que pensaba.

Se alejan de la casa, en dirección norte, por el sendero más allá del claro y el estanque Cornejo, y bajo la cúpula de los árboles. Arsinoe hunde sus tobillos en la nieve. Madrigal silba una pequeña melodía, grácil a pesar de la dispersión.

Su familiar, Aria, vuela por encima de los árboles. Nunca se apoya en el hombro de Madrigal, como sí lo hace Eva en el de Cait. Es como si no estuvieran unidos por lazos de familiar. O quizás es que Aria nunca hace juego con la vestimenta que a Madrigal le gusta ponerse.

—Madrigal, ¿adónde vamos?

—No estamos lejos.

Pero ya están lejos. Han subido hasta donde las enormes piedras grises irrumpen en el suelo. Algunas son solo rocas, y otras son los restos semienterrados de monolitos, de la época en que la isla era realmente vieja y tenía un nombre diferente.

En invierno, sin embargo, están escondidas bajo la nieve, y son resbaladizas. Arsinoe ya estuvo a punto de caerse dos veces.

Madrigal cambia de dirección y camina contra una elevación de la ladera a sotavento, donde la nieve es menos profunda. Es un pequeño y extraño lugar, donde el tronco grueso y las peladas ramas de un árbol se tuercen hasta formar una especie de bóveda. En la base de la colina, Madrigal ha escondido un montón de leña seca, y dos banquitos de tres patas. Le alcanza uno a Arsinoe y comienza a acomodar los delgados leños para encender un fuego. Luego vierte aceite de un frasco plateado, y enciende la fogata con un fósforo alargado.

La leña enciende rápido y el calor sube de inmediato.

—Nada mal para una naturalista —dice Madrigal—. Aunque sería más fácil si fuera una elemental. A veces pienso que sería prácticamente cualquier cosa menos una naturalista.

—¿Incluso una envenenadora?

—Si fuera una envenenadora, estaría viviendo en una grandiosa casa en Indrid Down en vez de la helada cabaña de mi madre junto al mar. Pero no. Estaba pensando tal vez en el don de la guerra. Ser una guerrera sería mucho más emocionante que esto. O tener el don de la clarividencia y saber qué es lo que ocurrirá a continuación.

Arsinoe ubica el banquito cerca del fuego. No menciona que la casa de los Milone es mucho más que una helada cabaña junto al mar. Eso es todo lo que Madrigal la considera.

—¿Por qué regresaste —pregunta Arsinoe— si estás tan insatisfecha? Estuviste seis años en el continente, podrías haberte quedado allí.

Madrigal azuza las famas con un palo.

—Por Jules, por supuesto. No podía quedarme lejos y permitir que la criara la aburrida de mi hermana.

Hace una pausa. Sabe que lo que dijo estuvo fuera de lugar. Nadie en la familia la escuchará decir una sola palabra en contra de Caragh. No desde que tomó el lugar de Jules en la Cabaña Negra. Cuánto debe irritar eso a Madrigal, que casi nunca tiene una palabra amable en la boca.

—Y tú —dice Madrigal, y se encogió de hombros—. Una nueva reina. Ni siquiera había nacido cuando la anterior fue coronada, así que no podía perderme eso. Tú eres la única diversión que ha tenido la isla en todo ese tiempo.

—Sí, diversión —dice Arsinoe—. Imagino que mi muerte será muy divertida.

—No seas tan arisca. Estoy de tu lado, a diferencia de la mitad de estas personas. ¿Por qué crees que te traje hasta aquí?

Arsinoe apoya el arco y las flechas bajo sus pies y mete las manos congeladas en los bolsillos. Debería haberse rehusado a venir. Pero con Jules en Manantial del Lobo con Joseph, era esto o las tareas domésticas.

—¿Qué crees que mi Juillenne está haciendo ahora mismo en el pueblo? —se pregunta Madrigal, jugando con algo en su abrigo. Saca una pequeña bolsa y la apoya en su falda.

—Dándole la bienvenida a un viejo amigo. Su mejor amigo.

—*Tú* eres su mejor amiga —dice Madrigal solapadamente—. Joseph Sandrin siempre ha sido… algo más.

Saca cuatro cosas de su bolsa: una pequeña trenza de pelo curvada, un pedazo de tela gris, un trozo de lazo de satén negro y un afilado cuchillo de plata.

—Magia inferior —musita Arsinoe.

—No la llames así. Así es como habla el Templo. Es la sangre vital de esta isla. Lo único que queda de la Diosa en el mundo exterior.

Arsinoe observa cómo Madrigal ordena los objetos en una cuidadosa fila. No puede negar que está fascinada. Hay una presión especial en el aire, y una sensación peculiar en el suelo, como un latido. Es extraño que nunca se haya topado antes con este lugar y con este árbol encorvado. Pero no lo hizo. Si así fuera, lo hubiera recordado de inmediato.

—Incluso así —dice Arsinoe—, la magia inferior no es el don de una reina. No somos como los demás. Nuestra línea es…

Se detiene. "Sagrada", estuvo a punto de decir. De la Diosa. Es cierto, pero las palabras se le amargan en la boca.

—No debería hacerlo —dice al fin—. Debería ir hasta la costa y gritarle a un cangrejo hasta que se postre delante de mí.

—¿Durante cuánto tiempo has intentado eso? —pregunta Madrigal—. ¿Cuántas veces has llamado por un familiar que no vino?

—Vendrá.

—Lo hará. Si levantas la voz.

Madrigal sonríe. Arsinoe no la considera bella, aunque mucha, mucha gente lo hace. "Bella" es una palabra demasiado gentil para lo que realmente es.

—Jules me ayudará a levantar la voz —dice Arsinoe.

—No seas terca. Puede que Jules no sea capaz de hacerlo. A ella las cosas le salen muy fácil. El don está ahí, en la punta de sus dedos. Me recuerda a mi hermana en eso.

—¿De verdad?

—Sí. Caragh abrió los ojos un día y tenía el don. Completo. Exactamente como Jules. No era tan brutalmente poderosa como Jules, pero lo suficiente como para que mis padres giraran la cabeza. Y lo hizo sin esfuerzo.

Madrigal aviva el fuego y saltan chispas.

—A veces me he preguntado si Caragh no es realmente la madre de Jules. Incluso aunque recuerdo cuando la parí. Eran tan unidas cuando regresé a la isla... Jules hasta se parece más a ella.

—Más fea, quieres decir —dice Arsinoe arrugando las cejas.

—Yo no dije eso.

—¿Qué otra cosa podría significar? Tú y Caragh se parecen. Y Jules no se parece en nada a ninguna de las dos. Lo único que ella y Caragh comparten es que ambas son menos bonitas que tú. Jules tenía un vínculo con Caragh, ¿pero qué otra cosa esperabas? Tú no estabas. Fue Caragh quien la crio.

—La crio... —repite Madrigal—. Apenas tenía nueve años cuando regresé.

Toma el pedazo de tela de su falda y le arranca los hilos sueltos, hasta que los bordes quedan parejos.

—Quizás sí me siento culpable por haberme ido —dice observando su obra—. Quizás es por eso que estoy haciendo esto.

Arsinoe estudia el pedazo de tela. Estudia la trenza de cabello marrón oscuro y se pregunta a quién le perteneció. Debajo del árbol encorvado la brisa dejó de moverse, el fuego arde en silencio. Lo que sea que Madrigal está haciendo no deberían estar haciéndolo. La magia inferior es para la gente sencilla o para la desesperada. Incluso cuando funciona, tiene un precio.

—¿Has notado que nadie entró en pánico porque no haya aparecido tu don aún? —pregunta Madrigal—. Ni Cait ni Ellis. Ni siquiera Jules, realmente. Nadie piensa que vayas a sobrevivir, Arsinoe. Porque las reinas naturalistas no sobreviven. No a menos que sean bestias, como Bernadine y su lobo.

Hace un nudo en el pedazo de tela y lo usa para emplazar otro nudo en el cabello trenzado.

—La gran reina Bernadine —murmura Arsinoe—. ¿Sabes qué cansada estoy de escuchar de ella? Es la única reina naturalista que recuerdan.

—Es la única que vale la pena recordar. Y a pesar de todo su salvajismo, la gente de Manantial del Lobo se ha acostumbrado a eso. Lo han aceptado. Yo no.

—¿Por qué no?

—No estoy segura —responde Madrigal alzándose de hombros—. Quizás porque te he visto crecer a la sombra del don de Jules, como yo al de Caragh. O quizás porque quiero que mi hija me ame, y si te salvo, puede que aprenda a hacerlo.

Sostiene el manojo de trenza y tela. Arsinoe sacude la cabeza.

—Saldrá mal. Algo siempre sale mal cuando tiene que ver conmigo. Alguien saldrá lastimado.

—Te lastimarán cuando tus hermanas te maten —le recuerda Madrigal, y le encaja el amuleto en la mano.

Parece un manojo inofensivo de basura. Pero no se siente de esa manera. Es más pesado que lo que debería pesar cualquier trenza y pedazo de tela. Y más vivo que cualquier capullo en su mano.

—La Diosa está aquí, en este lugar —dice Madrigal—. Las sacerdotisas le rezan como si fuera una persona, una criatura lejana, pero nosotros sabemos más que eso. La podemos sentir dentro de la isla. En todas partes. La sentiste en la niebla esa noche, en el barco, cuando no te dejó ir. Ella es la isla, y la isla es ella.

Arsinoe traga saliva. Las palabras suenan a verdad. Quizás por una vez, la Diosa estuvo en todas partes, abarcando todo el ancho del cielo hasta llegar al continente. Pero ahora está retraída, anidada como una bestia en su agujero. Igual de poderosa. Igual de peligrosa.

—¿Es pelo de Jules? —pregunta.

—Sí. Lo tomé cuando la estaba peinando esta mañana. Me tomó horas enderezarlo y trenzarlo.

—¿Y la tela?

Se veía vieja, arrugada y sucia.

—Un pedazo de una camiseta de Joseph, de cuando era niño. O eso dice mi madre. Se le enganchó en un clavo del establo, y Jules la conservó después de que le dio una nueva. No sé cómo recuerda esas cosas —dice Madrigal, y resopla—. Por supuesto, hay otras cosas de Joseph que podríamos usar, pero no queremos que la persiga a Jules como un ciervo en celo.

—Es un hechizo de amor —dice Arsinoe—. ¿Me estás enseñando a usar magia inferior para preparar un hechizo de amor por Jules?

—¿Hay alguna otra motivación más pura? —Madrigal le alcanza el lazo negro. —Envuélvelo todo y átalo con esto.

—¿Cómo sabes hacer estas cosas? —pregunta Arsinoe. Aunque, si es sincera, es como si supiera hacerlo ella misma. Sus dedos entrecruzan la trenza y la tela sin esfuerzo, y hubiera buscado el lazo incluso si Madrigal no se lo hubiera indicado.

—Fuera de la isla no hay otra cosa —susurra Madrigal—. Cierra los ojos. Mira las llamas.

—Jules querría hacerlo ella misma —dice Arsinoe—. No, directamente no querría hacerlo. No lo necesita.

Del otro lado de la fogata Madrigal aprieta los labios con pena. Cada chica de Manantial del Lobo sabe acerca de los muchachos Sandrin. Sus sonrisas maliciosas, y sus ojos como nubes de tormenta reflejadas en el agua. Todo ese viento en el cabello oscuro. Joseph será de esa manera ahora. Y aunque Arsinoe ame a Jules, y la considere hermosa, sabe que Jules no es la clase de hermosa que conserva a un chico como ese.

Arsinoe contempla el amuleto, haciéndolo girar entre los dedos. Hace unos minutos era un pedazo de nada para tirar en la basura o para que los pájaros lo usen en sus nidos. Ahora hay algo más en los nudos que ató Madrigal, y en las torsiones donde el pelo de Jules y la camiseta de Joseph quedaron apretados uno contra otro.

Termina de dar vuelta el lazo y amarra bien el final. Madrigal toma el cuchillo de plata y hace un corte en la parte inferior del antebrazo de Arsinoe, tan rápidamente que la herida tarda unos segundos en sangrar.

—Aw.

—No dolió.

—Sí lo hizo, y podrías haberme avisado antes de hacerlo.

Madrigal la calla y aprieta el amuleto contra la sangre caliente. Aprieta el brazo de Arsinoe, ordeñándola sobre el amuleto como leche en un balde.

—Sangre de reina —dice Madrigal—. La sangre de la isla. Gracias a ti, Jules y Joseph nunca se separarán.

Arsinoe cierra los ojos. Jules y Joseph. Eran inseparables desde la cuna, hasta que llegó ella. Hasta que trataron de salvarla, y fueron separados a causa de las molestias que se tomaron. El Concilio Negro no castigó a Arsinoe por su parte en el plan de escape. Salvo por la culpa. Y en los años siguientes, la culpa porque Jules haya perdido a Joseph la castigó lo suficiente.

Madrigal le suelta el brazo, y Arsinoe lo flexiona. La pérdida de sangre se ha enlentecido, y el corte comienza a latir. Madrigal no lo planeó tanto como para traer algo para limpiar la herida o vendas. Así que quizás el precio de la magia sea la pérdida del brazo de una reina.

Madrigal guarda el amuleto dentro de un saquito negro. Cuando le alcanza el estuche, sus dedos están rojos y pringosos, y el amuleto en el interior se siente como un pequeño corazón palpitante.

—Cuando se seque —dice Madrigal—, consérvalo en un lugar seguro. Bajo tu almohada. O entrelázalo en tu cabello, si puedes evitar cortarlo continuamente.

Arsinoe sostiene el amuleto en su puño. Ahora que la magia está hecha, se siente equivocada. Algo deshonesto, torcido por buenas intenciones. No sabe por qué lo hizo. No tiene excusa, salvo que fue fácil, y nada le ha resultado tan fácil antes.

—No puedo hacerle esto a Jules —dice—. No puedo ignorar su voluntad así. Sin importar la razón, ella no lo querría.

Antes de que pueda reconsiderarlo, Arsinoe arroja el amuleto al fuego. El saquito arde como si nada, y el pelo de Jules y el pedazo de camiseta arruinada de Joseph se ennegrecen y doblan como las patas de un insecto moribundo. El humo que sale de allí es nauseabundo. Madrigal grita y se pone de pie.

—Apaga el fuego y vamos a casa —dice Arsinoe. Trata de sonar como una reina, pero tiembla y se siente débil, como si hubiera perdido un litro de sangre en vez de unas pocas cucharadas.

—¿Qué has hecho? —pregunta Madrigal con tristeza—. ¿Qué le acabas de hacer a nuestra pobre Jules?

ROLANTH

n el aislado claustro del ala oriental del templo, Mirabella puede estar a solas. Es uno de los pocos lugares al que las sacerdotisas la dejan ir sin custodia. Uno de los pocos lugares que consideran seguro. Incluso cuando reza en el altar hay una o dos de ellas, haciendo guardia en las sombras. Únicamente en el claustro, y en su habitación en Casa Westwood, pueda ella estar por su cuenta. Libre para pensar, para reclinarse, e incluso para llorar.

Ha llorado seguido desde el examen de Rho en los acantilados. La mayoría de las lágrimas siguen escondidas. Pero no todas. Los rumores de su disgusto viajan rápido, y las sacerdotisas comienzan a mirarla con suspicacia. No pueden decidir si su llanto es una señal de debilidad o de enorme misericordia. De cualquiera de las dos formas, preferirían que no lo hiciera.

Mirabella se abraza las piernas en el frío banco de piedra. Al levantar uno de sus pies, un pequeño pájaro carpintero, blanco y negro y copetudo, aterriza en la huella que dejó el pie sobre la nieve y da saltitos.

—Oh.

Es una criatura vivaz, con astutos ojos negros. Mirabella busca en sus bolsillos y da vuelta con cuidado los pliegues de su hábito.

—Lo siento. No tengo semillas para ti.

Debería haber traído algunas. El arrullo de las palomas hubiera sido una distracción bienvenida.

—No son semillas lo que busca.

Mirabella gira la mirada. Una joven iniciada espera en la entrada del claustro, junto al seto nevado. Se sostiene la capucha blanca para protegerse del frío del viento.

Mirabella se aclara la garganta.

—¿Qué es lo que busca entonces?

La muchacha sonríe y entra al claustro.

—Está buscando animarte.

Baja la capucha, y el pájaro carpintero vuela rápidamente hasta introducirse allí dentro.

Los ojos de la reina se agrandan.

—Eres una naturalista.

La joven asiente.

—Me llamo Elizabeth. Me crie en Desembarco de Bernadine. Espero que no te moleste la intromisión. Es solo que te veías tan triste. Y Pimienta siempre se las arregla para hacerme sonreír.

El pajarito saca el pico por debajo de la capucha y vuelve a desaparecer de inmediato. Mirabella lo mira con interés. Nunca había visto un familiar; en el Templo, las sacerdotisas renuncian a su don, y los familiares están prohibidos.

—¿Cómo es que lograste conservarlo?

Elizabeth frota su mejilla bronceada contra la cabeza del pájaro.

—Por favor, no le digas a nadie. Lo matarían al instante. Traté de mantenerlo lejos, pero no quiso. Supongo que tengo la suerte de que es fácil de esconder. Es cruel obligarnos a alejarlos antes de que tomemos nuestros brazaletes. ¿Y si algún día cambio de idea y decido dejar el Templo? ¿Dónde estará Pimienta entonces? ¿En los bosques cercanos? ¿O en la altura de las montañas, donde podría no escuchar mi llamada?

—Es muy cruel que te obliguen a abandonarlo —dice Mirabella.

Elizabeth alza los hombros.

—Mi madre dice que antes las sacerdotisas no tenían que hacerlo. Pero ahora la isla está tan dividida... Naturalistas contra envenenadores contra elementales. Incluso aquellos pocos con el don de la guerra, o los menos aún con el don de la clarividencia, son hostiles los unos con los otros —dice. Luego mira a Pimienta y suspira—. Abandonarlos nos une. Y el sacrificio nos ata a nuestra fe. Pero tienes razón. Sigue siendo cruel.

—¿Puedo? —pregunta Mirabella estirando la mano. Elizabeth sonríe, y el pajarito vuela rápidamente y se posa en las yemas de los dedos de Mirabella.

—Le caes bien —dice Elizabeth.

Mirabella se ríe.

—Es amable de tu parte. Pero eres una naturalista. El pájaro hará lo que le ordenes.

—Así no es como funciona exactamente el vínculo con el familiar. De cualquier forma, te hubieras dado cuenta. Habría dudado más y no le hubieran brillado los ojos. Hasta podría haber dejado sus necesidades en la palma de tu mano.

—Menos mal que le caigo bien, entonces.

Pimienta guiña los ojos y luego regresa volando a la seguridad de la capucha.

—Viéndote tan sola, tan triste, quería ver si podíamos ayudarte —le dice Elizabeth mientras se sienta en el banco junto a ella—. Sé por qué lloras.

—Supongo que cada sacerdotisa del Templo lo sabe.

Elizabeth asiente.

—Pero para mí significa algo especial... porque yo estuve a punto de ser la chica sacrificada.

—¿Tú?

—La manera en que lo hacen sonar. El deber y la comunión con la Diosa. Casi dije que sí. Pensé que debía hacerlo. Se llamaba Lora. La voluntaria. Murió creyendo que hacía un gran servicio. Y hay peores maneras de morir que esa.

Peores maneras, como ser quemada viva por tus hermanas sacerdotisas. Mirabella trató de pensar de esa forma. Se dijo a sí misma que había salvado a la chica de las llamas. No funcionó. No estaba bien, sin importar cómo había ocurrido.

—Todos tenemos una naturaleza dual, reina Mirabella. Cada don es luz y oscuridad. Nosotros los naturalistas podemos hacer crecer las cosas, pero también ordenar a las langostas que entren en las ollas, y a nuestros familiares que hagan pedazos a un conejo.

—Sí —dijo Mirabella—. Lo sé.

Los elementales incendian bosques tan fácilmente como los riegan con lluvia. El don de la guerra es tanto para protegerse como para masacrar. Incluso aquellos con el don de la clarividencia suelen estar maldecidos con locura y paranoia. Es por esa razón que las reinas con el don de la clarividencia son ahogadas al nacer.

—Incluso los envenenadores —dice Elizabeth— también son sanadores.

—Eso sí que no lo había escuchado —dice Mirabella—. Los envenenadores son famosamente crueles. Sus ejecuciones son repugnantes: cada hombre o mujer es ejecutado con venenos ostentosos que hacen sangrar los ojos y provocan convulsiones tan severas que hasta terminan por quebrar la espalda.

—Es cierto —insiste Elizabeth—. Pero saben cómo curar. Solo que lo han olvidado frente a su hambre por asientos del Concilio.

Mirabella sonríe brevemente. Luego sacude la cabeza.

—No es lo mismo, Elizabeth. No es lo mismo para las reinas.

—Oh, lo sé —responde la sacerdotisa—. Y eso que solo he estado aquí en Rolanth durante poco tiempo. De todos modos, puedo darme cuenta de que eres una buena persona, Mirabella. No sé si serás una buena reina, pero eso me parece un comienzo promisorio.

Una trenza oscura sobresale de la capucha de Elizabeth, casi tan oscura como el pelo de la reina. A Mirabella le recuerda a Bree, por la forma en que lo lleva. Pimienta, el pájaro carpintero, agita las plumas. Parece un pájaro de pocas palabras.

—Tú eres la única sacerdotisa que me ha hablado realmente —dice Mirabella—. Quiero decir, además de Luca.

—¿De verdad? —pregunta Elizabeth—. Oh, cielos. Otra señal de que no soy una muy buena sacerdotisa. Rho me lo está diciendo todo el tiempo. Quizás tenga razón.

Rho, sedienta de sangre. El terror del Templo. Mirabella no puede recordarla siendo amable o hablando de forma cordial. Pero será buena protección una vez que termine Beltane y comience el Año de Ascensión. Luca tiene razón en eso.

Elizabeth ladea la cabeza.

—¿Te sientes mejor ahora?

—Sí —dice Mirabella.

—Bien. Ese rito, el rito de sacrificio, no tengas duda de que fue idea de Rho. Quiere recuperar las antiguas costumbres y una vez más suplantar el Concilio por el Templo. Cree que puede hacerlo a la fuerza, como si ella sola fuera la mano de la Diosa. Pero no lo es.

Elizabeth sonríe y continúa:

—Tú lo eres.

—Dices que lo hizo —dice la Suma Sacerdotisa—. Así que está hecho.

—No dije que lo haya hecho bien —responde Rho.

Levanta un orbe de ópalo pulido del escritorio de caoba de Luca, y hace una mueca de desagrado. No le agradan las habitaciones de la Suma Sacerdotisa, en el piso superior del templo, con vista a los acantilados del Pasaje Negro de Shannon. Son demasiados suaves, llenas de almohadas y mantas en las ventanas para frenar las corrientes de aire. El ambiente está demasiado cargado, lleno de cosas, adornos que no tienen ningún uso, como jarrones de mosaico y huevos tallados y enchapados. Como el pequeño ópalo.

Luca observa cómo Rho tira para atrás el brazo, a punto de lanzarlo por la ventana.

—No lo hagas —advierte la Suma Sacerdotisa—. Fue un regalo.

—Es solo una roca.

—Aun así sigue siendo un regalo. Y cierra la ventana. Hoy la brisa está fría. No veo el momento de que llegue la primavera. Los fuegos de Beltane que llevan a las cálidas noches de verano. ¿Quieres algo de sopa? De la cocina me dicen que es de conejo, repollo y crema.

—Luca, no estás escuchando. El ritual fue una farsa. Pusimos a la reina entre la espada y la pared, y aun así no hizo nada hasta que le hicimos sentir el fuego a la víctima.

Luca suspira:

—El sacrificio yace bajo una pila de rocas. El ritual fue realizado. No le puedes pedir que lo disfrute.

Ella misma no lo disfruta. Prestó atención cuando le dijeron que Mirabella era demasiado suave. Les creyó cuando le dijeron que al final la que terminaría sufriendo sería la propia Mirabella. Y ahora una inocente está muerta. Aplastada por una precipitación de rocas, que forman un monumento apropiado para rezar.

—No le volveremos a pedir que haga algo como esto —continúa Luca—. No la conoces como yo. Si la presionamos demasiado, se resistirá. Y si Mirabella aprende cómo resistir... si recordara cómo...

Luca observa la ventana que da al oeste, las cúpulas de los árboles y el techo de Casa Westwood. Incluso a esa distancia, los pararrayos de núcleo de cobre son todavía distinguibles, erizados como piel de gallina. También los Westwood saben bien que no les conviene sacarlos.

—Tú no estuviste aquí —agrega— cuando trajeron a Mirabella de la Cabaña Negra. Yo tampoco estaba aquí. Todavía estaba en Indrid Down, luchando contra el Concilio Arron por una migaja de poder. No le hubiera creído a Sara Westwood cuando vino a decirme que nuestra reina de seis años estaba por destruir la casa desde los cimientos si no hubiera sido por la expresión de su rostro. La isla no ha visto un don como el de ella en cientos de años. No desde Shannon y las reinas de antaño. Somos su guardián, pero no su amo.

—Eso será cierto —dice Rho—. Pero si no está a la altura de su deber, el Concilio Negro conservará su dominio durante otra generación.

Luca se frota el rostro. Quizás es demasiado vieja para esto. Demasiado exhausta de toda una vida tratando de quitarles poder a los Arron. Aunque Rho tiene razón. Si otra reina envenenadora se sienta en el trono, los Arron del Concilio Negro gobernarán hasta que el nuevo juego de trillizas alcance la mayoría de edad. Para esa altura, Luca estará hace mucho tiempo muerta.

—Mirabella estará a la altura —dice la Suma Sacerdotisa—. Y el Templo volverá a dominar el Concilio. Lleno de Westwood, será mucho más fácil de controlar.

Algunos días más tarde, Mirabella se despierta de otro sueño con la boca sabiendo a sangre. En el sueño, Arsinoe, Katharine y ella eran niñas. Recuerda un cabello negro desplegado en el agua, y suciedad en la nariz de Arsinoe. Recuerda cómo sus propias manos se transformaron en garras y destriparon a Arsinoe y Katharine.

Se levanta con los brazos, luego de haber dormido boca abajo. Es el mediodía, y su habitación está vacía. Quizás ni siquiera haya sacerdotisas contra la puerta, considerando que Sara, Bree y los otros Westwood están todos en casa.

Los sueños se le aparecen cada vez más seguido. La despiertan dos o tres veces por noche. Luca le dijo que los esperara. Que le mostrarían el camino. Lo que no le advirtió es lo terrible que la harían sentir.

Mirabella cierra los ojos. En vez de oscuridad ve el rostro de la sacerdotisa sacrificada bajo las piedras. Ve la nariz sucia de Arsinoe. Escucha la risa de Katharine.

No se supone que las reinas amen a sus hermanas. Siempre supo eso, incluso cuando estaban juntas en la Cabaña Negra, donde de todas formas las había amado.

—Ya no son más esas niñas —le susurró a sus manos.

Son reinas. Y deben morir.

Bree golpea a la puerta y mete la cabeza, su larga trenza castaña colgando sobre su hombro.

—¿Ya es hora? —pregunta Mirabella. Hoy irán a la ciudad, donde los mejores artesanos de Rolanth esperan para presentar sus mejores joyas y vestidos para las ceremonias de Beltane.

—Ya casi —dice Bree—. Pero no suenes tan desanimada. Mira quién ha venido del Templo.

Bree termina de abrir la puerta, y la que entra es Elizabeth. Mirabella sonríe.

—Oh, no. La gente dirá que solo puedo ser amiga de chicas con trenzas.

Luego de que Mirabella está vestida y preparada, ella, Bree y Elizabeth se suben a un coche que las espera frente a la casa. Sara ya está dentro.

—Muy bien —dice, y golpea el techo para señalarle al conductor que puede partir—. Es muy amable de su parte que nos acompañe, sacerdotisa. El Templo seguramente aprobará nuestras elecciones de hoy.

—Oh, no estoy aquí para la aprobación del Templo —dice Elizabeth con una sonrisa feliz mientras mira pasar la ciudad—. Únicamente estoy escapando de mis tareas.

La sonrisa de Sara se transforma en una línea apretada, y Bree se ríe.

—Estamos contentas de tenerte de todos modos —dice Sara—. Mira, ¿estás bien? Te ves pálida.

—Estoy bien, Sara.

Sara golpea el techo con más fuerza, y el conductor azuza a los caballos.

—Quizás necesitas algo de comer. Habrá para elegir cuando lleguemos al parque.

El parque Moorgate está ubicado en el distrito central, a lo largo del canal. En primavera es hermoso, lleno de árboles y piedras blancas, con una fuente gorgoteante de marfil. En esta época del año, los árboles están desnudos y los terrenos están más abiertos. Hay suficiente espacio para que los orfebres y los sastres presenten sus mercancías.

—Espero que el sastre de la calle Tercera haya traído a su apuesto hijo —dice Bree.

—Pensé que estabas viendo al chico de los Wexton —dice Sara.

Bree se acomoda entre los almohadones de satén del coche.

—Ya no más. Desde el cumpleaños de Mira que ha olvidado cómo besar. ¡Demasiada lengua!

Tiembla y simula arcadas y se apoya contra Mirabella para estar más cómoda. Mirabella y Elizabeth se ríen. Sara no dice nada, pero los ojos le sobresalen de sus órbitas y sus labios prácticamente han desaparecido.

Mirabella mira por la ventana. Ya casi están allí. Los edificios del distrito central son anchos y blancos. Si había rajaduras, estas fueron tapadas con pintura. Desde aquí uno puede ver lo elegante que alguna vez fue la ciudad de Rolanth. Uno puede ver lo elegante que volverá a ser, una vez que Mirabella llegue al trono.

—Ya llegamos —dice Sara cuando el conductor tira de los frenos de los caballos. Se alisa la pollera de su largo vestido negro y se prepara para salir del carruaje—. Bree —susurra—, por favor trata de no deambular.

—Sí, madre —dice Bree, y entorna los ojos.

Mirabella sale después que Sara. A través de los portones abiertos del parque puede ver a los joyeros y modistas, esperando en fila. Y las sacerdotisas, por supuesto, siempre en guardia.

Bree estira el cuello.

—Está aquí —dice con una sonrisa.

Es fácil entender a qué se refiere. Un chico apuesto de pelo castaño espera de pie junto al joyero que está cerca del final de la fila.

—Nunca te lleva mucho tiempo—dice discretamente Mirabella.

—No debería, tengo años de práctica —responde Bree, tomando de un brazo a Mirabella y del otro a Elizabeth—. Debemos averiguar su nombre.

—Suficiente —dice Sara. Separa los brazos de las chicas y ocupa su lugar detrás de la reina.

—Madre —lloriquea Bree—, solo estamos eligiendo joyas. ¡No tienes que comportarte como si fuera el Desembarco!

—Todo lo público será formal luego de la coronación —dice Sara—. Más vale que te acostumbres.

Una vez que entran al parque, Sara se acerca a una de las sacerdotisas novicias.

—La reina Mirabella no ha comido hoy. ¿Le prepararías algo, por favor?

La joven asiente y desaparece. Mirabella en verdad no tiene mucha hambre. El sueño de sus hermanas la suele dejar sin apetito hasta la tarde. Pero será más fácil picotear algo que discutir con Sara.

Los mercaderes hacen una reverencia cuando se aproximan a las mesas. Los Westwood comprarán algo pequeño de cada uno de ellos: un anillo o brazalete, una bufanda. Solo a unos pocos les serán encargados vestidos o un juego de joyas.

—Puedo escucharte diciendo sin siquiera mirar que únicamente compraremos pañuelos en la primera mesa —le dice Sara al oído—. Esa mujer no tiene el más mínimo sentido del movimiento. Todo lo que cose es apretado y severo. Adecuado para un envenenador.

Al acercarse al puesto, Mirabella nota que Sara tiene razón. Pura lentejuela y talles apretados. Pero el sastre está tan nervioso. Tan esperanzado.

—Estos son guantes muy finos —dice Mirabella antes de que Sara pueda hablar—. ¿Trabajas también en cuero? Bree necesita un par nuevo para arquería. Y al pequeño Nico ya no le deben quedar los viejos.

—Sí, reina Mirabella —dice el mercader—. Disfruto especialmente el trabajar con cuero.

Mirabella abandona la mesa para que Sara pueda discutir precios, y para evitar escuchar cómo le rechinan los dientes. Del siguiente mercader selecciona anillos de plata retorcida, y del siguiente unos de oro pulido mientras Bree la tironea en su apuro por encontrarse con su muchacho de pelo castaño.

La sacerdotisa novicia regresa con quesos y panes, y una pequeña vasija de tomates conservados. Elizabeth toma la bandeja.

—Bree, más despacio —dice riéndose—. Hazte un momento para comer.

Lo hace, pero ahora están solo a una mesa de distancia, y la manera en que mordisquea el queso es muy sugerente.

—Tenemos que encontrar algo que la distraiga —le susurra Elizabeth a Mirabella—. Quizás estos vestidos. ¡Son hermosos!

—No creo que ningún vestido pueda distraerla ahora —responde Mirabella—. Sin importar cuán hermosos se vean.

El modisto estudia a Bree y busca algo debajo de su mesa.

—Quizás este —dice, y despliega el vestido delante de ellas.

Mirabella y Elizabeth abren la boca. Bree deja caer el queso.

No es un vestido para una reina. Esos deben ser enteramente negros. Este tiene un corsé bordado con olas azules, y cortes de satén azul oscuro a lo largo de la pollera negra. Es espléndido.

—Es este —dice Mirabella. La mira a Bree y le acaricia la trenza—. Me eclipsarás con este vestido. Te mirarán todos los pretendientes.

—No —dice Elizabeth—. ¡Eso no es cierto, Mira!

Quizás no lo sea. Una reina con el pelo negro como los cuervos y extraños ojos azabache siempre concentra la atención. Pero Elizabeth no comprendió: Mirabella no está celosa. Jamás podría estar celosa de Bree.

Sara las alcanza y asiente con aprobación.

—Vamos a querer tres vestidos —le dice al mercader—, incluyendo este, ajustado para mi hija. Quizás más si no encontramos otros que estén a la misma altura que estos. Los haré llamar para discutir los precios más adelante.

—Finalmente —Bree le susurra a Mirabella al oído. Han llegado al joyero y el muchacho.

—Le hablaremos al padre, no a él —dice Mirabella—. ¿Cómo te las arreglarás?

Bree hace un gesto discreto con el mentón. El mercader y su hijo tienen un brasero bajo y macizo del otro lado de la mesa, para calentarlos mientras esperan. Quizás no son elementales o quizás simplemente sus dones son débiles.

Bree le da un abrazo a Elizabeth.

—Dulce Elizabeth —dice—. ¡Estás temblando!

Gira la cabeza en dirección al muchacho.

—¿Podemos ir del otro lado y calentarnos junto al fuego?

—Por supuesto —responde él rápidamente.

Los labios de Mirabella se tuercen hacia arriba mientras Bree y Elizabeth cruzan hacia el otro lado de la mesa. Con un vago quiebre de muñeca Bree hace que salgan llamas de las brasas ardientes. La busca a Mirabella por encima del hombro y le guiña un ojo.

—Bien —dice Sara en voz baja—. Pensé que tendríamos que comprar todo lo que está en exhibición para que tenga la chance de coquetear.

Pero quizás lo compren de todas maneras. Las piezas del joyero son exquisitas. Expuestas a lo largo de la mesa, gemas cuidadosamente cortadas resplandecen en un entorno bien adornado. La mano de Mirabella se mueve hacia un collar con tres piedras de un vibrante anaranjado que cuelgan de una corta cadena de plata. Incluso sobre la mesa y bajo la luz invernal parece que estuvieran ardiendo.

—Me gustaría este —dice—, para la noche del Avivamiento.

Una vez finalizadas las compras, regresan al carruaje. Mirabella sostiene el collar flamígero en su falda, dentro de un estuche de terciopelo. No puede esperar para mostrárselo a Luca. Está segura de que le encantará a la Suma Sacerdotisa. Una vez que el Avivamiento haya terminado, quizás Mirabella pueda regalárselo.

—Ahora que terminamos con esto —dice Sara cuando el coche comienza a moverse—, quería contarte que hemos recibimos novedades. De Manantial del Lobo, si puedes creerlo.

—¿Novedades? —pregunta Bree—. ¿Qué novedades?

—Parece que están alojando a un pretendiente. Su delegación llegó temprano.

—Pero no está permitido —dice Mirabella—. ¿El Templo está al tanto?

La mira a Elizabeth, pero la iniciada solo se encoge de hombros.

—Lo saben— dice Sara—. Es la primera delegación de esa familia. Les están otorgando un tratamiento especial por desventaja aparente. Para que puedan orientarse en un terreno tan desconocido. Y para que les retribuyan el haber criado a Joseph Sandrin durante su exilio.

—Hace mucho tiempo que no escuchaba ese nombre —dice Mirabella. Antes solía recordarlo seguido. Cada vez que pensaba en Arsinoe. El chico que trató de escapar con ella. Que trató de ayudarla a escapar. Cuando los capturaron, según escuchó, él escupió a los pies de Natalia Arron.

Ahora le trae un pretendiente a Arsinoe. Debe haber sido arduo cuando él mismo la amaba tanto.

—Creo que lo vas a conocer —dice Sara.

—¿A Joseph?

—No. Al pretendiente. Antes de Beltane. Arreglaremos para que venga aquí. Bajo la mirada del Templo, claro.

—Qué desperdicio. Todos esos pretendientes y solo puedes elegir uno. Pero bueno, todos esos pretendientes —dice Bree, con escalofríos de placer—. A veces deseo haber sido una reina.

Mirabella frunce el ceño.

—Jamás vuelvas a decir eso.

Todos en el coche se paralizan ante su tono de voz.

—Era solo una broma, Mira —dice Bree con suavidad—. Por supuesto que no deseo eso. Nadie desea en realidad ser una reina.

MANSIÓN GREAVESDRAKE

❧

La gran biblioteca sombría de Greavesdrake es uno de los lugares favoritos de Katharine. La enorme chimenea entibia todo el ambiente salvo en los recovecos más oscuros. A medida que Katharine fue creciendo, las altas estanterías y las imponentes sillas de cuero se transformaron en los escondites perfectos contra las cachetadas de Genevieve o el entrenamiento con venenos. Hoy, en cambio, el fuego arde despacio y ella y Pietyr se sientan a la vista de todos. Corrieron tres juegos de cortinas de las ventanas que dan al este y se apiñaron donde entra la mayor luz. Por alguna razón la calidez del sol se siente mejor. Más amable y menos laboriosa.

Pietyr le alcanza un poco de pan, embadurnado con un cremoso queso de leche de cabra. Armó un picnic en la alfombra con la comida más elegante y sin envenenar que pudo conseguir. Un bonito gesto, incluso si su principal objetivo es hacerla engordar.

—Deberías probar el soufflé de cangrejo. Antes de que se enfríe.

—Lo haré —responde Katharine.

Muerde una punta del pan con queso, pero es difícil. Incluso las mejores comidas saben a barro cuando están acompañadas de náuseas. Se toca las pequeñas vendas que cubren su muñeca.

—¿Qué es esta vez? —pregunta Pietyr.

—Alguna clase de veneno de serpiente.

Nada con lo que no la hayan envenenado antes. Pero el corte infligido para aplicar el veneno fue violento sin necesidad, gracias a la bronca de Genevieve por el *Gave Noir*. Pietyr ya revisó la herida, y lo que vio no le gustó.

—Cuando seas coronada, ya no habrá más razones para eso.

Le alcanza un platito de huevos revueltos con caviar y crema agria. Katharine toma un bocado y trata de sonreír.

—Eso no es una sonrisa, Kat. Eso es una mueca.

—Quizás deberíamos dejar esto para después. Hasta la cena.

—¿Y perderte dos comidas más? Tenemos que recuperar tu apetito envenenador. Prueba un pastelito. O algo de jugo, al menos.

Katharine se ríe.

—Eres el mejor asistente personal que haya tenido. Incluso mejor que Giselle.

—¿Sí? —dice, y levanta una ceja—. No tengo práctica. Mi casa en el campo está bien fortificada, y bien administrada por Marguerite, aunque odie admitirlo. Toda mi vida me la pasé siento atendido.

—Entonces quizás aprendiste con el ejemplo. Te importa mucho que me coronen, ¿no? Pero todo Arron quiere lo mismo. ¿De verdad viniste para escapar del campo? ¿Qué te prometió Natalia?

—Me prometió un asiento en el Concilio, una vez que estés en el trono. Pero es más que eso.

La mira fijamente, y Katharine se sonroja. A él le gusta cuando se sonroja. Dice que es probable que Mirabella sea demasiado orgullosa como para mostrar placer en el interés de los demás.

—Las reinas envenenadoras son buenas para la isla. —Le da otra rebanada de pan. —La hemos administrado por cientos de años. Los Westwood son arrogantes si creen que pueden hacerlo mejor.

—Los Westwood —dice Katharine—, y el Templo.

—Sí. El Templo. No sé por qué se sienten tan desairados. Por qué tienen la necesidad de conquistar los corazones de todos por entero. Pero la tienen.

Pietyr come una tostada con jalea de manzana. No arruga la nariz frente a la comida sin envenenar como el resto de los Arron. No hace sentir menos a Katharine por ser débil.

—Este lugar huele a polvo, Kat. No sé por qué te gusta.

Katharine mira a las altas pilas de libros encuadernados en cuero.

—A la reina Camille le gustaban —responde—. Le gustaba leer sobre las reinas del continente. ¿Sabes de dónde viene el nombre de Arsinoe?

—No.

—Hubo una reina en el continente que fue asesinada por su hermana. Ella también se llamaba Arsinoe. Así que cuando Arsinoe nació débil, la bautizaron como ella. Arsinoe la naturalista.

—Una manera perversa de bautizar a un recién nacido. Casi que siento lástima por ella.

—La reina sabe qué es lo que somos desde que nacemos. Conoce nuestros dones. Un fiasco es un fiasco, incluso allí.

—En todo caso, a ti te dio un nombre precioso. Katharine la envenenadora. Debe haber sabido que cuando crecieras serías dulce y considerada —dice, y le pasa un dedo por la mejilla—. Y muy hermosa.

—¿Suficientemente hermosa como para capturar la mirada de cada uno de los pretendientes? ¿De verdad necesito eso?

—De verdad. Imagina el rostro de Mirabella cuando cada uno de ellos la ignore. Quizás esté tan indignada que se arrojará ella misma de los acantilados de Rolanth.

Eso sería muy conveniente. Aunque le quitaría el privilegio de ver a Mirabella clavándose los dedos en su propia garganta, luego de haber sido envenenada.

Katharine larga una carcajada.

—¿Qué?

—Estaba pensando en Arsinoe. De qué triste y fácil será matarla, una vez que Mirabella esté muerta.

Pietyr se ríe y la atrae contra sí.

—Bésame.

Ella lo besa. Lo está haciendo mucho mejor, y más audazmente. Al terminar le muerde apenas el labio. Es muy apuesto. Katharine podría besarlo todo el día y no cansarse.

—Aprendes rápido —le dice Pietyr.

—¿Y tú? ¿Con cuántas chicas has practicado?

—Muchas —responde—. Prácticamente cada chica que ha pasado como sirvienta por nuestra casa, y la mayoría del pueblo de al lado. Así como algunas de las amigas más sensatas de mi madrasta.

—No debería haber preguntado —dice ella haciendo pucheros.

Pietyr le acaricia el muslo, y Katharine se ríe. Tantas chicas. Tantas mujeres. Pero él es suyo y solamente suyo. Por ahora.

—¿No me encuentras tonta, luego de tantas mujeres experimentadas?

—No —responde, y la mira a los ojos—. Nunca. De hecho, la parte más difícil de todo esto es algo que no había pensado.

—¿Qué?

—Recordar por qué estoy aquí. Convertirte en la clase de reina que se roba los corazones. Ayudarte a ganar el apoyo de la isla durante el festival.

—¿Qué importa su apoyo? No me ayudará a matar a mis hermanas.

—Una reina bien amada tiene muchos ojos y oídos. El apoyo será muy importante, en todo caso, luego de que seas coronada.

El estómago de Katharine cruje, y hace la comida a un lado.

—Es todo presión y expectativas. Y voy a fallar. Voy a fallar, como hice en mi cumpleaños.

—No fallarás —dice Pietyr—. Cuando entres al escenario durante el Avivamiento, nadie se molestará en ver el escenario de tus hermanas. Cuando los pretendientes te vean durante el Desembarco, se olvidarán de que hay otras reinas a quienes ver.

—Pero Mirabella…

—Olvídate de Mirabella. Ella será arrogante y rígida. Tú sonreirás. Los seducirás. Tú serás la reina que ellos buscan. Si tan solo pudiera lograr que camines erguida…

—¿Qué camine erguida?

—Eres muy sumisa cuando caminas, Kat. Quiero que te muevas por una habitación como si ya fuera tuya. A veces incluso parece que te escabulleras.

—¡Escabullirme!

Se ríe y lo empuja. Pietyr se deja caer contra la alfombra y se ríe también.

—Sin embargo, tienes razón. A veces me escabullo. Como una rata. Pero eso ya se terminó. Aprenderé de ti y haré que se olviden sus propios nombres. Con una sola mirada.

—¿Una sola? —pregunta Pietyr—. Eso es toda una promesa.

—Pero lo haré. Y a ti también te haré olvidar.

—¿Olvidarme de qué?

Katharine baja la mirada y vuelve a subirla, mirándolo a los ojos.

—Que no soy para ti.

Cuando Natalia le pide a Katharine que la acompañe al Volroy, solo puede ser por una razón: envenenar a un prisionero. Eso es todo por lo que ha ido al palacio. Nunca se sentó en una sesión del Concilio Negro, para escucharlos discutir un impuesto a la fruta naturalista o a los vidrios de Rolanth. Tampoco fue para encontrarse con los representantes del último rey-consorte cuando vinieron del continente a presionar por sus intereses. Pero está bien así, dice Natalia. Ya lo hará un día, luego de que la coronen.

—Fue juzgado en Kenora —le dice Natalia en el carruaje hacia Indrid Down y las agujas negras del Volroy—. Por asesinato. A cuchilladas, y muy brutal. No le tomó mucho al Concilio decidir su castigo.

El coche se detiene momentáneamente en la calle Edgemoor para que le sea permitido entrar por el portón lateral al interior de los terrenos del palacio. Katharine echa la cabeza hacia atrás cuando pisan la sombra de la fortaleza, pero ya están demasiado cerca como para ver la punta de las agujas. Allí vivirá cuando sea coronada, pero nunca le ha importado el Volroy. A pesar de la grandeza de las agujas gemelas, con sus arbotantes aéreos, es demasiado formal y demasiado duro. Hay muchas más ventanas y luz que en Greavesdrake, y aun así el lugar sigue siendo frío. Demasiados pasillos, y las corrientes de viento lo atraviesan como notas en una flauta.

Katharine se aleja de la ventana del coche cuando el cielorraso se cierra sobre sus cabezas.

—¿Están Lucian y Genevieve aquí? —pregunta.

—Sí. Quizás nos encontraremos con ellos más tarde, para el almuerzo. Puedo hacer que Genevieve se siente en otra mesa.

Katharine sonríe. Genevieve todavía no tiene permitido volver a Greavesdrake, ya que Natalia prefiere seguir manteniendo la casa en silencio. Con algo de suerte, no le tendrán permitido regresar hasta que finalice Beltane.

El coche se detiene y descienden para ingresar al edificio. La gente en los pasillos les hace una reverencia mientras pasan, los abrigos abotonados de lana y sombreros negros para conservar el calor. Katharine tiene cuidado de mantener las mangas estiradas, para esconder las vendas de Genevieve y las últimas ampollas. Ya están casi curadas, mucho más rápido de lo que esperaba. Gracias a Pietyr, está más sana y más fuerte. La mayoría de las costras se han pelado y ahora solo queda piel rosa. Ninguna dejará cicatriz.

Katharine hace una pausa en las escaleras que llevan a las celdas inferiores. Los espacios profundos siempre la ponen muy incómoda, y las celdas tienen un aroma desagradable e inconfundible. Huelen a hielo frío y sucio. El viento que no logra escapar del Volroy por las ventanas superiores termina pudriéndose en las celdas inferiores.

—¿Su único crimen es un solo asesinato? —pregunta Katharine mientras bajan con cuidado los escalones de piedra. Las celdas de detención están usualmente reservadas a los prisioneros de especial importancia. Como aquellos que cometieron crímenes contra la reina.

—Quizás podría haber sido ajusticiado en Kenora luego del juicio —dice Natalia—, pero pensé que te vendría bien un poco de práctica.

Al llegar al fondo, el olor a hielo sucio se transforma en el verdadero perfume de la celda: deposiciones, sudor y miedo, potenciado por el ambiente cerrado y el calor de las antorchas.

Natalia se saca el abrigo y una de las guardias lo toma antes de agacharse para pasar por la puerta de dintel bajo. Otra guardia abre con llave la última puerta de metal, con tanta fuerza que el pesado acero golpea contra la pared.

De todas las celdas que hay en el nivel inferior, solo una está ocupada. El prisionero está sentado en la esquina más lejana, con las rodillas contra el pecho. Se ve sucio y cansado, no mucho más grande que un niño.

Katharine sujeta los barrotes. El chico fue sentenciado. Por un homicidio. Pero ahora está tan asustado que a ella le cuesta imaginarlo cometiendo ese crimen.

—¿A quién mató? —le pregunta a Natalia.

—A otro chico. Apenas unos años más grande que él.

Le dieron una sábana y algo de paja. Los restos de su escaso desayuno esperan en una de las esquinas, una pequeña jarra de metal y un plato limpiado con los dedos. Los barrotes que los separan son sólidos, pero Katharine se hubiera sentido segura incluso si fueran de tela. Cualquier fiereza que haya tenido se le agotó tras esos pocos días en prisión.

—¿Cómo te llamas? —le pregunta, y por el rabillo del ojo nota cómo Natalia frunce el ceño. Su nombre no importa. Pero quiere saberlo.

—Walter Mills.

Los ojos le tiemblan. Sabe para qué ha venido.

—Walter Mills —repite ella con suavidad—. ¿Por qué mataste a ese chico?

—Porque mató a mi hermana.

—¿Y por qué no está él en esta celda, entonces? ¿En vez de ti?

—Porque no lo saben. Creen que mi hermana se escapó.

—¿Cómo sabes que no lo hizo? —pregunta Natalia con escepticismo.

—Solo lo sé. Ella no se hubiera escapado.

Natalia se acerca al oído de Katharine.

—No sabemos si lo que dice es verdad —le dice—. Fue juzgado. Es culpable. De cualquier forma, difícilmente podríamos traer al chico muerto para interrogarlo. ¿Has visto lo suficiente?

Katharine asiente. No hay nada que hacer. El Concilio ha determinado su destino. Y ahora ella sabe todo lo que necesita saber. Su crimen. Su motivación. Su salud, edad y peso aproximado.

—Por favor —dice el chico—. Piedad.

Natalia pasa el brazo alrededor de los hombros de Katharine y la guía afuera. No es una obligación legal que Katharine tenga que participar de las ejecuciones antes de ser coronada. Pero no hay hilo que Natalia no pueda mover. Katharine la acompaña a la cámara de los venenos prácticamente desde que llegó de la Cabaña Negra.

Dentro de la cámara, en lo más alto de la torre oriental, Katharine se saca el abrigo y lo arroja sobre uno de los amados sillones de Natalia. Se deja puestos los guantes. Le quedan ajustados, y sirven de aislante en el caso de un derrame.

—¿Hay detalles del crimen? —pregunta.

—Lo acuchilló con un arma de hoja corta —responde Natalia—. Dieciséis veces, de acuerdo con el informe del sanador.

Dieciséis veces. Es un número excesivo que manifiesta furia. Esa evidencia le daría credibilidad al alegato de venganza de Walter Mills. Pero no puede saberlo con certeza. Eso es lo que lo hace tan difícil.

El gabinete con venenos ocupa dos paredes enteras de la habitación. La colección fue recolectada durante años, mantenida e incrementada por innumerables expediciones Arron a la isla y al continente. Hay hierbas y venenos y bayas disecadas de cualquier continente y cualquier clima, cuidadosamente preservados y catalogados. Los dedos de Katharine vagan entre los estantes mientras menciona nombres de venenos. Un día podrá usarlos para despachar a Mirabella y a Arsinoe. Serán mezclas sofisticadas, sin duda. Pero con Walter Mills no será tan creativa.

Hace una pausa frente a un cajón lleno de semillas de ricino. Tomadas en solitario, el veneno resultante provocaría una muerte muy lenta y muy sangrienta, con hemorragias en cada órgano.

—El chico al que mató —pregunta—, ¿se demoró en morir? ¿Sufrió?

—Durante una noche y un día entero.

—Sin clemencia, entonces.

—¿Te parece? —pregunta Natalia—. ¿Incluso aunque sea tan joven?

Katharine le echa una mirada. Natalia no suele abogar por compasión. Muy bien. No será ricino, entonces. En cam-

117

bio, Katharine abre un cajón y señala las jarras con corteza reseca de nuez vómica.

—Una buena elección.

La nuez vómica se encuentra en una jarra de cristal. Todo está cuidadosamente contenido. Incluso los cajones y estantes de los gabinetes están forrados para evitar filtraciones en el caso de un derrame accidental. Este tipo de precauciones ha probablemente salvado a muchas sirvientas descuidadas de dolorosas y enigmáticas muertes.

Katharine apoya el veneno en una de las mesas largas, junto con un mortero y un pistilo. Dos jarritas con agua y aceite están listas para emulsionar la mezcla. Además de la nuez vómica, agrega prímula en polvo para reducir el dolor y valeriana para mitigar el miedo. La dosis es masiva, y la muerte inevitable, pero sin duda será compasiva.

—Natalia, ¿podrías pedir por una jarra de vino dulce de buena calidad?

Siempre está presente cuando administran el veneno. Natalia ha sido firme con eso. Como reina, Katharine debe conocer bien aquello que hace, cómo los condenados luchan contra las cadenas o cómo se resisten contra las manos que los fuerzan a ingerir el veneno. Debe ver cómo se aterran ante la multitud en la plaza. Al comienzo para Katharine era difícil de ver. Pero han pasado años desde la última vez que lloró, y ya aprendió a mantener los ojos bien abiertos.

En las profundidades del Volroy, Walter Mills está sentado contra la pared de su celda con las manos sobre las rodillas.

—Has vuelto demasiado rápido —dice—. ¿Me van a sacar de aquí? ¿Al patio, para que la gente me pueda ver?

—La reina te ha otorgado clemencia —responde Natalia—. Morirás aquí. En privado.

Walter mira la jarra que trae Katharine en brazos y comienza a llorar en silencio.

—Guardia —dice Katharine, acercándose a ella—, tráigame una mesa, tres sillas y dos copas.

—¿Qué estás haciendo, reina Katharine? —pregunta Natalia en voz baja. Pero no la detiene.

—Abra la celda —dice Katharine una vez que regresa la guardia—. Ponga la mesa para tres.

Por un instante, Walter mira la puerta abierta, pero sabe que es fútil incluso en el estado de pánico en el que se encuentra. Katharine y Natalia se sientan, y Katharine sirve vino en las dos copas. Walter la observa como si esperara que el vino haga humo o burbujas. No hace ninguna de las dos cosas, por supuesto. En cambio, es lo que mejor huele de toda la celda.

—Mató a mi hermana —dice.

—Entonces deberías haberlo traído con nosotros —dice Natalia—. Habríamos lidiado con él, créeme.

Katharine trata de sonreírle.

—¿Piensan que me voy a beber eso?

—Pienso que es un gran honor —responde Katharine— tomar tus últimas copas con la cabeza de la familia Arron. Y pienso que es mucho más refinado hablar y beber hasta quedarte dormido que morir ahogado contra el suelo.

Le ofrece la copa. Walter vacila durante unos pocos segundos y se le escapan más lágrimas. Pero termina por sentarse.

Natalia toma el primer sorbo. Tarda un buen rato, pero eventualmente Walter encuentra su coraje. Bebe. Incluso logra no volver a llorar.

—Es… —dice, y hace una pausa—. Es muy bueno. ¿Tú no tomarás nada, reina Katharine?

—Nunca bebo de mis propios venenos.

Una sombra cruza el rostro de Walter. Piensa que ahora lo sabe, que los rumores son ciertos y que no tiene ningún don. Pero ya no importa. El veneno ya está en su estómago.

Walter Mills bebe y bebe, y Natalia lo acompaña copa por copa hasta que está borracho y tiene las mejillas rosadas. Hablan de cosas agradables. Su familia. Su infancia. Respira de forma cada vez más entrecortada, hasta que finalmente cierra los ojos y cae contra la mesa. Recién en una hora su corazón dejará de latir.

Natalia mira a Katharine y sonríe. Su don para resistir los venenos será débil o no tendrá el don en lo absoluto. Pero es tan talentosa como envenenadora.

MANANTIAL DEL LOBO

Jules sabía que cuando Joseph regresara a casa, algunas cosas irían a cambiar. Lo que no esperaba era que encajara de vuelta en su vida sin ningún esfuerzo. Ni siquiera sabía si Joseph encontraría que tenía un lugar allí, después de tanto tiempo. Para algunos cinco años podrá no parecer mucho, pero en ese tiempo Joseph se había transformado en un joven hombre. Quizás con un mayor entendimiento del mundo de lo que Jules podría esperar desde el sudoeste de la isla de Fennbirn.

Pero ahora está en casa. Su familia ya puede respirar de nuevo. Y ambos ya han agotado hace mucho sus depósitos de cumplidos.

—¿Tienes frío? —le pregunta a Jules mientras regresan del pub Cabeza de León.

—No.

—Sí que tienes. Tu cuello está tan hundido entre la ropa que no lo veo.

Mira alrededor y camino arriba. No hay ningún lugar donde meterse. Ambos están cansados de los viejos amantes

121

que les guiñan el ojo con picardía, y de las miradas sospechosas de la gente que odia a los continentales.

Comienza a caer una nevada ligera, y Camden gruñe y se sacude el pelaje. No hay nada más que hacer. Deberían admitirlo y decir buenas noches, pero ninguno de los dos quiere irse.

—Conozco un lugar —dice Joseph con una sonrisa.

La lleva de la mano y la guía rápidamente calle abajo hasta la bahía, donde está amarrado el barco del continente.

—Esta noche solo estará la tripulación mínima. El señor Chatworth y Billy están alojándose en la Posada de los Lobos hasta que el señor Chatworth se vaya.

—¿No tienen que partir ambos? —pregunta Jules—.

—Billy no se está yendo. Se va a quedar hasta Beltane. Para conocer a Arsinoe. Supongo que podríamos presentarlos pronto. Llevarlos a un picnic en el estanque. Hacer un fuego.

Joseph le toma la mano y juntos trotan hasta el muelle. El barco continental se mece en el agua. Los ojos de buey y las amarras brillan a la luz de la luna. Incluso de noche es demasiado brillante para el gusto de Manantial del Lobo.

—Quieres que él sea rey-consorte —dice Jules.

—Por supuesto que quiero. Mi hermano adoptivo y Arsinoe en el trono, tú y yo en el Concilio, todo cerraría de maravilla.

—¿Yo en el Concilio? Más bien liderando su custodia personal. Se ve que has planeado todo, Joseph.

—Bueno, tuve cinco años para pensarlo.

Cruzan la pasarela y Jules estira la mano para convencer a Camden.

—¿Le tiene miedo a los barcos?

—No, pero tampoco le agradan. A veces nos subimos con Matthew. Para ayudarlo a pescar.

—Me alegra que hayas permanecido cerca. Incluso después de lo de Caragh. Cerca de ti, creo que le permite conservar algo de ella. Algo que esos bastardos no pueden quitarle.

—Sí —responde. Matthew todavía ama a su tía Caragh, y Jules espera que lo haga por siempre.

Mira alrededor. La cubierta está lustrada, y todo está limpio y ordenado. Nada huele a pescado. Las velas negras están bien atadas. Por supuesto que Chatworth iba a traer su mejor navío. Y los Chatworth deben ser una familia importante de donde vienen. ¿De qué otra manera tendrían un hijo pretendiente?

—Jules, por aquí.

Joseph la guía bajo cubierta, hacia las cabinas, en silencio para esquivar a la tripulación. Atraviesan una pequeña puerta que da a una completa oscuridad, hasta que él prende una lámpara. El cuarto en el que entran es también pequeño, con una litera, un escritorio y algunas mudas de ropa todavía colgando en el armario. Cam se apoya en sus patas traseras y huele todo alrededor de la puerta.

En el interior del barco está caluroso y el cuello de Jules deja de ocultarse. Pero le gustaría tener alguna excusa para esconder la cara.

—No sé qué decirte —dice—. Quiero que las cosas sean exactamente como antes.

—Lo sé. Pero no podemos seguir jugando a los caballeros asaltando el castillo, ¿no?

—Definitivamente no, sin Arsinoe haciendo del dragón.

Se ríen juntos, recordando.

—Ah, Jules. ¿Por qué tuve que volver ahora? ¿Durante la Ascensión? Cada momento contigo lo siento robado.

Jules traga saliva. Es una sacudida escucharlo hablar de esa manera. No solían decir cosas como esa cuando eran niños. Ni siquiera durante sus más grandilocuentes juramentos de lealtad.

—Tengo algo para ti —continúa—. Aunque ahora me parece tonto.

Va hacia el escritorio y abre un cajón. Adentro hay una cajita blanca, con un lazo verde.

—Es un regalo, por tu cumpleaños.

Nadie celebra nunca el cumpleaños de Jules. Es una Hija de Beltane, concebida durante el festival Beltane, como las reinas. Se considera muy afortunado, y se supone que todos estén encantados, pero es una horrible fecha de cumpleaños. Olvidada y eclipsada.

—Ábrela.

Jules desata el lazo. Dentro de la caja hay un delicado anillo de plata, engarzado con piedras de color verde oscuro. Joseph lo toma y lo introduce en uno de los dedos de Jules.

—En el continente, esto significaría que tienes que casarte conmigo —dice en voz baja.

Un anillo a cambio de un matrimonio. Debe estar bromeado, pero se ve tan sincero.

—Es un anillo muy bonito.

—Lo es. Pero no te queda. Debería haberlo sabido.

—¿Es demasiado bonito para mí?

—No —se apura en responder—. Quiero decir, no tienes que pretender que te gusta. No tienes que dejártelo puesto.

—Quiero dejármelo puesto.

Joseph inclina la cabeza y le besa las manos. Ella tiembla, aunque sus labios están tibios. La mira de una manera en que nunca la ha mirado antes, y Jules sabe tanto con esperanza como con miedo que es cierto. Han crecido.

—Quiero que las cosas sigan siendo exactamente como hubieran sido de no haberme exiliado —dice—. No quiero que me hagan perder nada, Jules. Especialmente no a ti.

—Luke, este pastel está seco.

Arsinoe bebe un sorbo de té para ayudarlo a bajar. Normalmente, la pastelería de Luke es su favorita en la isla. Siempre está probando nuevas recetas de los diferentes libros de cocina que exhibe en los estantes, pero nunca logra vender.

—Lo sé —dice Luke con un suspiro—. Me faltaba un huevo. A veces desearía que Hank fuera una gallina.

Arsinoe empuja el plato hacia el otro lado del mostrador, y el gallo verdinegro picotea las migas.

Dentro de poco Jules llegará con Joseph. Al fin tendrá su propia reunión con él. Jules dice que él no la culpa por su exilio. Y probablemente sea cierto. Pero eso no cambia el hecho de que debería culparla.

Jules y Joseph están bien, al menos, inseparables una vez más, y eso le alcanza. Jules ha estado tan feliz que casi se vuelve difícil estar junto a ella. Pareciera que haber quemado el amuleto de Madrigal no tuvo efectos negativos en lo absoluto.

Arsinoe no le ha contado a Jules, ni a nadie, acerca del viaje al árbol encorvado. Ni tampoco le ha contado a nadie acerca del curioso y creciente anhelo de volver allí. Solo provocaría una discusión. La magia inferior es menospreciada por aquellos que tienen un don. Y como reina no debería ni contemplarlo. Pero no quiere escucharlo en voz alta de boca de Jules.

Ruidos de pisadas en el tablón de entrada preceden el tintineo de la campana de bronce. Arsinoe toma una profunda y temblorosa bocanada de aire. Está casi tan nerviosa de ver a Joseph como lo estuvo Jules, y prácticamente igual de emocionada. Primero habrá sido amigo de Jules, pero luego se transformó en el suyo. Uno de los pocos que ha tenido.

Se da la vuelta con migas de pastel en su abrigo, con el ceño fruncido y nervioso...

Jules y Joseph no están solos. Trajeron a un chico con ellos. Arsinoe aprieta los dientes. Apenas sabe qué decirle a Joseph. Ahora debe intercambiar cumplidos forzados con un desconocido.

Jules, Joseph y el muchacho entran riéndose, luego de una conversación privada e hilarante. Cuando Joseph la ve a Arsinoe, la sonrisa le ensancha la cara. Arsinoe se cruza de brazos.

—Te ves exactamente como pensé que te verías —le dice.

—Igual que tú —dice Joseph—. Jamás te has visto como una reina.

Jules sonríe en silencio, pero Arsinoe se ríe con fuerza y le da un abrazo. No es tan alta como él, pero casi. De seguro más cerca de su altura que Jules.

—Ya es hora de que me meta yo —dice Luke, y los separa para palmear a Joseph en la espalda y estrecharle la mano—. Joseph Sandrin. Tanto tiempo que no te veía...

—Luke Gillespie. Mucho tiempo efectivamente. Hola, Hank.

El gallo sobre el mostrador inclina la cabeza, y el local entra en silencio. Arsinoe busca algo que decir. Otro momento de silencio y no será capaz de seguir ignorando al desconocido que trajeron. Pero no es lo suficientemente rápida.

—Quiero que conozcas a alguien —dice Joseph. Gira con algo de rigidez en dirección al extraño, un chico de prácticamente su misma altura, con cabello rubio oscuro y una expresión de alguien satisfecho de sí mismo que a ella no le agrada.

—Él es William Chatworth Junior. Su familia tiene una delegación este año. Es uno de los pretendientes.

—Eso es lo que escuché —dice Arsinoe.

El chico estira la mano; ella la toma y la sacude una sola vez.

—Puedes llamarme Billy —dice—. Todo el mundo lo hace. Salvo mi padre.

Arsinoe entrecierra los ojos. Con gusto la estrangularía a Jules si Camden no tuviera ojos para vigilarla. Pensaba que sería una reunión con viejos amigos, y no una emboscada con uno nuevo no requerido.

—Entonces, Junior —le dice con una sonrisa dulce—, ¿cuántos traseros del Concilio Negro tuviste que engrasar para que te dejaran llegar tan temprano?

—No tengo idea —le responde el chico, devolviéndole la sonrisa—. Mi padre hace la gran parte del engrasado de la familia. ¿Vamos?

El tramposo plan de Jules y Joseph consiste en un picnic junto al estanque Cornejo. Un fuego y un poco de carne asada. Arsinoe espera que Billy Chatworth esté decepcionado. Consternado por su falta de magnificencia. Escandalizado por su falta de decoro. Pero si lo está, no lo demuestra. Se ve perfectamente feliz de ir al estanque, hundiéndose hasta la rodilla en bancos de nieve.

—Arsinoe —le susurra Jules—, al menos trata de no poner mala cara.

—No voy a tratar nada. No deberías haber hecho esto. Deberías haberme avisado.

—Si te hubiera avisado, no hubieras venido. Además, algún día tenía que ocurrir. Eres la razón por la que está aquí.

Pero eso es solo una verdad parcial. Los pretendientes conocerán a todas las reinas, pero solo tendrán que cortejar a la indicada. La que será coronada. No ella. Si está encantado de conocerla es porque le servirá de entrenamiento antes de Mirabella o Katharine.

—Podría haber ocurrido más tarde. Pensé que hoy seríamos nosotros tres nada más. Como solía ser.

Jules suspira como si hubiera todo el tiempo del mundo para eso. Pero si hay una cosa que Arsinoe nunca tuvo es tiempo.

A medida que se acercan al estanque, los chicos se adelantan para encender el fuego. Para ser fin de diciembre no hace tanto frío. De hecho, si el sol saliera de entre las nubes, aun habría algo de deshielo. Camden salta entre la nieve y sus golpes crean pequeñas lluvias blancas. Arsinoe tiene que admitir que es un día precioso. Incluso con el entrometido.

—¿Y bueno? —le pregunta Jules cuando Joseph y Billy están lo suficientemente lejos—. ¿Qué piensas de él?

Arsinoe pone los ojos en blanco. Billy Chatworth lleva ropas de isleño, pero no las lleva bien. Es un centímetro o dos más bajo que Joseph, y el cabello arenoso está corto, casi aplastado contra la cabeza.

—No es ni de cerca tan apuesto como Joseph —la provoca a Jules, que se pone roja—. Sabía que ganaría esa mandíbula que tienen los Sandrin. Y esos ojos. —La codea en las costillas hasta que Jules se ríe y la empuja. —De todas maneras, ¿qué piensas *tú* del continental?

—No lo sé —dice Jules—. Dijo que cuando era chico tenía un gato que lucía como yo. Con un ojo verde y otro azul. Dijo que había nacido sordo.

—Qué encantador.

Llegan al estanque. Joseph saca un paquete con la carne para asar, y Camden se acerca a olerla. El fuego ya arde con fuerza, naranja brillante junto al hielo y los árboles teñidos de blanco.

Arsinoe se acerca al árbol más cercano y arranca ramas, una para ella y otra para Jules. Juntas las afilan con sus cuchillos. El chico del continente las mira, y Arsinoe se asegura de hacer cortes largos y peligrosos.

—¿Querrías…? —empieza Billy, y se aclara la garganta—. ¿Querrías que te ayude con eso?

—No —responde Arsinoe—. De hecho, lo estoy haciendo para ti.

Toma un pedazo de carne del paquete y lo ensarta como si fuera de manteca. Luego lo ubica directamente sobre las llamas y lo escucha crepitar.

—Gracias. Nunca conocí a una chica tan hábil con el cuchillo. Pero bueno, tampoco había conocido a una chica con un tigre antes.

—Es una gata montés —dice Jules, y le arroja a Cam un trozo de carne cruda—. No tenemos tigres aquí.

—Pero, ¿podrían? —pregunta Billy—. ¿Podría haber alguna vez?

—¿Qué quieres decir?

—¿Podría uno de ustedes ser tan poderoso que convoque a uno del otro lado del mar?

—Quizás yo lo soy —replica Arsinoe—. Quizás por eso está tardando tanto tiempo.

Le sonríe a Jules con malicia mientras afila otra rama.

—No puedo imaginar un don tan poderoso —dice Jules—. Soy una de las naturalistas más poderosas de la isla, y no puedo llamar mucho más allá de las aguas profundas junto a la costa.

—No sabes eso —responde Arsinoe—. Apuesto a que podrías si lo intentaras. Apuesto a que puedes llamar lo que sea, Jules.

—Yo también lo pienso —dice Joseph—. Desde que me fui, se ha vuelto más feroz.

La carne vuelve con los pinchos, y comen en silencio. Es buena carne, veteada y tierna. Arsinoe considera dejar que los jugos caigan por su barbilla, pero decide que es ir demasiado lejos.

De todas formas, no vuelve a hablar hasta que Jules le pega una patada.

—¿Qué te está pareciendo la isla, Junior?

—Me fascina —dice—. Completamente. Joseph me ha estado hablando de Fennbirn desde el día que llegó con nosotros. Es un gran placer poder verla, y poder verte a ti, y a Jules, de la que he escuchado con aún más frecuencia.

Arsinoe se muerde los labios. Es una buena repuesta. Y lo dijo muy bien.

—Supongo que debería agradecerte —dice—. Por cuidar de Joseph. ¿Te dijo que yo fui la razón por la que fue exiliado?

—Arsinoe —la interrumpe Joseph—, no sigas. Si pudiera volver, lo haría de nuevo.

—Pero yo sí. Te extrañé.

—Y yo también te extrañé —responde, y toma la mano de Jules—. A ambas.

Los dos deberían estar a solas. Por mucho que Arsinoe lo haya extrañado, no fue de la misma manera en que Jules lo hizo.

Traga el último bocado y se pone de pie.

—¿Adónde estás yendo? —pregunta Jules.

—A mostrarle el paisaje a Junior. No tardaremos mucho —dice, y le guiña un ojo a Joseph—. Bueno, tampoco enseguida.

Arsinoe guía al continental a través del bosque hasta un angosto sendero rocoso que zigzaguea entre los árboles y termina en las colinas sobre la ensenada Cabeza de Foca. Es un camino riesgoso en invierno, a menos que conozcas el terreno. Casi que se siente culpable. Pero si quiere transformarse en un rey-consorte, tendrá que atravesar caminos peores.

—¿Esto es un sendero? —pregunta él, a sus espaldas.

—Así es. Lo puedes reconocer por la falta de árboles y arbustos.

Las rocas son filosas, en general cubiertas de hielo. Resbalarse significaría un corte en un codo o una rodilla partida. Un paso en falso podría significar la muerte. Arsinoe camina lo más rápido que su conciencia le permite, pero Billy no se queja. Ni trata de refrenarla. Aprende rápido.

—¿Es cierto que en el continente no tienen dones?

—¿Dones? Ah, quieres decir magia. Sí, es cierto.

Eso no es lo que quiso decir. Y no es cierto. Aunque él no lo sepa, la magia inferior está sana y salva en el resto del mundo. Es lo que le contó Madrigal.

—Dicen que una vez los tuvieron —lo desafía—. Y que luego los perdieron.

—¿Quiénes son los que "dicen"? —pregunta Billy—. Te estuvieron contando cuentos.

—Eso sería algo extraño. No tener dones. El continente debe ser un lugar extraño.

—Tenerlos es mucho más extraño, créeme. Y deberías dejarle de decir "el continente". Hay muchos territorios, sabes.

Arsinoe no contesta. En la isla, todo lo que no sea isla es el continente. Eso es lo que siempre ha sido. Eso es lo que siempre será para ella, que nunca tendrá la oportunidad de irse y ver otras cosas.

—Ya verás —dice Billy—. Algún día.

—No, yo no lo veré. La reina lo verá, en todo caso.

—Bueno, ¿no eres tú una reina? Te ves como una. Cabello negro como la noche, impactantes ojos oscuros.

—Impactantes —repite Arsinoe en voz baja, con una sonrisa. No será conquistada tan fácilmente.

Escalan lo que queda de pendiente y llegan al promontorio.

—Allí —dice Arsinoe señalando con el dedo—. La más completa visión que tendrás de Manantial del Lobo. La casa de los Sandrin, el mercado de invierno. Y tu barco, balanceándose en el muelle.

—Es precioso —dice, y se da la vuelta—. ¿Cuál es ese pico?

—Ese es el monte Cuerno. Yo nací en la base, bajo su sombra, en la cañada de la Cabaña Negra. Pero no la puedes ver desde aquí.

Billy está sin aliento. Eso le agrada. Ella en cambio solo se siente demasiado acalorada como para llevar bufanda. Cuando Billy le toma la mano, es tan inesperado que ni siquiera trata de quitarla.

—Gracias —dice Billy—. Por mostrarme esto. Estoy seguro de que me mostrarás más, antes de que seas coronada y yo sea coronado a tu lado. ¿Son coronados los reyes-consortes? Esa parte nunca estuvo muy clara.

—Eres muy testarudo —responde, y suelta la mano—. Pero no eres un tonto, y yo tampoco.

Billy sonríe de mala gana, de una forma que recuerda mucho a la de Joseph. Astuta y torcida. Quizás la aprendió de él.

—Está bien, está bien —dice—. Dios, qué difícil.

—Y solo se hará más difícil. Quizás debas volver a tu casa.

—No puedo.

—¿Por qué no?

—La corona, por supuesto, y todo lo que viene con ella. Los acuerdos comerciales con la isla de Fennbirn. El prestigio. Mi padre lo quiere todo.

—¿Y tú crees que puedes ayudarlo?

Billy se encoge de hombros y se queda mirando la bahía reflexivamente.

—Joseph piensa que tú puedes. Y espero que sea cierto. Lo haría feliz. No le gustaría que te murieras y yo me casara con otra reina.

Arsinoe frunce el ceño. A Joseph no le gustaría, pero podría vivir con eso. Todos podrían vivir con eso. Incluso Jules.

—Es todo tan extraño —continúa Billy—. Me subí a un barco y atravesé la niebla, y allí está Fennbirn, aunque nunca estuvo allí cuando antes viajé en la misma dirección. Y ahora estoy aquí, participando de esta locura.

—¿Quieres que te tenga lástima?

—No. Nunca. Sé que lo que tienes que hacer es peor. Y me gusta lo que acabas de hacer. Sacar la mano. Hacerme hablar con honestidad. No hay muchas chicas que hayan hecho eso en el lugar de donde vengo.

—Hay muchas por aquí —dice Arsinoe—. Tantas que pronto te cansarás. Solo no malgastes tu tiempo conmigo, ¿está bien? No soy... no estoy hecha para ser cortejada.

—Está bien —dice, y le ofrece la mano—. Pero seremos vecinos, por un tiempo. ¿Así que quizás quieras estrecharme la mano y guiarme con cuidado por este sendero traicionero?

Arsinoe sonríe y le estrecha la mano. Ya le cae mejor, ahora que se entienden mutuamente.

—¿Qué piensas que están haciendo ahora? —pregunta Jules mientras aviva el fuego.

—Pienso que todo va según el plan —responde Joseph.

Se sienta más cerca de ella en el tronco húmedo y nevado. Él está tibio, y el fuego también. Jules juguetea con la piedra verde en su dedo. En el continente, hubiera significado que él quería casarse con ella. Pero en la isla es solo un anillo. Todavía no ha encontrado el coraje para preguntarle de qué manera lo pensó.

—Es un poco temprano para saberlo —dice Jules—. A ella quizás ni siquiera le guste. Y él tiene que conocer a las otras reinas.

—Él tiene que conocerlas y va a conocerlas. Pero no querrá. Después de todas las historias que le conté sobre Arsinoe, creo que ya está medio enamorado de ella.

Jules no sabe qué historias Joseph podría contar de Arsinoe que hicieran que alguien se enamore, dado que solo eran niños cuando los separaron. Pero si fueron mentiras o exageraciones, Billy las descubrirá pronto.

—Será extraño una vez que sea coronada —continúa Joseph—. Tener que agachar la cabeza en su presencia.

—Solo tendremos que hacer eso frente a los demás.

—Supongo. Pero será difícil agachar la cabeza igual, después de tanto tiempo afuera. Probablemente olvide agacharme frente a la Suma Sacerdotisa y me exilien una vez más.

—Joseph —se ríe Jules—, no te exiliarían por eso.

—No. Pero es diferente aquí. Aquí, los hombres no tiemblan cuando las mujeres hablan.

—Nadie debería temblar. Es por eso que la gente necesita un cambio en el Concilio Negro.

—Lo sé. Y lo tendremos.

Pasa su mano alrededor de ella, toca el anillo que le dio y luego su cabello.

—Jules —dice, y se inclina para besarla.

Jules da un salto en cuanto los labios se tocan. Joseph se echa atrás, confundido.

—Perdón —dice ella—. No sé por qué hice eso.

—Está todo bien.

Se siente de cualquier forma menos bien. Pero Joseph no se mueve. Se queda quieto y la abraza más fuerte.

—Jules, ¿ha habido alguien más? ¿Desde que me fui?

Ella sacude la cabeza. Nunca se ha avergonzado de eso, pero ahora sí le avergüenza.

—¿Nadie en absoluto?

—No.

Nadie la ha mirado de la manera en que Joseph la mira. Ni siquiera el propio Joseph antes de su partida. No es hermosa, como su madre o su tía Caragh. Siempre se ha sentido pequeña y llana y extraña. Pero no le dirá eso.

—Creo —dice en cambio— que los chicos me tuvieron miedo.

—No dudo de eso. Te tenían miedo cuando éramos más chicos, solo por tu temperamento. La puma no debe haber ayudado.

Jules le sonríe a Camden.

—No debería sentirme así —sigue Joseph—. Pero no me gusta pensar en la idea de alguien más tocándote. Lo pensé a veces cuando estaba lejos. Y entonces Billy me hacía salir a emborracharnos.

Jules se ríe y apoya su frente contra la de él. Allí, junto al estanque, parece el niño que conoció durante tanto tiempo. Su Joseph. Únicamente se ve distinto por fuera, todo ese pelo oscuro y los nuevos ángulos en su rostro. La anchura del pecho y los hombros.

—No somos los mismos —dice Jules—. Pero tampoco querría que hubiésemos cambiado.

—Pero sí cambiamos, Jules. Hemos crecido. Te amaba de niño. De la forma en que un niño ama a un amigo. Pero me enamoré de ti, de verdad, cuando estaba lejos. Las cosas no pueden seguir como antes.

Se inclina una vez más, y sus labios se tocan. Lo hace con lentitud y suavidad. A cada instante Jules piensa que se detendrá, incluso cuando la abraza por la cintura. Se detendrá si no es lo que ella quiere.

Jules desliza los brazos alrededor de su cuello y lo besa profundamente. Es exactamente lo que quiere. Es todo lo que ha querido.

ROLANTH

Pronto vendrán a separarnos —dice Arsinoe. Una vez más estuvo en la maleza, en búsqueda de bayas. Le chorrea jugo rojo furioso por la mejilla. O quizás se cortó con una espina.

—Willa no nos dejará ir —dice Katharine—. No quiero irme. Quiero quedarme aquí.

Mirabella también querría quedarse. Es un día caluroso, primaveral. De vez en cuando, cuando hace demasiado calor, convoca al viento para que le acaricie la piel y haga reír a Katharine.

Están del otro lado del arroyo, y Willa ya no cruzará el agua para buscarlas. Es demasiado fría, dice. Le hace doler sus viejas articulaciones.

—Willa no te salvará —dice Arsinoe.

—Sí lo hará —contesta Katharine—. Porque soy su favorita. Es a ti a quien no salvará.

—Yo las salvaré a ambas —promete Mirabella, y pasa los dedos por el largo cabello negro de Katharine. Es suave como la seda, y resplandece. La peque-

ña Katharine. La más joven de las trillizas. Ha sido el tesoro de Mirabella y Arsinoe desde que crecieron lo suficiente como para sostenerle la mano.

—¿Cómo? —pregunta Arsinoe, y se sienta con las piernas cruzadas en el pasto. Arranca una flor y frota el polen en la nariz de Katharine hasta que se pone amarilla.

—Convocaré al trueno para asustarlos —responde Mirabella, trenzando el pelo de Katharine—. Y un viento tan fuerte que nos suba a la montaña.

Arsinoe considera esa opción, el ceño fruncido. Sacude la cabeza.

—Eso nunca funcionará —dice al fin—. Vamos a tener que pensar otra cosa.

—Fue solo un sueño —dice Luca. Están en lo más alto del templo, en su habitación repleta de almohadas y adornos.

—No. Fue un recuerdo.

Luca tiembla debajo de una manta de piel, tratando de no mostrar su irritación por ser levantada a las sacudidas antes del amanecer. Cuando Mirabella se despertó en Casa Westwood, todavía era de noche. Esperó todo lo que pudo antes de ir al templo a despertar a Luca, pero la luz que asoma a través de las persianas todavía es el más pálido de los grises.

—Vamos a la cocina —dice Luca—. No hay nadie despierto a esta hora para pedirle un té. Tendremos que hacerlo nosotras.

Mirabella toma aire. Cuando exhala, el cuerpo le tiembla. El recuerdo, o el sueño, si es eso lo que de hecho fue, todavía le cuelga, así como también los sentimientos que le despertó.

—Cuidado aquí —dice Mirabella mientras guía a Luca por las empinadas escaleras del templo. Alza la llama de la lámpara. Luca debería tomar una habitación en un nivel más bajo. Quizás uno más cálido, cerca de la cocina. Pero Luca no admitirá que es vieja. No hasta que esté muerta.

En la cocina, Mirabella enciende el horno y calienta agua en una pava mientras Luca busca en los estantes las hojas de té que más le gustan. No vuelven a hablar hasta que se sientan a la mesa, frente a dos tazas de té humeante y endulzado con miel.

—Es solo una creación de tu mente. Porque estás nerviosa. No es sorprendente, con el Avivamiento tan cerca. Y todavía sigues perseguida por la muerte de ese sacrificio. Rho nunca debió haberte obligado a hacer ese ritual.

—No es eso —insiste Mirabella—. No es un invento.

—Eras una niña la última vez que viste a tus hermanas —dice Luca con amabilidad—. Quizás escuchaste historias. Quizás recordaste un poco, sobre la cabaña y los terrenos cercanos.

—Tengo una memoria muy buena.

—Las reinas no recuerdan esas cosas —dice Luca, y toma un sorbo de té.

—Decirlo no lo hace cierto.

Luca mira con seriedad el interior de su taza. La luz anaranjada de la lámpara de la mesa hace visible cada línea, cada arruga en el rostro de la anciana.

—Necesitas que sea cierto —dice al fin—. Porque si no, sería demasiado cruel forzar a una reina a matar a aquellos que ama. Sus propias hermanas. Y ver que esas personas amadas se acercan a la puerta como lobos, en busca de su cabeza.

Cuando no recibe respuesta, Luca estira la mano y cubre la de Mirabella con la suya.

El eco de las palabras de Luca resuena tanto en los oídos de Mirabella que no la escucha a Elizabeth hasta que la tiene enfrente.

—¿No me escuchabas? —pregunta Elizabeth, casi sin aliento.

—Lo siento —dice Mirabella—. Es tan temprano que no esperaba a nadie despierto.

Elizabeth señala el tronco de un árbol perenne cercano.

—Pimienta se levanta con el sol. Y yo también.

Al mirar a la joven sacerdotisa, Mirabella no puede sino sonreír. Elizabeth tiene una manera de hacer imposible la tristeza. Lleva la capucha baja, y su pelo oscuro todavía no está trenzado. Su pájaro carpintero con copete se asienta en su hombro, y lo alimenta con semillas.

—También es agradable —sigue— levantarse tan temprano porque no tenemos que preocuparnos por ser vistos.

Mirabella sujeta a Elizabeth por la muñeca, con gentileza. Los brazaletes que usa la sacerdotisa son únicamente eso: brazaletes de lazos negros y cuentas. Es solo una iniciada y todavía puede cambiar de opinión.

—¿Por qué permaneces aquí? —pregunta Mirabella—. Cuando te conocí, dijiste que si supieran te quitarían a Pimienta y lo matarían. Pero el vínculo entre ustedes es muy fuerte. ¿Por qué no se van?

Elizabeth se alza de hombros.

—¿Y adónde ir? Era una niña de Templo, Mirabella. ¿Te conté eso?

—No.

—Mi madre era una sacerdotisa del Templo de Kenora. Mi padre era un sanador con quien solía trabajar seguido. Mi madre no me dio en adopción. Crecí allí. El Templo es todo lo que conozco. Y espero…

—¿Qué esperas?

—Que me lleves contigo al Templo de Indrid Down cuando seas coronada.

Mirabella asiente.

—Sí. Tanta gente en Rolanth espera cosas similares.

—Lo siento. ¡No quería añadirte una carga!

—No —dice Mirabella, y la abraza—. No lo hiciste. Por supuesto que te llevaré conmigo. Pero piensa en estos brazaletes: no tengo que llevarte necesariamente al Templo. Tienes opciones. Tienes todas las opciones del mundo.

A Rho no le gusta ser llamada a las habitaciones de Luca. Se para cerca de la ventana, los hombros erguidos y la espalda derecha. Nunca trata de hacerse sentir en casa. Nunca se siente en casa, salvo quizás cuando está supervisando las tareas de las sacerdotisas más jóvenes.

Luca puede ver por qué a Mirabella no le agrada. Rho es severa e intransigente, y la sonrisa no le llega a los ojos. Pero es una de las mejores sacerdotisas que Luca haya tenido. La reina podrá no apreciar a Rho, ni Rho a la reina, pero sin duda que Rho será útil.

—Es lo que dijo —dice Rho luego de que Luca le cuenta de la temprana visita de Mirabella—. Recuerda a sus hermanas.

—No sé si es cierto. Puede que solo sean los sueños haciendo trucos. Pueden ser solo sus nervios.

Rho mira hacia abajo. Es evidente que no concuerda.

—¿Y entonces? —pregunta—. ¿Qué quieres que haga?

Luca se recuesta contra el respaldo de la silla. Nada. Quizás no se necesite hacer nada. O quizás estuvo equivocada todo este tiempo y Mirabella no es la reina elegida. Se limpia la boca con la palma de la mano.

—Quedarás en ridículo —dice Rho— después de apoyarla. Es demasiado tarde para cambiar de dirección.

—No cambiaré de dirección —contesta Luca con enojo—. La reina Mirabella es la elegida. Tiene que serlo.

Mira, por encima del hombro de Rho, al enorme mosaico que cubre la pared. Una representación de la ciudad capital de Indrid Down, la cúpula de seis lados de su templo y las grandiosas agujas negras del Volroy.

—¿Cuánto tiempo pasará hasta que podamos ver esto y pensarla como la capital? —pregunta Luca—. ¿En vez de la ciudad de los envenenadores?

Rho sigue la dirección de su mirada y se alza de hombros.

—Una vez lo fue —dice Luca—. Una vez fue nuestra. Nuestra y de la reina. Ahora es de ellos. Y el Concilio es de ellos. Se han vuelto demasiado fuertes como para escuchar, y nosotros no pertenecemos a ningún lugar.

No recibe respuesta. Si esperaba compasión, debería haber llamado a otra sacerdotisa.

—Rho, tú la has visto. La observas como un halcón sobre un ratón. ¿Qué piensas?

—¿Pienso si puede matarlas? —pregunta Rho, y se cruza de brazos—. Por supuesto que puede. Un don como el de ella puede hundir una flota. Podría ser grandiosa. Como las reinas de antaño.

—¿Pero?

—El don está desperdiciado en ella —continúa Rho sombríamente—. Puede matar a sus hermanas, Suma Sacerdotisa. Pero no lo hará.

Luca suspira. Escucharlo en voz alta no la sorprende. En verdad, hace tiempo que lo sospecha y lo teme, desde que conoció a Mirabella a orillas del lago de los Cometas y ella casi la ahoga. Estaba tan enojada. Había llorado la pérdida de Arsinoe y Katharine durante casi un año. Si hubiera sido tan fuerte como es ahora, Luca y todos los Westwood que estaban con ella estarían muertos.

—Si solo hubiera una forma de canalizar esa ira —murmura.

—Quizás se te ocurra una forma —dice Rho—. Pero yo pensé en algo distinto.

—¿Qué?

—La forma de la Reina de la Mano Blanca.

Luca ladea la cabeza. Las Reinas de la Mano Blanca son aquellas que ascienden al trono sin haber derramado una sola gota de sangre de sus hermanas. Sin mancharse las manos.

—¿De qué estás hablando? Mirabella fue una de tres, como suele ser.

—No estoy hablando de las Reinas Azules —dice Rho, en referencia a la rara cuatrilliza, que es considerada tan sagrada que sus hermanas son ahogadas de inmediato por la Comadrona.

—¿Entonces qué?

—En las leyendas de antaño, hubo otras Reinas de la Mano Blanca.

—La reina Andira, cuyas hermanas eran ambas oráculos, con el don de la clarividencia —dice Luca—. Las reinas con ese don tienen tendencia a la locura, y las matan al nacer. Pero ni Arsinoe ni Katharine son oráculos.

—Hay otra. Me refiero a la Reina de la Mano Blanca en el Año Sacrificial.

Luca estrecha los ojos. Rho ha estado pensando en esto durante mucho tiempo. Un Año Sacrificial significa una generación en donde dos de las reinas prácticamente no tienen dones. Tan débiles que son consideradas sacrificios y no víctimas.

Rho hizo una investigación rigurosa. Solo las académicas del Templo puede que hayan escuchado apenas una alusión vaga o una parábola sobre el Año Sacrificial.

—Este puede ser uno de esos años —dice Luca—. Pero no logro ver cómo puede ayudar si Mirabella no reclama esos sacrificios.

—En algunos Años Sacrificiales, la gente asume los sacrificios por ella —contesta Rho—. La noche del Avivamiento, en el más sagrado de los lugares, el pueblo se alza y alimenta el fuego con las otras reinas.

Luca observa a Rho con cuidado. Ella nunca ha leído eso.

—Eso no es cierto —dice.

Rho alza los hombros.

—Los rumores lo harán cierto. Será rápido y limpio, y de esa manera eximiremos de hacerlo a la reina y su suave corazón.

—¿Tú quieres que… —comienza Luca, pero mira hacia la puerta y baja la voz— sacrifiquemos a Arsinoe y Katharine durante Beltane?

—Sí. Al tercer día. Después de la ceremonia del Avivamiento.

Rho sedienta de sangre, siempre buscando soluciones definitivas. Pero Luca nunca imaginó que llegaría a planear algo como esto.

—El Concilio nos hará matar.

—Mirabella todavía tendría el trono. Y además, no lo harían si la isla estuviera con nosotros. No nos matarían si el rumor se esparce. Necesitaremos a Sara Westwood.

Luca sacude la cabeza.

—Sara no aceptaría.

—Sara se ha vuelto una mujer piadosa. Hará lo que el Templo le indique. Y lo mismo las sacerdotisas. Además, le hará bien a la isla recordar las viejas leyendas.

Viejas leyendas. Leyendas creadas del aire.

—No quiero rendirme con Mira tan rápidamente —dice Luca, y Rho frunce el ceño—. Pero es algo que vamos a considerar.

MANSIÓN GREAVESDRAKE

❧

Katharine y Pietyr acaban de terminar de almorzar con Natalia. La mesa ya está limpia: comieron lomo proveniente de un cerdo envenenado, con salsa de crema hecha con manteca y leche de una vaca que había pastado en beleño. Pan de avena negra para acompañar. También había soufflé de setas de olivo. A Natalia no le importa comer alimentos no envenenados, pero todo lo que hacen servir contiene venenos a los que Katharine es prácticamente inmune.

Natalia pide más vino. El comedor está agradablemente cálido. El fuego crepita en la chimenea y unas cortinas gruesas y rojas contienen el calor.

—¿Cómo estuvo el trote de Medialuna? —pregunta—. Uno de los mozos de cuadra estaba preocupado por una inflamación en su cuartilla trasera derecha.

—No tiene problemas en el paso —responde Katharine—. Y no había calor en la pata.

Medialuna es su castrado negro favorito, llamado así por la blanca luna creciente que tiene en la frente. Si mostraba algún signo de cojera, Katharine no debería haberlo sacado. Por debajo de la mesa golpea a Pietyr con la rodilla.

—¿Notaste algo, Pietyr? —le pregunta.

—Nada en absoluto. Se veía perfectamente sano.

Pietyr se aclara la garganta y aleja la rodilla, temiendo que Natalia perciba el contacto. Cuando están en su presencia, siempre tiene el cuidado de mantener distancia, aunque Natalia sepa qué es lo que hacen. Incluso cuando está aquí por insistencia de ella.

—Tengo novedades interesantes —dice Natalia—. Una delegación del continente llegó antes que el resto. Y el pretendiente desea conocer a Katharine.

Katharine se sienta más erguida y lo mira a Pietyr.

—No es el único que vas a conocer, claro está —continúa Natalia—. Pero es un buen comienzo. Hace muchos años que venimos haciendo negocios con su familia. Son quienes alojaron a Joseph Sandrin durante su exilio.

—Lo miraré con buenos ojos, entonces.

—Los mismos con lo que mirarías a cualquier otro —afirma Natalia, aunque quiere decir exactamente lo contrario—. Se llama William Chatworth Junior. No sabemos cuándo podremos concretar un encuentro. En este momento está en Manantial del Lobo, en audiencias con Arsinoe, pobre chico. Pero cuando podamos, ¿estarás lista?

—Lo estaré.

—Te creo —dice Natalia—. Te ves mucho mejor estas semanas. Más fuerte.

Es cierto: Katharine está cambiada desde que llegó Pietyr. Genevieve diría que sigue siendo delgada y demasiado pequeña. Después de tantos años de envenenamiento, es improbable que recupere del todo el crecimiento perdido. Pero su cabello y su complexión y la manera en que se mueve han mejorado mucho.

—Tengo un regalo para ti —dice Natalia. Su mayordomo, Edmund, entra con una campana de cristal. Adentro hay una pequeña serpiente coral, roja, amarilla y negra—. Mira a quién encontré tomando sol en una ventana.

—¿Dulzura? —exclama Katharine. Empuja la silla hacia atrás, casi tirándola, y corre hacia Edmund, que levanta la campana. La serpiente retrocede un poco y luego se enrosca en su muñeca.

—Pensé que la había matado —susurra.

—No del todo —dice Natalia—. Pero estoy segura de que querrá volver a su jaula usual y al calor de su lámpara. Y quiero hablar con Pietyr a solas.

—Sí, Natalia.

Katharine les sonríe a ambos antes de retirarse, casi a los saltos.

—Un pequeño regalo la vuelve una niña de nuevo —dice Natalia.

—Katharine ama a esa serpiente —responde Pietyr—. Pensé que estaba muerta.

—Está muerta. La encontraron fría e inane en una esquina de la cocina tres días después del *Gave Noir*.

—¿Entonces qué le diste?

Natalia se encoge de hombros.

—No notará la diferencia. La nueva está entrenada igual que la primera.

Se dirige a Edmund, que le trae dos vasos de su brandy ponzoñoso favorito en una bandeja de plata.

—Estás haciendo avances —le dice a Pietyr.

—Algo. Todavía piensa en vestirse de tal manera que cubra un sarpullido o una costilla flaca. Y cuando está asustada, todavía se escabulle como una rata.

—Vamos, Pietyr. No la hemos tratado tan mal.

—Quizás tú no. Pero Genevieve es un monstruo.

—Mi hermana es tan severa como lo que yo le permito. Y el entrenamiento en venenos de Katharine no es de tu incumbencia.

—¿Ni siquiera si vuelve mi tarea más difícil?

Se quita un mechón de cabello rubio de los ojos y se deja caer en un sillón. Natalia sonríe detrás de su brandy. Le recuerda mucho a ella misma. Quizás algún día, si no hay ninguna hija adecuada mayor de edad, llegue a transformarse en el jefe de la familia.

—Dime, ¿está lista para conocer a este delegado?

—Supongo. No debe ser difícil de impresionar, en cualquier caso, si viene de Manantial del Lobo. Todo el mundo sabe que Arsinoe tiene la belleza de un plato de papilla.

—Puede que así sea. Pero Mirabella no. Si uno escucha a los Westwood, es más hermosa que el cielo nocturno.

—E igual de frío y lejano —replica Pietyr—. Katharine, al menos, tiene sentido del humor. Y es dulce. Ustedes no le han logrado quitar eso.

Hay algo en el tono de Pietyr que a Natalia no le gusta. Casi posesivo, y eso va en contra de sus intereses.

—¿Cuán lejos han llegado?

—¿A qué te refieres?

—Sabes a qué me refiero. Enséñale todos los trucos que quieras, pero no puedes ir demasiado lejos, Pietyr. En el continente son raros. Querrán casarse con una virgen.

Natalia lo observa con atención, para ver cómo reacciona. Parece decepcionado (incluso frustrado) pero no asustado. Todavía no se ha atrevido a dar ese paso.

—¿Estás segura de que no apreciarán su desempeño en la cama? —pregunta Pietyr. Luego alza los hombros—. Supongo que si les interesa, le puedo enseñar luego de estar casada.

Con un gran trago finaliza su brandy y deja el vaso sobre la mesa. Querría que le permitieran seguir, poder vestir y desvestir a Katharine como si fuera una muñeca.

—Probablemente sea para mejor, sobrino. Si te acostaras con ella, temo que se enamoraría de ti. Ya parece un poco enamorada de ti, y no es lo que queremos.

Pietyr juguetea con el vaso entre sus dedos.

—Realmente no lo queremos —insiste Natalia con más severidad.

—No te preocupes, tía Natalia —responde—. Solo un rey-consorte es tan estúpido como para enamorarse de una reina.

Katharine todavía no se había apartado de la serpiente cuando Pietyr entra en sus habitaciones. La extrañó tanto que no quiere separarse de ella, y está sentada en el tocador con Dulzura enroscada en su mano, la nariz prácticamente pegada a la venenosa cabeza de la serpiente.

—Katharine, suéltala un rato. Déjala descansar.

Obediente, Katharine se pone de pie y con delicadeza deposita la serpiente en el interior de la tibia jaula. Deja la portezuela abierta para acariciarle las escamas.

—No puedo creer que haya sobrevivido. Natalia debió hacer que buscaran todos los sirvientes.

—Debió hacerlo —dice Pietyr.

—Entonces —dice Katharine, y saca las manos de la jaula—, ¿de verdad voy a conocer a mi primer pretendiente?

—Sí.

Ella y Pietyr se encuentran muy cerca uno del otro, pero sin tocarse ni mirarse a los ojos. Pietyr pasa los dedos a lo largo del brocado de la silla y se entretiene con un hilo suelto.

—¿Estás seguro de que no puedo envenenar a mis hermanas primero?

Pietyr sonríe.

—Estoy seguro. Tienes que hacerlo, Kat.

Observa a través del escaso espacio libre entre las cortinas: el cielo nublado y las sombras sobre el patio. El pequeño lago junto al que cabalgaron esta mañana, al sudeste, parece desde allí un charco color tiza. Dentro de poco se verá azul brillante, y el patio estará verde y plagado de narcisos. Ya empieza a estar más caluroso, y el alba trae más niebla que escarcha.

—Mirabella será difícil de vencer —dice Pietyr—. Es alta y fuerte y hermosa. En Rolanth ya hay canciones sobre su cabello.

—¿Canciones sobre su cabello? —repite Katharine, y resopla. Debería preocuparse por esto. Pero la verdad es que no le importaría si todos los pretendientes prefirieran a Mirabella. Ninguno de ellos la besará de la forma en que Pietyr lo hace. La sujeta con tanto ardor desesperado que ella pierde el aliento.

—¿Piensas que los pretendientes besarán como tú, Pietyr? —le pregunta, solo para ver cómo sobresale su labio inferior.

—Por supuesto que no. Son chicos continentales. Torpes y llenos de baba. Será difícil para ti simular que lo disfrutas.

—No pueden ser tan malos. Estoy segura de encontrar alguno que me guste.

Pietyr alza las cejas. Sus dedos aprietan el respaldo de la silla, pero se relajan cuando ve el rostro de Katharine.

—¿Me estás provocando, Kat?

—Sí —le responde con risas—. Te estoy provocando. ¿No es lo que me enseñaste a hacer? ¿Contrarrestar la regia formalidad de mi hermana con sonrisas y un corazón galopante?

Le toca el pecho, y Pietyr le toma la mano.

—Eres demasiado buena —susurra, y la aprieta contra su pecho—. Tendrás que reírte de sus bromas, incluso cuando no sean graciosas.

—Sí, Pietyr.

—Y hacer que hablen de ellos mismos. Pero que no se olviden de ti. Debes ser la joya, Kat. La que se distingue de las demás —dice, y le suelta la mano sin muchas ganas—. Sin importar lo que hagas, ellos querrán a cualquiera de las tres. Incluso a la llana Arsinoe. Y Mirabella…, sin importar el vestido que use durante el Avivamiento, puedes estar segura que morirán por arrancárselo.

Katharine arruga las cejas.

—Asumo que ella será presentada como el gran premio.

—Y qué premio —suspira Pietyr, y Katharine le da un golpecito en el pecho, que lo hace reír.

—Ahora te estoy provocando yo —le dice, y la aprieta contra sí—. No tocaría a esa elemental aunque se pusiera de rodillas y me lo suplicara. Actúa como si ya estuviera coronada. Pero no lo está. Tú eres nuestra reina, Kat. No lo olvides.

—Nunca. Le haremos bien a la isla, Pietyr, cuando yo sea reina y tú la cabeza del Concilio Negro.

—¿La cabeza? —pregunta, los ojos chispeantes—. Creo que Natalia tendría algo para decir al respecto.

—Por supuesto, Natalia permanecerá en su posición el tiempo que desee —se corrige Katharine—. Pero ni siquiera ella puede permanecer para siempre.

Detrás de ellos, la serpiente coral trepa por la jaula. Su cabeza se desliza por la portezuela abierta y hace una pausa, saboreando el aire con la lengua. Sin saberlo, Katharine apoya el brazo de nuevo sobre la mesa. A la serpiente no le gusta el movimiento repentino y se enrosca lista para atacar.

—¡Katharine!

El brazo de Pietyr la aparta y los colmillos de la serpiente se clavan en su muñeca. Sujeta al reptil con delicadeza hasta que lo suelta, incluso querría romperle el cuello. Katharine no estará segura cerca de ella, y no puede permitir la más mínima lastimadura tan cerca del Avivamiento.

—Oh —dice Katharine—. ¡Lo siento tanto, Pietyr! Seguramente está todavía fuera de sí.

—Sí.

Pietyr deposita la serpiente de nuevo en la jaula, y se asegura de esta vez cerrar bien la portezuela

—Pero deberías tener más cuidado de ahora en adelante. Vuélvela a entrenar. Incluso unas pocas semanas por su cuenta pueden haber sido suficientes para enloquecerla.

Dos gotas de sangre gemelas manchan el brazo de Pietyr. La herida no es grave. Siendo un Arron tan fuerte, el veneno únicamente le causará una roncha.

—Tengo un bálsamo que podrá ayudarte —dice Katharine, y va al otro cuarto a buscarlo.

Pietyr mira a la serpiente con tristeza mientras se sostiene la muñeca en alto. Su reacción fue la correcta. Katharine habría estado enferma durante días a causa del veneno, incluso con tratamiento. Pero él actuó sin pensar. Tuvo miedo de que Katharine fuese lastimada. Verdadero miedo.

—Solo un rey-consorte es tan estúpido como para enamorarse de una reina —dice en voz baja.

MANANTIAL DEL LOBO

***

Arsinoe y Billy se dirigen juntos al mercado de invierno. Desde que los presentaron y pasaron la tarde en el estanque Cornejo, a Arsinoe le ha costado mantenerse distante, pero en el mercado no le importa. Jules suele estar con Joseph, y sin ella se siente más expuesta en los espacios públicos. En las partes más populosas del pueblo, como el mercado, las miradas torcidas pican como avispas. Cualquiera de la multitud podría animarse a cortarle la garganta.

—¿Qué ocurre? —pregunta Billy.

Arsinoe estudia las caras hoscas e invernales de los pescadores que ha conocido desde que vino a Manantial del Lobo. Un buen número de ellos considera su debilidad una desgracia y con gusto la verían muerta.

—Nada.

Billy suspira.

—Hoy no estoy de humor para el mercado. Compremos algo de comer y vayamos a pasear por los huertos. No hace demasiado frío.

De camino se detienen en el puesto de mariscos de Madge y Billy compra dos almejas fritas. Esta vez apenas trastabilla con las monedas. Está aprendiendo.

Comen rápido mientras caminan para evitar enfriarse. Madge rellena las almejas con pedazos de cangrejo y restos de pan con manteca. Cuando se siente especialmente generosa, mete también un poco de panceta crujiente.

Al pasar por el puerto, en dirección al camino que los lleva por sobre la colina y al huerto de manzanos, Billy observa y da vuelta la almeja.

—Mirarla no va a hacer que crezca otra —le dice Arsinoe—. Deberías haber comprado tres.

Billy sonríe y arroja el cascarón a la bahía, lo más lejos que puede. Arsinoe también arroja el suyo.

—El mío llegó más lejos —le dice.

—No es cierto.

Arsinoe sonríe. La verdad es que no sabe.

—¿Qué le pasó a tu mano? —pregunta Billy.

Arsinoe estira la manga para cubrir la costra de la nueva runa que trazó en su palma.

—Me corté en el gallinero.

—Oh.

No le cree. Podría haber inventado una excusa mejor. Ningún gallinero podría dejarle una marca tan intrincada. Y todavía no le contó a Jules lo que está haciendo con Madrigal.

—Junior —dice mirando al puerto—, ¿dónde está tu barco?

El muelle en donde estuvo anclado desde el regreso de Joseph está vacío, y la bahía entera se ve más oscura sin ese barco.

—Mi padre regresó a casa. Es fácil ir y volver. Navegar hacia la niebla y a través de la niebla. Dios, siento que enloquezco por solo decirlo en voz alta. Más loco aun sabiendo que es cierto.

—Fácil ir, fácil volver —murmura Arsinoe. Fácil para todos, menos para ella.

—Pero escucha, cuando regrese…

—¿Qué?

—Quiere que conozca a tus hermanas. Vamos a viajar a Indrid Down a ver a los Arron. Y a la reina Katharine.

Por supuesto. Quiere que su hijo porte una corona. No tiene una lealtad especial por los naturalistas, sin importar cuánto se encariñó con Joseph durante su exilio.

—Ya no me llamas más "reina Arsinoe" —advierte.

—¿Quieres que lo haga?

Arsinoe sacude la cabeza. Ser llamada reina se siente como un apodo. Como algo que solo Luke le diría. Suben por el camino y saludan a Maddie Pace cuando pasa con su carro de bueyes. Arsinoe no necesita darse vuelta para saber que Maddie ha girado en su asiento para verlos mejor. El pueblo entero está interesado en su cortejo.

—No sé si quiero conocer a las demás —dice Billy—. Se siente como hacerse amigo de una vaca camino al matadero.

A Arsinoe se le escapa una risita.

—Asegúrate de decirles eso a mis hermanas cuando las conozcas. Pero si no quieres conocerlas, no lo hagas.

—Mi padre no es la clase de persona a la que le dices que no. Consigue lo que quiere. No habrá criado a un fracasado.

—¿Y qué crio tu madre? —pregunta, y él la mira, sorprendido.

—No tiene importancia —responde Billy—. Nunca quiso esto. Sabes cómo son las madres. Si fuera por ellas, seguiríamos agarrados de sus delantales.

—No sé eso —dice Arsinoe—. Sí me parece en cambio un poco a lloriqueo. No te olvides la diferencia entre lo que significa para ti perder la corona y lo que significa para mí.

—Sí. Tienes razón. Lo siento.

Arsinoe lo mira por el rabillo del ojo. No debe ser fácil ser un extranjero y dejar todo lo que uno conoce por una corona y una vida extraña. Billy ha tratado de ser justo, y ella debería intentarlo también. También tendría que mantener distancia: no será fácil para él verla muerta si se siguen conociendo. Pero tiene tan pocos amigos que no puede rechazarlo.

Arsinoe hace una pausa. Sin pensar, lo ha llevado al sendero que lleva al bosque, y a las viejas piedras, y al árbol encorvado.

—No —dice, y cambia de dirección—. Tomemos otro camino.

—¿Cómo crees que serán tus hermanas? —pregunta Billy.

—No sé y no me importa —responde—. Probablemente estén entrenando para la ceremonia del Avivamiento. En menos de tres meses ya.

—Beltane. ¿Se celebra cada año, no?

—Sí. Pero este año es diferente. Este Beltane es el inicio del Año de Ascensión.

—Eso lo sé. ¿Pero en qué es diferente? ¿También dura tres días?

Arsinoe ladea la cabeza. Solo puede hablar sobre lo que le han contado. Ni ella ni Jules han ido nunca al festival. Para ir, tienes que tener al menos dieciséis años.

—También dura tres días. Y siempre está la Cacería. La cacería ritual en busca de carne para el banquete. Después normalmente siguen las bendiciones diarias, y otros ritos que celebra el Templo. Pero este año no habrá mucho de eso.

Todo el mundo estará preparándose para el Desembarco la noche siguiente a la Cacería, y para el Avivamiento la noche después de esa.

—El Desembarco. En el que ustedes son presentadas a los pretendientes.

—Donde a nosotras nos presentan a los pretendientes —dice, y le golpea el brazo.

—Está bien. Auch. Y el Avivamiento. Ahí es cuando demuestras tu don. ¿Cómo vas a manejar eso? —pregunta Billy, y se prepara para otro golpe.

Arsinoe en cambio se ríe.

—Pensaba en aprender a hacer malabarismo con tres arenques. Katharine comerá veneno, y Mirabella... Mirabella puede tirarse pedos de ciclones, por todo lo que importa. La isla la amará a ella.

—Pedos de ciclones —repite Billy con una sonrisa.

—Sí, amarías eso, ¿verdad?

Billy sacude la cabeza.

—Y una vez que termine Beltane, ahí es donde son cortejadas, oficialmente. Y cuando...

—Y cuando nos podemos matar una a otra —dice Arsinoe—. Tenemos un año entero para hacerlo. Hasta el Beltane del año próximo. Aunque si Mirabella ataca como un toro enfurecido, puedo estar muerta en una semana.

Avanzan como pueden a través de la nieve y el hielo hasta llegar a la tierra reposada del huerto. Vuelven a bajar por el valle hasta que los pájaros dejan de cantar y el viento se interrumpe.

—¿Alguna vez pensaste en qué pasó con tu madre? —pregunta Billy—. ¿Después de tenerlas y abandonar la isla con su rey?

—Rey-consorte —lo corrige—. Y no, no lo pienso.

Hay historias, por supuesto. Cuentos de grandes reinas que dejaron la isla para convertirse en grandes reinas en el continente. Otros cuentan de reinas que viven el resto de sus vidas pacíficamente, en silencio, con sus consortes. Pero Arsinoe nunca les ha creído una sola palabra. En su cabeza, todas las antiguas reinas yacen en el fondo del mar, ahogadas por la Diosa en el momento en que ya no las necesitó más.

Jules pasa los dedos por el cabello oscuro de Joseph. Es suave y lo suficientemente largo como para enrularlo con los dedos. Hoy están solos en la casa de los Sandrin. El padre de Joseph está con Matthew a bordo del *Silbador*, y su madre y Jonah tomaron un carruaje hasta Highgate para conseguir materiales para los barcos. Muy conveniente, ya que el padre de Billy se embarcó de regreso al continente y ya no pueden usar el camarote.

—Esto es casi tan incómodo como el barco —dice Joseph. Está apoyado sobre ella, con Camden estirada sobre las piernas de ambos.

—No me di cuenta —dice Jules. Se mueve para darle espacio y lo besa. Por la forma en que él le abraza, puede darse cuenta de que él tampoco se había dado cuenta realmente.

—Algún día, pronto, tendremos que encontrar una cama suficientemente grande para los dos y para tu puma.

—Pronto, sí —concuerda Jules. Pero por el momento está contenta del hacinamiento y la falta de privacidad. Por mucho que ame a Joseph, no está lista para avanzar. Con Camden obstaculizando sus movimientos, puede besar a Joseph durante todo el tiempo que quiera sin sentir que deberían hacer más.

Joseph baja la cabeza y le besa la clavícula, la parte que se asoma a través de la camisa desarreglada. Apoya su mentón en ella y suspira.

—¿Qué pasa? Hoy tu cabeza está en otro lado.

—Mi cabeza está únicamente contigo —dice Joseph—. Pero sí, hay algo más.

—¿Qué?

—¿Recuerdas el barco del muelle occidental? ¿Un pequeño velero resplandeciente, con una cubierta nueva y una capa nueva de pintura azul?

—La verdad, no.

Hace meses que el astillero de los Sandrin está lleno de trabajos como ese: arreglos decorativos pedidos a lo largo de toda la costa. La gente del continente llegará en breve a la isla, y la isla quiere mostrar una cara fresca. Incluso han tenido encargos de los pescadores de Manantial del Lobo, que dicen la palabra "continental" con una mueca de desprecio. Quizás mencionen a los continentales y escupan, pero usarán esa saliva para hacer brillar sus botas.

—¿Qué pasa con eso? —pregunta Jules.

—Tengo que navegar hasta Trignor para entregárselo al dueño. Parto en cuanto lleguen mi madre y Jonah de regreso de Highgate.

—Oh —dice Jules—. ¿Qué es lo que te preocupa?

Joseph sonríe.

—Sonará estúpido decirlo en voz alta, pero no quiero separarme de ti, ni siquiera por tan poco tiempo.

—Joseph —se ríe Jules—, hemos estado juntos prácticamente todo el tiempo desde que regresaste.

—Lo sé. Y no me iré por mucho tiempo. Si los vientos son buenos, puedo llegar a Trignor a medianoche. No debería llevarme más de unos días como máximo, tomando los coches de regreso a Manantial del Lobo. Aun así... ¿quizás puedas venir conmigo?

Viajar en una pequeña embarcación con Camden y luego largos días de regreso en coches tambaleantes no le suena placentero, pero estar con Joseph lo compensaría. Jules desliza los brazos alrededor de su cuello y escucha la voz de Arsinoe: *Jules y Joseph, inseparables desde la cuna.*

—No puedo —dice Jules—. Ya he descuidado demasiado a Arsinoe. Tiene que trabajar su don con mi madre, y no le puedo pedir que se haga cargo de mis tareas domésticas. Es una reina.

—A las mejores reinas no les importa tener tareas extra.

—Igual —dice Jules—. No debería dejarla aquí. Y tú no deberías pedírmelo. Tú también la quieres, recuerda eso. Tanto como a mí.

—Casi tanto, Jules —dice Joseph.

Apoya la cabeza en el hombro de Jules.

—No estaremos separados mucho tiempo, Joseph. No te preocupes.

ROLANTH

El sueño es de los malos. Mirabella despierta con el sonido de su propio grito. Es un despertar súbito; los bordes del sueño se borronean con el aire familiar de su habitación, su cuerpo atrapado a medias entre un mundo y el otro, y sus piernas enganchadas en las sábanas transpiradas. Se siente y se toca la cara. En el sueño había estado llorando. Llorando y riendo.

La puerta se abre despacio, y Elizabeth asoma la cabeza. Se ha hecho cargo de la mayor parte de la guardia de Mirabella, que respira aliviada al saber que es su amiga a quien le tocó guardia esta noche.

—¿Estás bien? Te escuché gritar.

Pimienta, el pájaro carpintero, emprende vuelo y da vueltas en torno a la reina, para asegurarse de que se encuentra bien.

—Yo también lo escuché —dice Bree, que abre del todo la puerta. Las dos chicas entran a la habitación y cierran la puerta. Mirabella apoya las rodillas en el pecho mientras ellas se trepan a la cama. Bree enciende las velas del tocador con un movimiento de muñeca.

—Lo siento —les dice Mirabella—. ¿Creen que desperté a alguien más?

Bree sacude la cabeza.

—El tío Miles podría dormir incluso durante la batalla del puerto de Bardon.

Las habitaciones de Sara y el joven Nico están muy alejadas. También los cuartos de los sirvientes en el primer piso. Son solo ellas tres, una mancha de luz despierta en medio de la casa oscura.

—Mira —dice Bree—, estás temblando.

—Voy a conseguir algo de agua —dice Elizabeth, y Pimienta aterriza junto a la jarra y gorjea para indicar el camino.

—No —contesta Mirabella—. Nada de agua.

Se pone de pie para caminar. El sueño con sus hermanas se aferra a ella, a veces durante días enteros. No se desvanece como el resto de los sueños.

—¿Qué fue? —pregunta Bree.

Mirabella cierra los ojos. Este no fue un recuerdo sino una serie de imágenes.

—Sería imposible de describir.

—¿Tenía que ver —pregunta Elizabeth de modo vacilante— con las otras reinas?

Las otras reinas, sí. Sus dulces hermanas, muertas y embalsamadas, con la piel verde y la boca cosida. Luego la imagen de Katharine, acostada de espaldas con el pecho abierto, y nada adentro salvo un rojo hueco seco. Y por último Arsinoe, gritándole sin emitir ruidos porque su garganta está obstruida con sangre negra y espesa.

Mirabella, dicen. *Mirabella, Mirabella.*

—Las sostuve bajo el agua —susurra—. En el arroyo junto a la cabaña. El agua estaba tan fría. Salía tinta de sus bocas. Eran solo unas niñas.

—Oh, Mira —dice Bree—. Es horripilante, pero es solo un sueño. Ellas ya no son niñas.

—Siempre serán niñas para mí.

Piensa en lo que sintió cuando Arsinoe y Katharine quedaron inánimes, y se frota las manos como si estuvieran sucias.

—No puedo seguir con esto.

Luca estará decepcionada. Ha puesto tanta fe en ella y la ha educado para gobernar. Al igual que los Westwood, y la ciudad, y la misma Diosa. Fue creada para gobernar. Para convertirse en la reina que la isla necesita. Si va a ver a Luca en el templo, le dirá exactamente eso. Que esos sueños, y esos sentimientos, fueron puestos en su camino por una razón. Como un examen.

—Tengo que irme —dice Mirabella—. Tengo que alejarme de aquí.

—Mirabella —dice Elizabeth—, calma. Toma algo de agua.

Acepta el vaso y bebe, aunque sea para contentar a su amiga. Pero es difícil tragar. El agua sabe como si alguien hubiera muerto en ella.

—No. Tengo que salir. Tengo que irme.

Abre las puertas de su vestidor. Busca entre sus hábitos y vestidos, todos negros, negros y negros.

Bree y Elizabeth se ponen de pie. Estiran los brazos para tratar de detenerla o calmarla.

—No puedes irte —dice Elizabeth—. ¡Es la mitad de la noche!

—Mira, no estarás segura —agrega Bree.

Mirabella selecciona un vestido de lana forrada. Se lo pone encima de su ropa de dormir y abre un cajón en busca de medias largas.

—Iré al sur. Nadie me verá.

—¡Sí que te verán! —dice Elizabeth—. Enviarán una partida a buscarte.

Mirabella hace una pausa, todavía temblando. Tienen razón. Por supuesto que tienen razón. Pero tiene que intentarlo.

—Debo irme —dice—. Por favor. No puedo quedarme más aquí y soñar que mis hermanas me hablan desde sus cuerpos muertos. No puedo matarlas. Sé que ustedes me necesitan; sé lo que se supone que debo hacer...

—Mira —dice Bree—, puedes hacerlo.

—No quiero hacerlo —responde ella con fiereza.

Elizabeth y Bree bloquean la puerta. Están tristes, preocupadas, y a punto de despertar a Sara y alertar al Templo. Mirabella pasará el resto del tiempo hasta Beltane encerrada en las habitaciones de Luca y bajo guardia constante.

Mirabella se pone las botas y las ata. Quienquiera que manden en su búsqueda seguramente va a atraparla, pero tendrá que esforzarse.

Da un paso adelante, preparada para abrirse camino entre sus amigas.

—Espera —dice Elizabeth. Alza la mano pidiendo tiempo y sale de la habitación. Si da la alarma, Mirabella no tendrá tiempo para escapar. Pero Elizabeth no da la alarma. Regresa al cuarto con su hábito blanco de sacerdotisa.

—Toma esto. Mantén la capucha puesta y tu cabello escondido —le dice, con su sonrisa dulce y suave—. Nadie mira dos veces a una sacerdotisa. Solo hacen una reverencia y siguen camino.

Mirabella la abraza agradecida. El hábito le queda un poco corto. Pero como es amplio, suficiente para cubrir las curvas de Elizabeth, cubre la totalidad del vestido de Mirabella.

—Elizabeth —dice Bree, pero luego se detiene. Sujeta a Mirabella del brazo—. Déjanos ir contigo al menos.

—No, Bree —responde—. Prefiero que ustedes no sepan nada de esto. Cuando no me encuentren, buscarán culpar a alguien. Alguien a quien castigar. No permitas que sean tú o Elizabeth.

—Lo prometo —dice Bree—. Nos cuidaremos una a la otra.

Mirabella sonríe con tristeza y toca el rostro de Bree.

—Nunca había visto a nadie tan asustado. Por favor comprende, Bree. Las amo. Al igual que te amo a ti. No puedo quedarme para que el Templo me obligue a matarlas.

Suelta a Bree y estira el brazo en busca de Elizabeth. Ha tenido suerte al tenerlas.

Para cuando Mirabella sale en dirección sur, a través de los terrenos de los Westwood y fuera de ellos, el alba está empezando a sonrojar en el este. Debe haber sido más tarde de lo que pensó cuando la despertó el sueño. Los fuegos y lámparas ya arden en la ciudad a medida que los comerciantes tempraneros y los artesanos se preparan para el día. Mirabella tira de la capucha para ocultar el rostro.

Toma el camino principal en dirección a Rolanth. Sería más sabio ir por los caminos secundarios, pero este es el que conoce mejor, y aunque tiene más chances de ser vista, es mejor que perderse.

Cuando el camino gira en dirección a los puertos y al centro de la ciudad, Mirabella aguanta la respiración ante el ruido de personas. Más adelante en la vereda, una mujer quita polvo de una alfombra a golpes y le dice buen día a un vecino que vacía un balde en la alcantarilla. Mirabella mantiene la cabeza gacha, pero Elizabeth tenía razón. La mujer no hace más que un gesto con la cabeza antes de abrirse paso. Si alguno se pregunta qué hace una sacerdotisa en la ciudad y tan temprano, nadie la detiene para preguntarle.

Cuando deja Rolanth, mira una vez hacia atrás, a los tejados y a las chimeneas que echan volutas de humo, su ciudad bajo la luz del amanecer. Más allá, Sara y el resto de la Casa Westwood estarán levantándose. En el Templo, Luca probablemente ya estará tomando su té.

Le resulta difícil dejarlos, pero escaparse fue más fácil de lo que pensaba, considerando las circunstancias.

MANANTIAL DEL LOBO

───────────── ❧ ─────────────

Junto al fuego, bajo el árbol encorvado, Arsinoe se marea. Esta vez Madrigal le hizo un corte profundo en el brazo, lo suficiente para que su sangre empape tres medidas de cuerda. La cuerda conservará la sangre hasta que tengan necesidad de ella. Y para realizar la magia inferior suficiente como para matar a una reina, van a necesitar toda la sangre que Arsinoe pueda dar.

Todavía no han discutido qué tipo de magia será. Una maldición, tal vez. O un amuleto de mala suerte. No tiene importancia. Lo único que Arsinoe sabe es que se está volviendo más fuerte día a día.

—Ya es suficiente —dice Madrigal. Introduce con cuidado la cuerda en una jarra de vidrio—. No durarán por siempre. Deberíamos usarlas justo después de Beltane.

Madrigal desliza la jarra en un saco de tela negra y lo carga al hombro. Aprieta una copa contra los labios de Arsinoe.

—Aquí hay sidra. Toma un poco.

—¿Trajiste nueces? ¿Pan? ¿Algo para comer?

La copa le tiembla en las manos, sorbe un poco. Los bordes están pringosos y manchados con su sangre y las huellas de Madrigal.

—Jules tiene razón —murmura Madrigal—. Eres sobre todo estómago.

Le alcanza a la reina un paquetito con queso y una docena de frambuesas maduradas por los naturalistas.

—Gracias —dice Arsinoe. El brazo le palpita y le arde mientras Madrigal le limpia y venda la herida, pero es un buen ardor. De hecho, Arsinoe nunca se ha sentido tan esperanzada en toda su vida.

—Nunca hubiera adivinado que ibas a ser tú la que me iba a ayudar. Con lo que sea.

Madrigal se rasca la nariz. Hasta en eso es bonita.

—Sí —responde—. Lo sé.

Se vuelve a sentar, y se envuelve en una piel abrigada, ofendida por nunca ser apreciada. Pero nadie puede culpar a Cait y a Ellis. Desde que era una niña, Madrigal prefirió la comodidad al trabajo. Caragh solía contar de una época en que Madrigal hacía crecer las flores en espiral, solo para después arrancarlas y colocarlas en su cabello. Todo esto mientras agonizaban los pepinos del jardín.

—¿Dónde se encuentra mi Juillenne hoy?

—Despidiéndose de Joseph. Se embarca al noroeste en dirección a Trignor.

Madrigal contempla la fogata.

—Qué afortunada Jules, tener a un chico como ese. No pensé que tuviera lo que se necesita, con esos ojos raros de ella. Y de la forma en que se parece al padre.

—¿Su padre? —pregunta Arsinoe—. Pensé que no recordabas al padre de Jules.

—En realidad no lo recuerdo. Recuerdo los fuegos de Beltane. Y pensar en lo hermoso que sería si concibiera un bebé esa noche. Lo fuerte que sería. Lo mucho que me amaría —resopla—. No recuerdo quién fue su padre. Pero no se me parece en nada, así que debe parecerse a él.

—¿Piensas que sabe?

—¿Qué cosa?

—Que tiene una hija y que es la naturalista más poderosa de toda la isla.

Madrigal se encoge de hombros. No es probable. Y si lo supiera, no importaría. Los Hijos de Beltane son sagrados a los ojos del Templo. Y como las reinas, también según el Templo, no se les reconocen padres.

Arsinoe se echa hacia atrás. Con queso y fruta en el estómago vuelve a sentir calor y ya no tiembla. Estira las piernas y acerca los talones a las brasas.

—Joseph es tan apuesto —dice Madrigal melancólicamente.

—Lo es —concuerda Arsinoe.

—Verlo junto a Jules me recuerda hace cuánto tiempo que estoy sola. Quizás deba fabricar un hechizo. Para conseguir un amante así.

—Hmph —resopla Arsinoe, los ojos entrecerrados—. No necesitas magia inferior para eso, Madrigal.

—Quizás no. Pero si uso apenas un poquito de una de estas cuerdas —dice, y le da un golpecito a la bolsa en su falda—, podría tener al hombre más hermoso de la isla.

Arsinoe la mira de costado, para asegurarse de que está bromeando antes de irse. Enseguida la risita se transforma en una carcajada, y luego son ambas las que se ríen. Pero sin reírse tampoco hubieran escuchado el silencioso avance de Camden y Jules.

La gata montés llega al fuego antes que Jules, pero no con la suficiente antelación como para fingir inocencia.

Jules mira a su madre y luego a Arsinoe.

—¿Qué es esto?

Arsinoe hace una mueca. Están sentadas junto a las piedras sagradas, rodeadas de trapos manchados con sangre de reina. La manga de Arsinoe está levantada hasta el codo y las vendas se distinguen con claridad.

—¿Esto es lo que haces? —le grita Jules a su madre—. ¿En cuanto les doy la espalda? ¿La traes aquí para hacerle tajos? ¿Le enseñas magia inferior?

—Jules —dice Arsinoe, y se pone de pie. Estira un brazo, como para proteger a Madrigal, lo que solo la enfurece más. Camden comienza a gruñir.

—La estoy ayudando —dice Madrigal.

—¿Ayudándola?

Jules se acerca a Arsinoe y la tironea con tanta fuerza que casi la hace caer del tronco.

—No puedes hacer esto. Es peligroso.

Madrigal sacude la cabeza.

—No lo entiendes. No sabes nada acerca de esto.

—Sé que siempre hay que pagar un precio —dice Jules—. Sé que es para los simples, los desesperados y los débiles.

—Entonces es para mí —dice Arsinoe. Se baja la manga hasta cubrir el vendaje y las marcas de runas en su palma.

—Arsinoe, eso no es cierto.

—Es cierto. Y lo voy a usar. Es todo lo que tengo.

—Pero no sabes lo que va a costar.

—Estaré bien, Jules. Madrigal lo usaba cuando estaba en el continente, y se encuentra bien.

—Los que hablan en contra solo están repitiendo las supersticiones del Templo —concuerda Madrigal mientras apaga el fuego.

Ella y Arsinoe comienzan a bajar la pendiente en silencio, apuradas por alejar a Jules de su lugar sagrado. Jules las sigue, enfurecida.

Ella y Jules nunca han discutido por nada más importante que una porción de pastel. Los hombros le pesan.

—Llevará tiempo —le dice Madrigal en voz baja—. Pero lo terminará aceptando.

LA COSTA OCCIDENTAL

Es mejor cuando no hay carruajes ni carros y Mirabella puede andar por el medio del camino. Al menos el paisaje está abierto y puede ver una porción de cielo sin obstáculos. Mirabella nota que se está yendo la luz. Han pasado dos días enteros de caminata desde que huyó de Rolanth, divididos por incómodas horas de sueño contra un tronco u otro. Al sur del país desaparecen las praderas y los acantilados escarpados. Son reemplazados por bosques más densos y lomas suaves. ¡Tantos árboles! La arrinconan incluso en invierno, sin sus hojas. No entiende por qué los naturalistas aman tanto el bosque.

Levanta su falda para saltar un charco de barro y deshielo, en un intento de cuidar el hábito que le prestó Elizabeth, por más que los bordes ya estén sucios con manchas de agua y tierra. El viaje no ha sido fácil. Las piernas le duelen y tiene el estómago vacío. Ayer usó un rayo para atontar a una trucha, pero no tiene la habilidad para cazar sin la ayuda de las sacerdotisas y los sabuesos.

Extraña a Bree y a Elizabeth. A Luca y a Sara. Incluso al tío Miles y al pequeño y excitable Nico. Pero lo soportará.

No puede detenerse demasiado en un único lugar y no puede ir demasiado a las ciudades. Dentro de poco, sin embargo, tendrá que conseguir nuevas ropas y un plato de comida con algo de vegetales para que no se le caigan los dientes.

Mirabella salta rápidamente el charco cuando escucha que algo se aproxima. Suena como algo grande. Varios carros por lo menos. ¿Una patrulla de Rolanth?

Tendrá que meterse entre los árboles para que no la puedan ver ni ella pueda verlos. Ver a la pobre Luca contra la ventana le rompería el corazón.

Ya en el interior del bosque se detiene a escuchar. Solo pasa un carro. Probablemente un vagón destartalado en dirección a Indrid Down, quizás con un cargamento de lana o de queso y leche de oveja. No hace mucho olió campos de ovejas y adivinó que estaba pasando a través de Waring y sus muchas granjas.

Pero no está segura de dónde está. Estudia mapas desde chica, pero la isla parece mucho más pequeña en papel, y no ha visto un solo letrero desde que pasó por Cumberland del Norte temprano por la mañana. Ahora, con la puesta del sol, debe estar al menos por Trignor. Quizás incluso Lindwood. Unos días más y tendrá que rodear los límites de Indrid Down.

Donde te atraparán, niña tonta, dice Luca en su cabeza.

Mirabella se quita el cabello negro de los ojos. En algún lugar hacia el este se escucha un trueno. Cansada como está, no sabe si es ella quien lo convocó, pero lo desea igual y se aleja aún más del camino siguiendo el olor de la tormenta.

Camina cada vez más rápido al sentir la llamada de los precipicios y el cielo abierto. Sobre los árboles, cargadas nubes negras se agolpan hasta que no puede saber qué momento del día es o si ya ha llegado la noche.

Atraviesa el borde del bosque. Por un instante, teme haber estado dando vueltas en círculos. Los acantilados frente a los cuales se enfrenta son muy parecidos a los del Pasaje Negro. Pero no es el Pasaje Negro. Un rayo exhibe la ladera del acantilado en blanco y oro pálido, materiales más suaves que su adorado basalto negro.

—Un poco más —le dice al viento, que gira en torno a ella y la estruja. La ráfaga alza el hábito estropeado por encima de sus hombros.

Mirabella se acerca al borde del acantilado sobre el mar. Los rayos iluminan el agua, verde y azul. Debe haber un sendero que vaya hacia abajo. Quiere hundirse hasta la cintura.

El único camino que encuentra es empinado y formado de piedras resbaladizas. Es traicionero, pero se toma su tiempo, disfrutando el viento y la lluvia. Mañana, la gente que vive aquí dirá que fue una tormenta de Shannon, llamada así por la reina cuyo mural decora una gran parte del Templo de Rolanth. Será el tema del desayuno. Dañará tejados y derribará árboles que habrá que despejar. Cantarán la canción de Shannon y recordarán cómo ella podía convocar huracanes y direccionarlos como palomas mensajeras.

Quizás son solo cuentos. Un día, un gran fuego será llamado la llama de Mirabella, y dirán que podía quemar al sol. O lo habrían llamado si ella no se hubiera escapado para desaparecer.

Mirabella observa el mar y se baja la capucha para que la lluvia le bañe el cabello. Entonces un rayo lo ilumina todo, y puede ver un barco dado vuelta.

—No.

La embarcación es pequeña y las olas son bruscas. Quizás la tormenta lo arrancó de su muelle. Nadie puede ser tan desafortunado de encontrarse en medio de un monstruo tan grande con un barco tan pequeño.

El barco se da vuelta y se endereza de nuevo. La vela está suelta y se agita, húmeda y palpitante. No fue abandonada o arrastrada al mar sin tripulación. Un único marinero se aferra desesperado al mástil.

Mirabella mira en todas las direcciones, pero no hay nadie en la playa, ni pueblo cercano, ni el resplandor de un fuego amigo. Grita por ayuda en dirección al camino, pero está demasiado lejos.

El barco se dará vuelta pronto, y ya no podrá volverse a enderezar. Se hundirá hasta el fondo, y será arrastrado por las corrientes infatigables hasta que no quede nada.

Mirabella levanta la palma de su mano. No puede quedarse allí y no hacer nada mientras el marinero se ahoga. Incluso cuando está agotada y el agua siempre ha sido su elemento más difícil.

Usa el viento, se dice a sí misma, pero nunca usó el viento para mover algo salvo su propio cuerpo o pequeños objetos, como la bufanda de Luca o el sombrero de Sara.

Mirabella estudia el agua. Puede intentar empujar el barco mar adentro, lo suficiente como para escapar de la tormenta.

O puede tratar de acercarlo.

Ambas opciones son riesgosas. Podría destruir el barco contra el acantilado. O podría perder el control del agua y hundirlo. O la quilla podría quebrarse contra una roca sumergida.

Aprieta los puños. No hay más tiempo. Concentra su don en el agua que rodea al barco, trabajando y cambiando las corrientes para que la pequeña embarcación pueda deslizarse hacia la costa. Convoca demasiado viento, y el barco se propulsa hacia delante como un caballo asustado.

—Diosa —dice Mirabella, los dientes apretados—, guía mi mano.

El barco se lanza hacia adelante y hacia atrás. La botavara se sacude como la cola de un perro, y el marinero intenta sujetarla, sin éxito: lo golpea en el pecho y cae de costado, al mar.

—¡No! —grita Mirabella.

Usa su don para examinar las aguas, separándolas hasta lo profundo. Jamás hizo algo como esto. Los niveles del océano, sus corrientes y la arena fría se mueven a sus órdenes. No es fácil, pero el agua obedece.

El joven emerge a la superficie, acunado por la corriente que ella ha creado. Es más pequeño que el barco y más fácil de manejar.

El cuerpo golpea contra la playa y da un giro brusco sobre la arena. Mirabella no supo cómo ser más suave. Probablemente le haya roto todos los huesos.

Desciende el sendero empinado a las corridas. Se resbala y termina arrastrándose, las palmas hechas jirones contra las rocas afiladas. Se pone de pie, corre hasta el muchacho y le aprieta las manos sanguinolentas contra el pecho.

Finalmente este escupe el agua. Está muy pálido, acostado al borde del agua. Podría ser cualquier otra criatura marina, arrojada por la corriente panza arriba.

—¡Respira! —le grita, pero no puede hacerle llegar aire a los pulmones. No es una sanadora. No sabe qué hacer.

Hasta que él tose. Comienza a temblar, incontrolablemente, pero es mejor que estar muerto.

—¿Dónde estoy? —pregunta.

—No lo sé. En algún lugar cerca de Trignor, creo.

Se quita el hábito y lo usa para cubrirlo. No será suficiente. Tendrá que mantenerlo abrigado, pero a la vista no hay ningún lugar cubierto.

—Este no fue… —dice, y lo sacude del hombro cuando parece volver a perder la conciencia—. ¡Este no fue el mejor lugar para naufragar!

Para su sorpresa, el chico se ríe. Parece de su misma edad, con pelo abundante y oscuro. Sus ojos, cuando se encuentran con los de ella, son como la tormenta. Quizás no es un chico en absoluto, sino una criatura elemental, creada por el agua y el trueno incesantes.

—¿Puedes caminar? —pregunta, pero él vuelve a perder la conciencia, con escalofríos tan fuertes que los dientes le castañetean. Mirabella no lo puede cargar, ni hacia el sendero que sube ni a la playa más abajo que puede haber entre ellos y el siguiente poblado.

En la hendidura que lleva al camino, los acantilados se inclinan de tal manera que la entrada es más angosta en la parte superior que en la inferior. No es una cueva. No es ni siquiera un alero, pero tendrá que bastar.

Mirabella lo sujeta por debajo y se lo sube a los hombros, inánime y empapado. Las botas se le hunden en la arena. Las piernas, hace rato agotadas, se le acalambran en protesta, pero de alguna manera logran llegar al amparo del acantilado.

—Tengo que encontrar leña para encender un fuego —dice. El chico yace a su lado, temblando. Si no lo hace entrar en calor, es posible que no pase la noche. Puede haber tragado demasiada agua salada.

La playa está plagada de pedazos de madera húmeda y ramas arrancadas de cuajo. Mirabella los junta y arma una pila como puede, entrelazada con algas, caracolas y pedruscos.

Ella también está temblando. El don se le está a punto de terminar.

Cuando convoca al fuego, no ocurre nada.

Mirabella se arrodilla y se frota las manos. Junto con el rayo, el fuego es su elemento favorito. Que la haya ignorado es como ver a una mascota adorada dar la vuelta e irse.

Los labios del chico están azules.

—Por favor —dice, y extrema su don lo más que puede.

Al comienzo no pasa nada. Luego, lentamente, una hilacha de humo se eleva de la pila. Al poco rato, las llamas calientan sus mejillas y comienzan a secar sus ropas. El fuego chisporrotea y escupe cuando la tormenta de Shannon le cae encima, pero no se puede hacer nada para evitarlo. Está demasiado cansada como para alejar las nubes. La tormenta pasará cuando pase.

Junto a ella, el chico dejó de temblar. A duras penas logra sacarle la chaqueta y la camisa y las estira en la arena, lo más cerca del fuego sin que se quemen. También estira el hábito de Elizabeth. Le dará suficiente calor si logra secarlo.

El chico gime. Si al menos Luca estuviera allí. Ella sabría qué hacer.

—Frío —murmura el chico.

Mirabella no lo extrajo de las profundidades ni lo arrastró por la arena solo para verlo morir. Solo se le ocurre una última cosa por hacer.

Se desabrocha el vestido y se lo quita. Se acuesta junto al chico y lo abraza, para compartir el calor. Cuando el hábito se seque, lo usará para cubrir a ambos.

Mirabella se despierta sobresaltada. Luego de cubrirse con el hábito seco de Elizabeth comenzó a dormitarse, contemplando el fuego, y soñó con Arsinoe y Katharine hasta que los pedazos de madera húmeda se transformaron en dedos esqueléticos y las algas en cabello. Ardieron y se convirtieron en carbón mientras trataban de escaparse de la arena como cangrejos.

El chico yace en sus brazos. El sudor le perla la frente, y se rebela, pero ella lo sostiene con fuerza. Debe mantenerse al calor. A la mañana necesitará agua fresca. Probablemente la encuentre si sube por el sendero del acantilado en dirección al bosque. Y tras la lluvia incluso habrá hielo entre los árboles, congelado entre las ramas o los troncos.

Mirabella se acomoda y el brazo del chico le recorre la cintura. Sus ojos se abren apenas.

—El barco —dice.

—Está en el fondo del mar.

Quebrado y partido, probablemente, considerando la fuerza de esas olas de Shannon.

—Mi familia —susurra— tendrá que reemplazarlo.

—No te preocupes por eso ahora. ¿Cómo te sientes? ¿Te duele algo?

—No —dice, y cierra los ojos—. Tengo frío. Tengo tanto frío.

Su mano avanza a tientas por la espalda de Mirabella, bajo el hábito, y el pulso se le acelera. Incluso medio ahogado, es uno de los chicos más apuestos que haya visto.

—¿Estoy muerto? —pregunta—. ¿Me morí?

Su pierna se mete entre las suyas.

—No estás muerto —responde Mirabella, sin aliento—. Pero debo mantenerte caliente.

—Mantenme caliente entonces.

La besa. Su boca sabe a sal. Sus manos recorren la piel de Mirabella con lentitud.

—No eres real —le dice, boca contra boca.

Quienquiera que le haya enseñado a besar lo hizo bien. La ubica encima de sí para besarle el cuello. Le dice una vez más que no es real.

Pero quizás es él quien no es real. El chico con los ojos como la tormenta.

Mirabella lo abraza con las piernas. Cuando él gime, esta vez no es por el frío.

—Te salvé —le dice Mirabella—. No te dejaré morir.

Lo besa con hambre, despertándolo a caricias, trayéndolo desde la oscuridad. Se siente como si él perteneciera a sus brazos. No lo dejará morir. Los mantendrá calientes a los dos.

Los prenderá fuego.

MANANTIAL DEL LOBO

La madre de Joseph tuvo un sueño. Un sueño de su hijo, arrebatado por las olas. Fue más que una pesadilla, dijo, y Jules le cree. Joseph tenía un dejo de clarividencia cuando era niño. Un don así tiene que provenir de algún lado. Pero el resto no le creyó hasta que llegaron pájaros de Trignor avisando que nunca había llegado.

Luke pone una taza de té en las manos de Jules. Trajo una tetera al embarcadero, con un par de tazas sujetadas con el codo.

—Perdón —dice cuando el té caliente rebalsa y quema los nudillos de Jules—. Y doble perdón por no tener más brazos para traer la crema. Pero aquí tienes.

Mete la mano en el bolsillo y saca un puñado de terrones de azúcar.

—Gracias —dice Jules, y el gallo Hank cloquea en el hombro de Luke mientras este ofrece tazas de té entre la multitud, algunos genuinamente preocupados y otros entrometidos.

Jules está demasiado ansiosa como para beber. Los pájaros trajeron noticias de una tormenta cerca de la costa, una tormenta monstruosa proveniente del mar abierto que arrasó tierra adentro y devastó las tierras desde Lindwood hasta el puerto de Bahía del Minero.

Billy se le para detrás y le aprieta los dedos en el hombro.

—Joseph es un marinero experimentado. Lo más probable es que haya esperado en alguna bahía para después seguir como si nada hubiera pasado. Tendremos noticias de él pronto. Estoy seguro.

Jules asiente, y Arsinoe la abraza del otro lado. Camden se le apoya contra las piernas. A pesar de todas las palabras tranquilizadoras, muchos barcos han salido de la Cabeza de Foca en su búsqueda, incluyendo a Matthew en el *Silbador*, y la señora Baxter dijo que llevaría su *Edna* a aguas más profundas.

Jules observa la bahía. Desde el embarcadero el mar se ve vasto y cruel. Por primera vez en su vida, se ve feo. Indiferente e impasible, nada salvo olas arrebatadoras y un lecho marino sembrado de huesos.

Una sola vez ha odiado el mar con anterioridad: la noche en que trataron de escapar y se rehusó a soltar a Arsinoe. Mientras flotaban en esa niebla, densa como una red, lo odió tanto que hasta llegó a escupirlo.

Pero entonces solo era una niña. Seguramente la Diosa no será tan rencorosa como para devolverle el agravio después de todos estos años dolorosos.

—No sé por qué estamos haciendo tanto —murmura alguien— por un recién llegado que huele a continente.

Jules se acerca al pequeño grupo.

—¿Qué dijiste?

La taza se hace trizas en su puño.

—Calma, Jules —le dice Arsinoe, y la arrastra del brazo—. Lo encontraremos.

—No quiero escuchar una palabra más contra Joseph —les gruñe Jules—. No hasta que regrese. No hasta que sean lo suficientemente valientes como para decírselo a la cara.

—Vamos, Jules —insiste Arsinoe mientras el grupo retrocede—. Lo encontraremos.

—¿Cómo? —pregunta Jules, pero se deja alejar del embarcadero—. Arsinoe, nunca tuve tanto miedo en toda mi vida.

—No tengas miedo —responde la reina—. Tengo un plan.

—¿Por qué eso me asusta? —murmura Billy, y las sigue.

Una hora más tarde Arsinoe, Jules y Billy abandonan Manantial del Lobo en tres caballos de Reed Anderson. Los de Arsinoe y Billy tienen las patas longas y osamenta fina. La montura de Jules es más fuerte, más muscular, así cada tanto puede soportar el peso de una gata montés.

Arsinoe lleva una muda de ropa de Joseph en una bolsa atada a la montura, junto con un afilado cuchillo de plata.

LA COSTA OCCIDENTAL

Cuando Mirabella despierta, está sola bajo el hábito de Elizabeth. La tormenta pasó y el fuego se apagó, pero la memoria de los abrazos le hace conservar el calor. Él fue su primero. Lo entusiasmada que estará Bree al enterarse... si alguna vez puede regresar a Rolanth para contárselo.

Asoma la cabeza. Todavía es temprano. El agua no brilla aún, pero el día ya empezó a pintar la playa con una luz grisácea y pálida. El chico está sentado de espaldas a ella, nuevamente en pantalones y camisa, con la cabeza en las manos.

Mirabella se apoya en un codo. Su vestido debe estar en algún lugar a sus pies. Considera tratar de ponérselo discretamente.

—¿Estás bien? —pregunta en voz baja.

Él se da apenas vuelta.

—Sí —dice, y cierra los ojos—. Gracias.

Mirabella se sonroja. Es tan apuesto de día como frente al fuego. Desearía que volviera a acostarse junto a ella. Parece tan distante.

—Qué fue... —dice él, todavía sin darse vuelta del todo—. ¿Qué fue lo que pasó?

—¿No lo recuerdas?

—Recuerdo la tormenta, y tú y yo —dice, y hace una pausa—. Solo que no recuerdo cómo… cómo pude haber hecho esto.

Mirabella se sienta y se cubre con el hábito.

—Tú no querías —dice, alarmada—. No te gustó.

—Sí me gustó. Fue maravilloso. Nada… nada de esto es tu culpa.

Mirabella suspira, aliviada, y se acerca para envolverlo a él también con el hábito. Le besa el hombro y luego el cuello.

—Vuelve conmigo, entonces —susurra—. Todavía no es de día.

Él cierra los ojos cuando los labios de ella rozan su sien. Por un momento Mirabella piensa que va a resistirse, pero entonces se da vuelta y la toma entre sus brazos. La besa con ferocidad y la aprieta contra la arena, junto a las brasas consumidas.

—No sé qué estoy haciendo.

—Pareces saber muy bien lo que estás haciendo —dice Mirabella, y sonríe—. Y puedes hacerlo de nuevo.

—Quiero hacerlo. Maldita sea, pero quiero hacerlo.

Se echa hacia atrás, para mirarla a los ojos.

Mirabella observa cómo su expresión cambia, del descreimiento a la desesperación.

—No —dice él—. Oh, no.

—¿Qué? ¿Qué es lo que pasa?

—Eres una reina —contesta con la voz quebrada, y retrocede—. Eres Mirabella.

No la había reconocido anoche, entonces. Una parte de Mirabella se lo preguntaba, temerosa de que la regresara a Rolanth. A la otra parte, la más grande, no le importaba.

—No —dice él de nuevo, y ella se ríe.

—Está todo bien. No es un crimen acostarse con una reina. No serás castigado. No te van a matar.

—¿Qué estás haciendo aquí? ¿Por qué no estás en Rolanth? ¿Por qué tienes un hábito blanco?

Mirabella lo observa preocupada. No es la parte de ser una reina lo que lo angustia.

—¿Cómo te llamas?

No es un Arron; no tiene el color. Y sus ropas tienen la apariencia de un artesano, remendadas varias veces. Debe haber navegado desde un lugar lejano. Su acento es diferente a todos los que ella ha escuchado.

—Me llamo Joseph Sandrin.

La sangre de Mirabella se le congela. Conoce ese nombre. Es el chico que ama a Arsinoe. El que fue exiliado por ayudarla a escapar.

Toma el vestido de la arena y se desliza en él rápidamente, bajo el hábito de Elizabeth. Se acostó con el chico del que su hermana está enamorada. Se le estruje el estómago.

—¿Pensabas que era ella? —le pregunta mientras se cierra el vestido—. ¿Pensabas que yo era Arsinoe?

Dada su confusión por la tormenta y el frío, eso lo absolvería, al menos un poco.

—¿Qué? —contesta Joseph—. ¡No!

Luego se echa a reír.

—Si hubiera tocado a Arsinoe de la manera en que te toqué —deja de reírse y se pone serio una vez más—, ella me hubiera golpeado.

Golpeado. Sí. Arsinoe siempre golpeaba primero cuando eran niños. Especialmente si te quería.

Joseph contempla las olas. El agua está quieta ahora. Brillante y calma, fingiendo inocencia después de la furia y la malicia de anoche.

—¿Por qué tenía que pasar esto? Después de haberla esperado tanto.

—¿A quién?

—A la chica que amé toda mi vida.

No menciona el nombre. Está bien, piensa Mirabella. Que lo mantenga guardado.

—No tiene por qué saberlo —responde—. No estás lastimado. Estás vivo. Puedes ir a casa.

Joseph sacude la cabeza.

—Pero yo sí lo sabré —la mira y le acaricia la mejilla—. El daño ya se ha hecho.

—No digas eso. El daño, como si hubiera ocurrido algo terrible. ¡No lo sabíamos!

Joseph no la mira. Se queda mirando el mar con tristeza.

—Mirabella, quizás hubiera sido mejor que dejaras que me ahogue.

No pueden permanecer en la playa para siempre. Escarban en la arena en busca de berberechos y almejas, y luego secan sus ropas otra vez mojadas frente a una nueva fogata, pero se están demorando. El tiempo ya se les acabó.

—¿Adónde irás? —pregunta Mirabella.

—Tierra adentro, al camino. Iba a regresar en carreta a Manantial del Lobo. Supongo que es lo que haré.

Joseph observa a la reina de costado. No se parece en nada a Arsinoe. Y no se parece en nada a lo que esperaba. Escuchó que Mirabella vive como si ya hubiera sido coronada, que tenías que ponerte de rodillas si pasaba por la calle. Escuchó que estaba encerrada en los terrenos de los Westwood o escondida cuidadosamente en el Templo. En su cabeza, Mirabella era un adorno para las fiestas, que solo emergía durante los festejos pero nunca para usar cotidianamente.

Esta Mirabella no es en nada así. Es valiente y salvaje. El cabello negro no lo tiene trenzado ni en un rodete. Se pregunta si esta es la reina que todos ven en Rolanth. Si los rumores eran falsos. O quizás esta Mirabella solo aparece en las playas, después de una tormenta. En ese caso, es suya y de él solo.

Apagan lo que queda de las brasas con arena, y Mirabella guía a Joseph por el sendero que sube a la cima del acantilado.

—Será más fácil que bajar —le dice, y le muestra los cortes en sus manos.

Cuando llegan a la cima, van juntos por entre los árboles, hacia el camino.

—Probablemente tengas que andar hasta el próximo pueblo para encontrar un coche —dice Mirabella—. Estuve recorriendo este camino al menos un día y no escuché pasar muchos.

Joseph se detiene.

—¿Qué estás haciendo aquí? ¿Por qué no estás en Rolanth, rodeada de tu futura corte?

La forma en que lo dice suena a burla. Pero no es lo que quiere decir. Joseph le toma la mano.

—No es seguro que andes por aquí sola.

—Suenas como mi amiga Bree. Estaré bien.

—Se me ocurrió que estás yendo al sur porque Katharine y Arsinoe están al sur. Pero eso no puede ser. Moverse contra las otras reinas no está permitido hasta después de Beltane, a menos que las reglas hayan cambiado. ¿Acaso cambiaron? Estuve fuera mucho tiempo.

—No cambiaron. Me escapo de vez en cuando. Para ser yo misma. ¡Es una suerte para ti que lo haya hecho!

—Es cierto —dice Joseph, y sonríe—. Supongo que te debo una.

—Supongo que sí.

Ya casi llegaron al camino, pero no tienen ganas de separarse. Caminan despacio, casi arrastrando los pies. Cuando Joseph sugiere acompañarla un poco más al sur, Mirabella lo besa en la mejilla.

Un beso lleva a otro. Tendrán tan poco del otro que es mejor tomar lo que puedan. Para cuando el sol comienza a hundirse en el horizonte, no han avanzado mucho, pero al menos entre los árboles es más fácil encontrar leña para encender un fuego.

EL CAMINO DESDE
MANANTIAL DEL LOBO

❧

Jules usa su don para azuzar a los caballos. Nunca han estado tan motivados en toda su vida. Incluso así, tanto caballos como jinetes deben pasar la noche en Highgate, y al llegar a los bordes de Indrid Down, Arsinoe usa el dinero del padre de Billy para conseguir nuevas monturas, así como un carro que regrese los caballos que pidieron prestados a Manantial del Lobo.

Jules palmea a cada una de las monturas y les besa las mejillas. Fueron buenos caballos y están agotados por la velocidad de la travesía.

—Bueno —dice Arsinoe—. Vamos.

—Esperen un minuto al menos —dice Billy, estirando la espalda. Es un chico de ciudad, desacostumbrado a azuzar y dormitar en el caballo—. Todavía ni siquiera ajusté mi silla.

—Puedes cabalgar sin silla.

—Sí, pero no tan bien.

Va en busca de los cueros y las chicas se rinden, y aprovechan para ajustar sus propias monturas. Chequean dos veces la cincha, y Jules alimenta a Camden con un pedazo de pescado ahumado.

Arsinoe querría estar en el camino. Cada vez que se detienen, Jules luce miserable. Pero ya casi llegan. Al punto en donde Joseph hubiera navegado alrededor del cabo Cuerno, y donde la tormenta debió haberlo encontrado.

—Ahora vamos por el bosque —dice Arsinoe.

—¿Y eso por qué? —pregunta Billy.

—Ya verás.

Se sube a la montura y gira para ver las agujas del Volroy. Indrid Down es la ciudad de su hermana, por ahora, y por tanto Arsinoe tiene prohibido entrar sin invitación, por ahora. Algo que cambiará luego de Beltane, y si ella asciende, esas agujas serán suyas, incluso si se marea con tan solo verlas.

Cabalgan con ligereza a través del laberinto de calles adoquinadas, hasta donde el camino se transforma en gravilla, y luego en tierra, hasta que saltan la última zanja y desaparecen entre los árboles. En el bosque cabalgan más lentamente, y a los caballos de Indrid Down no les gusta, criaturas elegantes color negro azabache, pero Jules se las arregla para hacerlos avanzar. Camden está agotada y yace de costado frente a la silla de montura de Jules, maullando sujeta al cuello del caballo. Es un testimonio del poder que tiene el don de Jules que el caballo no se muera del susto.

—Deberíamos haber seguido en el camino —dice Billy. Nadie responde, y él no vuelve a hablar. Desde que dejaron Manantial del Lobo, nadie ha mencionado lo que todos saben: si Joseph cayó en las aguas congeladas, está muerto. Muerto en unos pocos minutos, y ninguna búsqueda podrá traerlo de regreso. Lo sabrán pronto. Si el hechizo de Arsinoe los dirige al borde del agua, será indudable.

Cuando entran en un claro con el tamaño suficiente para todos más una fogata, Arsinoe se detiene.

—Bien. Juntemos leña.

—¿Leña? Si estos caballos recién empiezan —dice Billy.

Arsinoe junta ramas caídas. El fuego no necesita durar mucho. Jules arranca con un cuchillo la corteza de un abedul, y luego deposita un montoncito blanco y durazno sobre la pila.

Se agacha junto al fuego mientras Arsinoe enciende el fósforo.

—¿Vas a necesitar mi cabello? —le pregunta.

Arsinoe la mira sorprendida. Pero por supuesto que sabe. Jules siempre supo leerla mejor que nadie.

Saca el pequeño cuchillo de plata de su bolsa de cuero. Lo desenfunda. Es ligeramente curvo, afilado y cruel, y más de la mitad de largo que sus cuchillos comunes. Saca la ropa de Joseph que trajo y deja el cuchillo encima.

—¿Qué está pasando? —pregunta Billy—. ¿Qué estás haciendo?

Arsinoe alimenta el fuego con hierba seca y ramitas. No hay nadie cerca. No vieron ninguna empalizada ni escucharon ningún perro. No hay viento, hace algo de calor y está extrañamente silencioso salvo por el crujido de la madera al fuego.

Jules se arremanga.

—Pensé que hacían florecer y forzar a los pumas a caminar con un libro en la cabeza —susurra Billy.

—Jules no fuerza a la gata a hacer nada —dice Arsinoe. Toma el cuchillo y usa la punta para tantear la pila de ropa—. Y sí puede hacer florecer. Yo no, en cambio. Lo único que tengo es esto.

—Magia inferior —explica Jules.

—Magia para los que no tienen dones —dice Arsinoe, y arranca con los dientes una tira de la camisa de Joseph.

—¿Por qué no me gusta cómo suena eso? —pregunta Billy—. ¿Por qué suena a que guardan un secreto?

—Porque así es —dice Arsinoe.

—Porque miente —dice Jules—. Porque patea de regreso.

—¿Entonces por qué lo están usando ahora?

Arsinoe hace oscilar el cuchillo hacia delante y hacia atrás.

—¿Quieres encontrar a Joseph o no?

Jules mira con miedo la mano de Arsinoe. Nunca se metió con la magia inferior, ni siquiera de niña, cuando en la isla la mayoría son curiosos. No se juega con algo como la magia inferior. No le pertenece a nadie, como sí los dones. Es algo que no tiene cadena. Las sacerdotisas del Templo a veces la llaman una oración de doble filo: quizás respondida y quizás no, pero siempre con un precio.

—Bien —dice Jules, y extiende la mano.

—¡Espera! —dice Billy antes de que Arsinoe pueda hacer el primer corte—. A Joseph no le gustaría que hagan esto. ¡No lo aprobaría!

—Lo sé. Pero lo haría por mí si fuese yo la que estuviera perdida.

—Cierra los ojos —dice Arsinoe—. Piensa en Joseph. Piensa solo en Joseph.

Jules asiente. Arsinoe toma aire y le tajea la piel, en el suave montículo de carne justo sobre el pulgar. La sangre corre en líneas, dando una vuelta hasta caer al suelo. Arsinoe corta con cuidado, dibujando una red elaborada de símbolos que le enseñó Madrigal.

Sostiene la mano de Jules sobre la ropa de Joseph.

—Aprieta.

Jules aprieta los dedos. Las gotas de sangre caen sobre la tela. Cuando ya es suficiente, Arsinoe arroja la ropa al fuego y rápidamente venda los cortes de Jules con el pedazo de tela que arrancó.

—Inhala el humo.

—¿Me quitaste mucha sangre? —pregunta Jules—. No me siento bien. Mis ojos…

—No tengas miedo. Piensa en Joseph.

El humo huele agrio a causa de la sangre. Arsinoe y Billy observan con fascinación cómo, cada vez que Jules respira, el hechizo en su interior la vacía. Hace de Jules un recipiente vacío para todo lo que quiera el humo. Si Arsinoe realizó todo correctamente, lo que deseará es a Joseph.

—¿Se encuentra bien?

—Va a estarlo —responde Arsinoe, aunque en realidad no lo sabe. Tampoco importa. Ya es muy tarde para volver atrás.

Arsinoe y Billy guían los caballos ante la ausencia de Jules, que camina con torpeza entre los árboles. No es fácil: los caballos están asustadizos y nerviosos sin el don de Jules para calmarlos, y también temerosos de en lo que ella se ha convertido: magia recubierta de piel, sin ninguna persona dentro.

—¿Qué es lo que le estás haciendo? —susurra Billy.

—Yo no le estoy haciendo nada —responde Arsinoe—. Ella está buscando a Joseph.

Eso está buscando a Joseph. No es Jules. Pero una vez que lo encuentre dejará ir a Jules, o al menos eso espera.

Camden choca contra la pierna de Arsinoe y gruñe. El hechizo parece haberla dejado algo enferma. No quiere permanecer cerca de la cáscara que es y no es Jules, y se queda junto a Arsinoe y los caballos.

Billy mira a Arsinoe y a la gata.

—¿Desde hace cuánto que haces… esto? —le pregunta, ladeando la cabeza.

—¿Por?

—Porque creo que no sabes exactamente cómo se hace.

Las comisuras de la boca se le tuercen en una mueca de decepción. Arsinoe lo golpea en el brazo.

—Está funcionando, ¿no? Y además, no creo que seas precisamente la mejor persona para juzgar eso.

Jules le contó que Joseph pensaba que Billy estaba medio enamorado de ella. Pero no es así. Arsinoe puede ver a través de Billy, hasta llegar a los designios oscuros de su padre. Se casará con la reina. *La* reina, por *la* corona. Pero ha sido agradable convertirse en amigos. Y no es que ella no entienda sus razones.

Más adelante, Jules gime. Luego grita a medias, y corre hacia la costa. Hacia el agua. Arsinoe mira a Billy con nerviosismo, y él le aprieta el hombro.

Un momento después Jules cambia de dirección y se echa a correr hacia delante.

Arsinoe le arroja las riendas de su caballo a Billy.

—Tómalas. ¡Cam, ven conmigo!

La puma no necesita más estímulo. Parece sentir que Jules está volviendo a ser ella misma. Las orejas se le erizan hacia delante y ronronea mientras corren juntas en dirección a Jules.

Joseph y Mirabella caminan de la mano. Luego de una larga mañana junto al fuego, tienen que estar acercándose a la capital. Por más lento que caminen, pronto deberán separarse. Ninguno de los dos puede demorarlo más.

Joseph regresará a Manantial del Lobo. A su chica, y adonde pertenece, y este extraño interludio llegará a su fin.

Pero no será olvidado.

—No tiene sentido estar tristes —dijo Mirabella la noche anterior mientras yacían acostados—. Las cosas son como son. Incluso si estuvieras libre, no podría quedarme contigo.

Mirabella queda paralizada al percibir movimientos entre los árboles, y Joseph da un paso delante como para protegerla. Quizás es un grupo de búsqueda proveniente de Rolanth. Ella casi que lo desea, así la obligan a alejarse de él, en vez de hacerlo por voluntad propia.

El grito de una chica atraviesa el bosque. Los dedos de Joseph se sueltan de los de Mirabella.

—¿Jules? —grita Joseph—. ¡Jules!

La busca a Mirabella con la mirada, quizás con pesar. Luego corre al bosque.

Mirabella lo sigue a una distancia prudencial. Lo suficientemente cerca como para ver a la chica chocando contra las ramas, corriendo encorvada como un animal.

—¡Joseph!

La chica se arroja sin gracia contra su pecho, y Joseph la abraza. Ella lloriquea, con demasiado fuerza para un cuerpo tan pequeño.

—Tu madre tuvo un sueño —dice—. ¡Estaba tan asustada!

—Estoy bien, Jules.

Le besa la cabeza. Ella da un salto y lo besa.

Mirabella siente cómo el corazón se le sale del pecho. Retrocede hacia los árboles mientras Joseph besa a la chica que amó toda su vida.

Alguien más sacude las ramas, y una enorme gata dorada salta hacia ellos.

Mirabella observa cómo acarician a la puma. Deben ser naturalistas, entonces. Y un familiar tan poderoso es apropiado para una reina. Arsinoe debe estar cerca. Arsinoe, su hermana.

Y entonces la ve. Corre con una expresión en el rostro que Mirabella reconoce de inmediato, el pelo corto a la altura de los hombros.

Mirabella quiere gritar. Quiere extender los brazos. Pero tiene demasiado miedo como para moverse. Ha pasado mucho tiempo desde que vio a Arsinoe, pero esta sigue siendo la misma. Incluso tiene manchas de tierra en su cara ladina.

A través de los árboles se acerca un chico, con tres caballos. Quizás un asistente.

—Pensábamos que estabas muerto —dice Arsinoe.

—Veo. Ni siquiera se molestaron en traer cuatro caballos.

Todos se ríen menos la chica, Jules.

—Esto no es gracioso... todavía —dice.

No la ven a Mirabella, que los mira abrazarse y reírse. Pero sin importar cuántas veces abra la boca, no encuentra el coraje para hablar. En cambio se esconde detrás de un árbol y sufre en silencio. No pasará mucho antes de que se vayan.

Arsinoe deja escapar un suspiro de alivio cuando Joseph y Jules se abrazan. Jules es ella una vez más. El hechizo la liberó en cuanto vio a Joseph.

—¿Estás lastimado? —pregunta Billy desde atrás. Los caballos todavía están nerviosos, y tiene las manos ocupadas tratando de controlarlos.

—No —dice Joseph—. Pero el barco ya no existe. Quedé atrapado en la tormenta y se hundió. A duras penas logré llegar a la costa.

—Pensé que te había enseñado a navegar mejor que eso —dice Billy, y se ríe.

—No fuiste tú quien le enseñó —dice Arsinoe por encima del hombro—. Joseph vive sobre un barco desde que aprendió a caminar.

—Jules —dice Joseph, mirando la mano y las vendas empapadas de sangre—. ¿Qué pasó?

—Después —interrumpe Arsinoe—. ¿No alcanza con que no te hayas ahogado? Tenemos que sacarte de estos bosques y conseguirte un plato de comida caliente.

—Tienes razón —dice Joseph. Rodea a Jules con el brazo. Mientras lo hace mira hacia atrás, hacia los árboles. Los ojos de Arsinoe siguen su mirada, y descubren un destello de ropa negra. Cuando todos se dan vuelta, deja caer el cuchillo. Es fácil simular más tarde que se lo olvidó y volver a buscarlo a solas.

Mirabella no escucha nada hasta que Arsinoe sale de detrás del árbol. Ni siquiera una rama pisada.

—¡Arsinoe!

—No eres muy buena ocultándote —le responde—. Esas hermosas polleras negras se destacan en cualquier lado.

Mirabella se endurece ante el tono de voz de su hermana. Sus ojos bajan hasta la mano de Arsinoe, sobre la empuñadura del cuchillo. Todo el mundo le dijo que sus hermanas eran débiles. Que matarlas sería fácil. Pero no parece fácil. Hasta ahora, Arsinoe es mucho mejor que ella en este juego.

—¿Qué estás haciendo aquí? —pregunta Arsinoe.

—No lo sé —dice Mirabella. Suena como una tonta. Cuando dejó Rolanth, no se imaginó que se encontraría con una de sus hermanas y escucharía su voz. Pero aquí están. Juntas, como si las hubieran guiado.

—Estás más alta —dice Mirabella.

Arsinoe resopla.

—Más alta, sí.

—¿Te acuerdas de mí?

—Sé quién eres.

—No es lo que pregunté —dice Mirabella. Es difícil de creer lo mucho que quiere acercarse a Arsinoe. No se dio cuenta hasta este instante de lo mucho que la extraña.

Da medio paso hacia adelante. Arsinoe retrocede y sujeta con más fuerza el mango del cuchillo.

—No estoy aquí para eso —dice Mirabella.

—No me importa para qué estás aquí.

—No recuerdas, entonces. Está bien. Puedo recordar por ambas. Y te lo voy a contar si quieres escuchar.

—¿Escuchar qué cosa?

Los ojos de Arsinoe giran rápidamente hacia la sombras de los árboles. Los naturalistas le han enseñado a tener miedo. Le han enseñado a odiar, así como el Templo trató de enseñarle a Mirabella. Pero han sido todas mentiras.

Mirabella extiende la mano. No sabe qué hacer si Arsinoe la toma, pero tiene que intentarlo.

Escuchan el ruido de cascos. Arsinoe da un paso atrás cuando los jinetes surgen entre los árboles. Ya no están más solas. Las sacerdotisas armadas las encierran en un círculo, sin dejar de girar.

—¿Qué es esto? ¿Una emboscada? —pregunta Arsinoe, y mira su cuchillo como preguntándose si tomar a Mirabella de rehén. En cambio se pone a gritar—: ¡Jules! ¡Jules!

Unos momentos después la chica y la puma entran al claro, con Joseph detrás. Pero están aislados. Las sacerdotisas usan sus monturas para hacerlos retroceder.

—No, Arsinoe —dice Mirabella.

—¡Reina Mirabella!

Frunce el ceño. Es Rho, montada sobre un soberbio caballo blanco. Sostiene las riendas con una mano. En la otra lleva uno de los largos cuchillos serrados del Templo.

—¿Estás herida?

—¡No, estoy bien! ¡Estoy a salvo! ¡Detén esto!

Rho lanza el caballo entre las dos hermanas, con tanta violencia que Arsinoe cae al suelo.

—¡Rho, detente!

—No —dice Rho. Levanta a Mirabella y la apoya en la silla como si no pesara nada—. Es demasiado temprano para esto. Ni siquiera tú puedes romper las reglas. ¡Guarda a tus víctimas para después del Avivamiento!

En el suelo, Arsinoe la mira con ojos furiosos. Mirabella sacude la cabeza, pero es inútil. Rho hace una señal y las sacerdotisas se echan a galopar hacia el norte, dejando atrás a Arsinoe y Joseph.

—La Suma Sacerdotisa no está contenta, mi reina —le dice Rho al oído—. No deberías haberte escapado.

EL LAGO DE LOS COMETAS

Luca se encuentra con Sara Westwood a la orilla del lago de los Cometas. Alejándose del mar desde Rolanth, el lago es enorme y profundo, más ancho que largo. Es donde nace el río Garza Azul y donde trajeron a Mirabella para que conociera a Luca. Es un largo camino para una taza de té y un almuerzo frío, pero al menos no hay tantas orejas contra las puertas.

Sara saluda a la Suma Sacerdotisa con una reverencia. Las canas le llegaron este año, y hay algunas arrugas al costado de sus ojos. Para el final de la Ascensión, Sara será una anciana.

—¿Hay noticias?

—Todavía no —dice Luca—. Pero Rho la encontrará.

Sara contempla el lago azul acerado.

—Nuestra Mira —dice con tristeza—. No sabía que era infeliz. Desde que llegó a nosotros, jamás esperé que empezara a esconder sus emociones. ¿Y qué si está herida?

—No está herida. La Diosa la protege.

—¿Pero qué haremos nosotros? —pregunta Sara—. No sé durante cuánto tiempo podremos ocultar este secreto. Los sirvientes comienzan a sospechar.

—Una vez que regrese, no tendrán pruebas. No te preocupes. Nadie sabrá nunca que ella se fue.

—¿Y si no es Rho quien la encuentra? ¿Y si...?

Luca la toma del brazo. Si el toque de la Suma Sacerdotisa sirve para algo, es para calmar el pánico. Y hoy Luca no tiene tiempo para entrar en pánico. No le pidió a Sara que viniera hasta aquí solo para calmarle los miedos.

La guía hasta la orilla, a un matorral de siemprevivas y a una piedra larga, oscura, erosionada y plana como una mesa. Las sacerdotisas sirvieron té, pan y sopa recalentada en una pequeña estufa.

Luca prepara sus viejos huesos y escala la roca. Le alegra descubrir que no le resulta difícil, y que le dejaron un almohadón y una delicada manta doblada.

—¿Te sientas conmigo? —le pregunta—. ¿Y comemos?

—Voy a comer —dice Sara mirando la mesa de piedra con gravedad—. Pero no me voy a sentar, Suma Sacerdotisa.

—¿Por qué no?

—Esa piedra es sagrada. Hace mucho las sacerdotisas elementales venían aquí a sacrificar liebres y luego arrojaban los corazones al lago.

Luca pasa la mano por la piedra. Parece mucho más que una piedra ahora, con toda la sangre que bebió. Y no es solo sangre de conejos, está segura. Hay más cosas en esta isla de las que están a simple vista. Tantos lugares en donde el ojo de la Diosa está siempre abierto. Es adecuado que Luca haya llegado a este lugar para discutir el sacrificio de las reinas.

Parte el pan a la mitad y le alcanza una parte a Sara. Es buen pan, tierno, con una costra de avena, pero Sara ni lo muerde. Lo mueve entre los dedos hasta que se hace migajas.

—Nunca pensé que haría algo así —dice—. Siempre tan obediente.

—No siempre —observa Luca, y da una mordida. Hubo un tiempo en que Mirabella no escuchaba a nada ni a nadie. Pero fue hace mucho, y muy lejos de la respetable joven reina en la que se ha transformado.

—¿Qué vamos a hacer?

Luca bebe un sorbo de té y lucha contra el impulso de cachetear a Sara. Es una buena mujer, y su amiga todos estos años. Pero no hay firmeza en su mandíbula. Se necesitará una espina de acero para sostener un Concilio Negro liderado por ella. Cada tanto, Luca siente lástima por la Suma Sacerdotisa que venga después de ella, porque será la que tendrá que encargarse de eso.

—Qué vamos a hacer —dice—. Dime, Sara, ¿qué es lo que sabes de las Reinas de la Mano Blanca?

—Que son benditas —responde Sara dubitativamente—. Las que nacen cuartas.

—Sí, pero no solo eso. A una reina se la denomina de la Mano Blanca cuando sus hermanas mueren por otra razón que sus acciones. Sea porque las ahoga la Comadrona antes de que se hagan mayores, o mueren por alguna maldición desafortunada, o… —Luca añade lentamente— porque la isla las sacrifica, en honor a la única reina verdadera.

—Jamás había escuchado eso —dice Sara.

—Es una antigua leyenda. O al menos, yo pensé que era solo una leyenda. Más bien un rumor sobre los Años Sacrificiales. Es tan antigua que no me sorprende que hayamos pasado por alto las señales.

—¿Qué señales?

—La debilidad de Arsinoe y Katharine. La fuerza sin límites de nuestra Mira. Y, por supuesto, la reticencia de Mira a matarlas. —Luca se aprieta la frente. —Estoy avergonzada de admitir que, durante todo este tiempo, pensé que era su única falencia.

—No entiendo —dice Sara—. ¿Crees que Mirabella tiene reticencia a matar porque se supone que sea una Reina de la Mano Blanca? ¿Qué Arsinoe y Katharine… van a ser sacrificadas?

—Serán ofrendas sagradas durante la noche del Avivamiento.

Luca golpetea los dedos sobre la piedra. Las vibraciones reverberan como un latido.

—Son viejas historias. Historias de una reina, mucho más fuerte que sus hermanas. La única reina verdadera nacida en ese ciclo. La noche del Avivamiento la gente reconoce esto y alimenta el fuego con las otras reinas.

Luca espera, tensa. Sara no habla por un tiempo. Continúa de pie, las manos píamente entrelazadas a la altura del estómago.

—Eso haría todo más fácil —dice al fin, y Luca se relaja. Los ojos de Sara miran hacia abajo, pero lo que realmente piensa de la historia carece de importancia. Rho tiene razón. Sara hará lo que el Templo ordene.

—No lo sientas como una carga —sigue Luca—. Lo que tenga que pasar pasará. Solo que me gustaría ver a la isla preparada. Siempre has sido una voz importante para el Templo, Sara. Sería bueno que la gente empezara a oír de esto antes de que lo vean ocurrir.

Sara asiente. Será eficaz propagando el cuento, como hizo con la fama de Mirabella. Para la noche del Avivamiento la gente estará esperando y haciéndose preguntas. Quizás tomen ellos mismos los cuchillos.

Una de las sacerdotisas novicias se acerca para calentar sus tazas con más té. A través de los pliegues de su túnica,

Luca nota el resplandor plateado de las hojas largas y serradas del Templo. En Beltane toda sacerdotisa fiel cargará una.

Rho le dijo que no era una mentira. Es parte verdad. Y es por el bien de la isla. Alguien tiene que tomar el control si no lo hace su reina elegida.

Luego de la ceremonia del Avivamiento, cuando la multitud en Beltane esté borracha, y en éxtasis tras la presentación de Mirabella, las sacerdotisas darán un paso al frente en busca de las cabezas de Arsinoe y Katharine. Las decapitarán y les seccionarán los brazos a la altura del hombro. Y cuando todo termine, tendrán una nueva reina.

MANSIÓN GREAVESDRAKE

❦

Los Arron le dan la bienvenida a la delegación Chatworth de la única manera que saben: con una fiesta, aunque no sea una fiesta grandiosa y esplendorosa en el salón de baile del ala norte. Por mucho brillo que haya, la fiesta en homenaje al chico Chatworth está pensada únicamente como una presentación entre la reina y su potencial rey-consorte. El encuentro será en el pequeño salón comedor del segundo piso, donde pueden tener más intimidad. Y donde Katharine puede ubicarse en el medio, como la pieza central.

Es excitante tener la casa preparada de nuevo para una fiesta, repleta de personas. El primo Lucian regresó con sirvientes de su propiedad y hace una reverencia cada vez que se cruza a Katharine en los pasillos. Siempre tiene una curiosa sonrisa sobre los labios cuando lo hace, y ella no puede decidir si se ríe con ella o de ella.

Desafortunadamente, el regreso de tanta gente a Greavesdrake también significa el de Genevieve, que se tomó su exilio de manera muy personal. Como la hermana menor, odia ver cómo Natalia la excluye, y desde su regreso insiste en formar parte de cada detalle del planeamiento.

—Todavía me duele el cuero cabelludo de las tantas veces que me trenzaron —dice Katharine, apoyada contra Pietyr. Se escondieron entre las estanterías de la biblioteca, uno de los pocos lugares en donde puede estar a solas con Pietyr desde el retorno de Genevieve—. A la pobre Giselle también le deben doler los dedos —continúa—. Genevieve nunca está conforme con mi pelo.

—Tu pelo es hermoso —dice Pietyr—. Es perfecto.

Genevieve ordenó trenza tras trenza y rodete tras rodete. Ordenó que entrelazaran cuentas de azabache y perlas solo para arrancarlas luego. Y todo eso para declarar que el cuello de Katharine es todavía demasiado delgado, y que debería llevar el cabello suelto para ocultarlo.

—A veces pienso que quiere que falle.

—No la escuches —dice Pietyr, y le besa una cascarita cerca de la sien—. Una vez que el pretendiente se haya ido, Natalia volverá a enviarla a la casa de la ciudad. No tendrás que verla de vuelta hasta Beltane.

Katharine se retuerce en sus brazos para besarlo.

—Debes besar al chico Chatworth justo así —dice Pietyr—. Será difícil encontrar el momento justo durante esta pequeña y mal concebida fiesta. Pero habrá un momento donde podrás escabullirte.

—¿Y qué pasa si él no me gusta?

—Podrás acostumbrarte. Y si no lo haces, tampoco importa. Eres la reina y debes hacer tu propia elección de consortes.

Le toca la mejilla y le alza el mentón. No quiere ver a ninguno de los delegados encandilado con Mirabella. Y ella tampoco.

William Chatworth Junior es un chico lo suficientemente apuesto. Su aspecto no es deslumbrante, como Pietyr, pero tiene hombros anchos, una mandíbula fuerte y cabello corto oscuro, del color de la arena. Sus ojos son de un marrón común y corriente, pero son firmes, considerando que está en el medio de una fiesta de envenenadores.

Vino solo, sin su madre y ni siquiera su padre, y con la única compañía de dos sirvientes como escolta. Por la tensión en su rostro, esto no fue su idea. Lo arrojaron a la guarida del lobo. Pero hay peores casas en las que caer siendo un continental. Muchos de los Arron tienen contactos cercanos con el último rey-consorte. De todas las familias en la isla, son los que más conocen a los continentales y sus costumbres.

Aparte de una reverencia rígida y una presentación, él y Katharine aún no han hablado. La mayor parte de la velada se la pasó charlando con el primo Lucian, pero de vez en cuando Katharine levanta la mirada y lo encuentra observándola.

La comida está servida: medallones braseados con una porción dorada de tarta de papas. Sin envenenar, por supuesto. Los Arron hacen un esfuerzo para parecer impresionados, pero únicamente aquellos que estén terriblemente hambrientos harán algo más que picotear.

Genevieve sujeta a Katharine del brazo y le clava un dedo.

—No te comportes como un cerdo solo porque no tiene veneno.

Para acentuar su punto le pellizca la piel del codo. A Katharine le duele tanto que casi se le escapa un grito. Mañana tendrá un moretón oscuro que deberá tapar con mangas y guantes.

Del otro lado de la mesa, Pietyr observa con los dientes apretados. Parece listo para saltar por encima de los platos y acogotar a Genevieve. Katharine cruza miradas con él, y Pietyr parece relajarse. Tiene razón después de todo. Es hasta que se vaya el chico Chatworth. Entonces Genevieve será exiliada de nuevo.

Una vez terminada la cena, con los platos empujados al centro de la mesa para aparentar que fueron comidos, Natalia mueve la fiesta al salón de dibujo. Edmund sirve los digestivos, que deben estar emponzoñados ya que todos los Arron se abalanzan como pájaros sobre las migas. Una doncella trae una bandeja con una botella verde y dos copas: algo especial para la reina y su pretendiente.

—Permíteme —dice Katharine. Toma la botella por el cuello y las copas por el tallo. Del otro lado de la habitación, el primo Lucian la ve acercarse y con una reverencia se aleja del chico Chatworth—. ¿Tomas una copa conmigo, William Junior?

—Por supuesto, reina Katharine.

Sirve para ambos, y el champagne centellea de burbujas.

—Puedes llamarme Katharine si quieres. O incluso solo Kat. Sé que el título entero resulta un trabalenguas.

—No estoy acostumbrado a decirlo. Debería haber practicado.

—Habrá tiempo suficiente para eso.

—Y por favor, llámame Billy. O William. Algunas personas aquí decidieron llamarme Junior, pero preferiría que no contagiara.

—Es una costumbre extraña llamar al hijo como al padre. Casi como si el padre esperara un día heredar el cuerpo.

Se ríen juntos.

—De acuerdo con mi padre, un buen nombre puede ser usado de nuevo.

Katharine se ríe y mira alrededor.

—Todo el mundo nos está mirando aunque simulan no hacerlo. Hubiera preferido no conocerte de esta forma.

—¿Oh? ¿Y de qué manera hubieras preferido?

—En algún sendero, un hermoso día primaveral. En caballos en los que hubieras tenido que demostrar tu valía alcanzándome.

—¿No crees que venir aquí demuestra mi valía?

—Es cierto. Sin duda lo demuestra.

Billy está nervioso, y bebe con rapidez. Katharine le vuelve a llenar la copa.

—Los Arron han vivido aquí mucho tiempo —dice Billy, y ella asiente.

Los Arron están atrincherados en Greavesdrake. Y es mucho más que sus venenos y la morbosa decoración de las paredes: naturalezas muertas de flores y carne descuartizada, y serpientes negras enroscadas en modelos desnudos. Se han filtrado en la misma mansión. Ahora cada centímetro de madera y sombra es parte de ellos.

—Por supuesto, el dominio ancestral de los Arron se encuentra en Prynn —dice Katharine—. La Mansión Greavesdrake es el hogar hereditario de los senescales de la reina, y va hacia dónde va la reina.

—¿Quieres decir que si Arsinoe se transforma en reina, los Milone vivirían aquí?

Billy cierra la boca rápidamente luego de preguntar, como si hubiera sido instruido en no mencionar el nombre de su hermana.

—Sí —responde Katharine—. ¿Piensas que les gustaría? ¿Crees que les quedaría bien?

—No —responde, y alza la vista a los altos cielorrasos y a las ventanas oscurecidas con cortinas de terciopelo—. Creo más bien que acamparían en el jardín.

A Katharine se le escapa una carcajada. Verdadera risa, y sus ojos encuentran a Pietyr, de pura culpa. Él está retraído en la esquina más lejana, simulando escuchar las inquietudes del Concilio de Renata Hargrove y Margaret Beaulin, pero sin dejar de observar celosamente a Katharine. No quiere pensar en eso, pero para Katharine sería más fácil si Pietyr no estuviera allí con ellos.

—Billy —le dice—, ¿querrías ver más de la mansión?

—Sería un placer.

Nadie objeta cuando se van al vestíbulo, aunque hay un silencio momentáneo en la ya silenciosa conversación. En cuanto se alejan del salón de dibujo, Katharine deja escapar un gran suspiro de alivio. Cuando el continental la mira con extrañeza, se pone colorada.

—A veces pienso que tanta ceremonia me va a hacer gritar —le dice.

Billy sonríe.

—Entiendo lo que quieres decir.

Katharine no cree que entienda. Pero lo hará pronto. El festival Beltane entero es un ritual después del otro: la Cacería, el Desembarco y el Avivamiento. Su pobre mente continental se embarullará al tratar de recordar todas las reglas y el decoro.

—Las ceremonias no tendrán pausa, supongo —dice Billy—. Ni siquiera en encuentros de esta clase. ¿Cuántos pretendientes habrá, reina Katharine?

—No sé. Antes había muchos. Pero ahora Natalia piensa que serán solo seis o siete.

Incluso esa cifra parece una carga cuando piensa en Pietyr. ¿Cómo puede pedirle que se haga a un lado y solo observe? Es lo que él dice que quiere, pero ella sabe que está mintiendo.

—No suenas entusiasmada —dice Chatworth—. Ninguna de ustedes parece querer ser cortejada. Las chicas que yo conozco enloquecerían de tener tantos pretendientes.

Katharine trata de sonreír. Está dejando que se escape, listo para ser arrebatado por Mirabella y los Westwood. Se obliga a acercarse y a aproximar el rostro.

Cuando lo besa, los labios de Billy están tibios. Él los aprieta contra los de ella, y Katharine casi se echa hacia atrás. Nunca se perderá en sus brazos como le ocurre con Pietyr. No tiene sentido ni siquiera tener esperanzas. Tendrá muchos momentos como este cuando sea reina. Momentos sin pasión en los que gritará en silencio hasta que pueda volver con Pietyr.

—Eso fue hermoso —dice Chatworth.

—Sí. Lo fue.

Sonríen avergonzados. Él suena tan poco sincero como ella. Pero de todos modos se inclinan una vez más, para besarse de nuevo.

MANANTIAL DEL LOBO

─────────── ❧ ───────────

— ¿La odias, verdad? —pregunta Joseph, sentado en la cocina de los Milone mientras Madrigal lava las runas recién tajeadas en la mano de Arsinoe. Ahora le llegan a la muñeca, con heridas sanguinolentas en el interior de cada brazo.

—¿A Mirabella, quieres decir? —pregunta Arsinoe—. Por supuesto que la odio.

—¿Pero por qué? Si ni siquiera la conoces.

Por un instante en el bosque, cuando Mirabella le extendió la mano, casi le hizo pensar lo contrario. Luego llegaron las sacerdotisas, más parecidas a soldados que a sirvientes del Templo, y el parpadeo se desvaneció. Su hermana es astuta y fuerte. Estuvo muy cerca. Necesitó a todas esas soldados para mantenerla a raya. Para evitar que se escapara y matara a sus hermanas demasiado temprano.

—No pienso que sea para nada extraño —dice Arsinoe—. ¿No lo entiendes? Tiene que ser una de nosotras. Tiene que ser ella. Toda mi vida escuché que tiene que ser ella. Que yo tengo que morir, así ella puede liderar. Que yo no importo, porque ella está aquí.

Del otro lado de la cocina, la abuela Cait se arroja una toalla sobre el hombro, que espanta a su cuervo. Eva vuela hasta otra habitación y regresa con una jarra de ungüento. Aterriza sobre la mesa y da un picotazo sobre la madera.

—No voy a tocar eso —dice Madrigal—. Es aceitoso y huele feo.

—Lo haré yo entonces —gruñe Cait, y usa la misma toalla para espantar a su hija de la silla.

Las manos de Cait son rudas con las heridas de Arsinoe. Rudas porque están preocupadas, aunque no le diga nada. Nadie le dijo nada a Arsinoe sobre su uso de la magia inferior. Desde que trajo a Joseph de regreso a casa, hasta Jules mantiene la boca cerrada.

No está en la naturaleza de Cait morderse la lengua. Pero retar a Arsinoe tampoco haría ningún bien. Ha sido consentida mucho tiempo y se acostumbró a hacer lo que se le antoje.

—Deberías dejar que le corra aire. Antes de que la vuelvas a vender.

Sostiene la mano de Arsinoe un momento y luego le da unas palmadas antes de apoyarla sobre la mesa. Arsinoe frunce el ceño. Los Milone la quieren, pero la quieren como a un condenado. Únicamente Jules alguna vez pensó distinto. Y ahora Madrigal.

—Supongo que no importa que ninguna de esas cosas sean culpa de Mirabella —dice Joseph, y Cait le pega con la toalla.

—Deja de defender a esa reina, Joseph Sandrin.

—Pero salvó mi vida.

—¿Es todo lo que se necesita para comprar tu lealtad? —pregunta Cait, y Joseph y Arsinoe sonríen.

Jules entra por la puerta principal y Joseph se pone de pie. Le da un beso en la frente a Arsinoe.

—Tú también me salvaste —dice—. Me encontraste. Pero no quiero ver más cortes en el cuerpo de Jules, ¿está bien?

—¿Ni siquiera si desapareces de nuevo?

—Ni siquiera así.

Arsinoe refunfuña.

—Suenas como un acólito del Templo.

—Quizás —dice—. Pero se puede sonar mucho peor.

Arsinoe no la ve a Jules hasta mucho después, cuando entra en la habitación que comparten, con Camden detrás de ella. Si no fuera por cómo la gata arrastra la cola, Arsinoe nunca habría sabido que algo andaba mal.

—¿Jules? ¿Acabas de regresar?

—Sí. ¿Te desperté?

Arsinoe se sienta en la cama y busca en su mesa de luz hasta encontrar los fósforos. Enciende una vela y ve el rostro preocupado de Jules.

—No estaba durmiendo demasiado bien, de todas maneras. —Arsinoe extiende la mano para acariciar a Camden, pero la enorme gata solo maúlla. —¿Cuál es el problema? ¿Pasó algo?

—No. No sé. —Jules se sube a la cama sin siquiera cambiarse de ropa. —Creo que algo puede haber pasado con Joseph.

—¿Qué quieres decir?

—Está distinto desde el accidente.

Jules se sienta en silencio contra las almohadas, y Camden trepa para yacer junto a ella, sus patas enormes en el hombro de Jules.

—¿Piensas que pudo haber pasado algo con tu hermana? —pregunta Jules—.

—¿Mi hermana? —repite Arsinoe. Por lo general Jules nunca se refiere a las otras reinas de esa manera. Suena casi acusatorio, aunque Arsinoe no cree que haya sido su intención—. No. Nunca. Estás imaginando cosas.

—Todo el tiempo encuentra la manera de mencionarla.

—Solo porque le salvó la vida.

—Estuvieron juntos durante dos noches.

A Arsinoe se le forma una bola desagradable en las tripas. Querría que Jules dejara de hablar de esto. No quiere saberlo.

—Eso no significa nada. Ella estaba… seguramente estaba usándolo para encontrarme. Quizás ella misma envió la tormenta.

—Quizás.

—¿Le preguntaste? —dice Arsinoe, y Jules niega con la cabeza—. Entonces pregúntale. Estoy segura de que te dirá que no pasó nada. Joseph te estuvo esperando durante años. Él nunca…

Hace una pausa, y mira hacia el cuarto de Madrigal. Cuando Joseph llegó a Manantial del Lobo, hicieron un hechizo. Bañado en su sangre y luego anudado. Pero ella lo destruyó antes de que estuviera terminado. O al menos eso pensó.

—Duerme, Jules —sigue, y apaga la luz—. Todo estará mejor por la mañana.

Esa noche ninguna duerme. Jules y Camden compiten por el espacio de la cama, gruñendo y empujándose con rodillas y zarpas. Arsinoe escucha el murmullo de las sábanas durante un buen rato. Cuando al fin cierra los ojos, sueña con Joseph, ahogándose en un mar del color de la sangre.

A la mañana Cait envía a Jules y Arsinoe al pueblo, con órdenes de conseguir vestidos adecuados para el festival. Vestidos largos, dijo, con una mueca de exasperación. A Cait, como Arsinoe, no le interesan los vestidos elegantes. El vestido de lana verde y marrón que usa en casa es todo lo que necesita. Pero incluso ella necesita uno. Este Beltane será el primero para los viejos Milone desde el nacimiento de Jules. Como los encargados de Arsinoe, todos los Milone están obligados a asistir. Beltane, dice Cait, es para los jóvenes y para los obligados.

—¿Veremos a Joseph antes? —pregunta Arsinoe.

Jules arruga la nariz.

—¿Para hacerlo ir de compras?

—No tiene sentido que suframos solas. Podemos probarnos chaquetas y que nos echen de Murrow's por comer pinzas de cangrejo. Será genial.

—Está bien. Al menos no estará sobre un barco.

Joseph no estará sobre un barco por un buen tiempo. A nadie le cayó bien estar a punto de perderlo tan cerca de haberlo recuperado. Menos aún a su madre. Les ha prohibido navegar a él y a Jonah y en cambio los mandó a trabajar al astillero. Incluso Matthew tiene prohibido alejarse demasiado en el *Silbador*, aunque eso signifique sacrificar sus mejores incursiones.

Arsinoe respira el aire de la mañana, cada vez más tibio. Manantial del Lobo ya empezó su deshielo. Dentro de poco, los árboles van a florecer y las personas estarán de mejor ánimo.

—¡Espera, Jules! ¡Arsinoe!

Un pequeño cuervo negro sobrevuela y aletea dos veces frente al rostro de Jules.

—¡Aria! —se sorprende. Camden se pone en dos patas para ahuyentar desganadamente al pájaro, pero el cuervo es rápido y regresa a los pies de Madrigal.

—Voy con ustedes —dice Madrigal, que está muy bonita con un vestido celeste y altas botas marrones. Su cabello está enrulado y le rebota en los hombros. Del brazo lleva una cesta cubierta con un trapo blanco. Arsinoe huele a pan recién horneado.

—¿Para qué? —pregunta Jules.

—Creo que sé más de vestidos que ustedes. Y es un día demasiado hermoso como para quedarse adentro.

Jules y Arsinoe se miran y suspiran. Después de una noche pobre en sueño, ninguna tiene energías como para discutir.

Encuentran a Joseph charlando con Matthew en la cubierta del *Silbador*.

—Aquí vienen —dice Matthew con una sonrisa ancha—. Tres de nuestras chicas favoritas.

—Matthew Sandrin —dice Jules, echándole una mirada a su madre—, eres demasiado cortés.

Pero sonríe cuando Joseph salta al muelle y la abraza.

—Son muy dulces —dice Madrigal.

—Lo son, efectivamente, aunque no me molestaría que lo sean menos —dice Matthew, y arroja un pedazo de cuerda a la cabeza de Joseph.

—Vinimos a quitártelo —dice Arsinoe.

—¿Y qué me van a dar en cambio? ¿Tu bonita compañía mientras descargo los tarros con cangrejos?

Arsinoe se sonroja. Matthew Sandrin siempre fue el único chico capaz de hacerla sonrojarse. Cuánto solía envidiar a la tía Caragh, incluso de niña.

—Quizás esto sirva como trueque —dice Madrigal, y ofrece la cesta—. Pan de avena fresco y un poco de jamón curado. Dos tomates maduros de invernadero. Los mejores que teníamos. Los hice madurar yo misma.

Matthew se agacha para tomar la cesta.

—Muchas gracias. Esto es inesperado.

—Volveré más tarde por la cesta —dice Madrigal—. ¿Tu incursión llevará mucho?

—No con mi madre vigilando.

—Vamos —dice Jules diciendo adiós con la mano—. Si terminamos con esto pronto, podemos llegar a tomar el té en lo de Luke.

Su destino es la tienda Murrow's, el único negocio en donde podrían encontrar vestidos adecuados para una reina.

—¿Quizás uno de estos enlazados? —sugiere Joseph una vez que están adentro, y Arsinoe toma uno de la manga.

—Lazo —tararea—. Lazo, lazo, te daré un puñetazo.

—Lazo no, entonces —replica Joseph. Pero no hay mucho para elegir. Los vestidos que tienen son los comunes de algodón en azul y en verde.

—¿Vas a necesitar algo? —le pregunta Arsinoe, con una chaqueta contra el pecho—. ¿Quizás para la Cacería?

—Para el banquete, en todo caso —dice Madrigal—. Los chicos naturalistas no usan camisa durante la cacería. El pecho desnudo, salvo por los símbolos que les pintamos. Como este es tu primer Beltane, Jules, mejor que vayas pensando en marcas lindas para hacerle a Joseph. ¿Irá Matthew a la Cacería de este año?

Sonríe y sostiene un vestido para Jules, que lo aleja como lo haría su puma.

—No sé —responde Joseph—. Quizás sí, quizás no. Dice que es para los jóvenes.

—¡Pero Matthew no es viejo! ¡No puede tener más de treinta!

Joseph aprieta la mano de Jules. Matthew solo tiene veintisiete. La misma edad que Luke. Pero Luke parece más joven: no ha conocido la tristeza como Matthew. La pérdida. Los años le deben haber parecido largos a Matthew desde que se llevaron a Caragh.

—Voy a hablar con el vendedor —dice Joseph—. Quizás estén a tiempo de poder encargar cosas de Indrid Down si todavía no tienen miedo a los vestidos envenenados.

—A mí no me parece diferente —Arsinoe le susurra a Jules cuando Joseph ya no está cerca.

—Quizás tengas razón.

—¿Por qué no te lo llevas un rato de aquí? No estamos teniendo suerte.

—¿Estás segura? —dice Jules mirando a su madre—. Me puedo quedar.

—Vete —dice Arsinoe, y pone cara de disgusto ante un vestido enlazado con moños negros—. Así puedes ser testigo de mi vergüenza por primera vez durante el Desembarco, como todo el mundo.

Jules le da un golpe en el hombro, y Arsinoe la mira susurrar algo en el oído de Joseph, alguna charla tonta entre amantes que ella jamás podría tener ni siquiera en su imaginación.

Por supuesto que Jules se equivoca. Joseph puede ser culpable de echar miradas, pero solo ha amado a una chica con todo su corazón. Salvo que mientras dejan el negocio, Arsinoe descubre la cara de culpabilidad de Joseph reflejada en el vidrio.

—¿Arsinoe? —pregunta Madrigal—. ¿Qué es lo que ocurre?

—Nada —dice, pero luego la sujeta de la muñeca—. Ese primer hechizo bajo el árbol, cuando Joseph regresó a casa… No llegó a ocurrir. Fue destruido, ¿verdad?

—Creo que sí. Te advertí que no lo quemaras.

No le advirtió que no lo quemara, recuerda Arsinoe mientras ella y Madrigal caminan hacia la plaza y la librería de Gillespie. Solo le sugirió que no debería haberlo hecho una vez que el amuleto ya se había quemado.

La magia inferior muerde la mano que le da de comer. ¿Cuántas veces escuchó eso, y de cuántas personas? De Jules y de Cait. Y hace mucho, también de Caragh.

—¿Y si hicimos algún daño? Alguna clase de daño a Joseph y a Jules.

—Si lo hiciste, no hay nada que se pueda hacer ahora —dice Madrigal—. Funcionará como quiera, libre en el mundo. Tendrás que soportar lo que fuera que hayas hecho.

Luego le da un empujoncito juguetón.

—Mi Jules está feliz y enamorada. Te estás preocupando por nada.

Pero es lo único en lo que Arsinoe puede pensar durante el excelente servicio de té de Luke, con pastel de semillas de amapolas y sándwiches de pollo trozado. Cuando Madrigal se excusa para ir al muelle a ver cómo le fue a Matthew con la pesca vespertina, Arsinoe apenas la escucha.

—Sabes —dice Luke, y por la forma en que apretuja la cola emplumada de Hank, Arsinoe adivina que está hace un buen rato pensándolo—, toda esta búsqueda por Murrow's es una pérdida de tiempo. Yo podría hacerte algo el doble de bueno que todos esos costureros.

Arsinoe lo mira y sonríe.

—Luke, eso es brillante. Necesito que hagas el vestido más hermoso que alguien haya tenido. Solo que necesito que lo hagas para Jules.

Jules y Joseph están sentados sobre un tronco enorme frente al estanque Cornejo mientras Camden juega con los pedazos de deshielo y luego se lengüetea las zarpas. Ahora que se está descongelando, el estanque no está tan hermoso como lo estuvo a mitad del invierno. Está barroso y húmedo y huele a plantas en descomposición. Pero sigue siendo su lugar, el mismo al que se escapaban desde que eran niños.

—Creo que Arsinoe nunca va a encontrar un vestido —dice Joseph. Arroja un palo húmedo al centro del estanque—. Y si lo consigue, no creo que Cait pueda ser capaz de obligarla a usarlo.

—No creo que importe —dice Jules— si no tiene un don que mostrar durante el Avivamiento. El otro día le pregunté qué iba a hacer durante su presentación, y me respondió que estaba planeando destripar un pescado. Hacer filetes.

Joseph se ríe.

—Esa es nuestra Arsinoe.

—A veces es insufrible.

Joseph le sujeta la mano y se la besa. Ya no necesita estar vendada. Los cortes del hechizo de Arsinoe prácticamente están curados. Pero los mantiene cubiertos, de todas formas, como hace Arsinoe con su propio brazo cuando está en el pueblo.

—Madrigal debería ser azotada por involucrarla con eso —dice Joseph.

—Sí, debería —concuerda Jules—. Aunque ahora me importa menos, desde que te trajo de regreso. Y menos aún desde que le dio esperanzas a Arsinoe. Que se sienta segura hasta que llegue su verdadero don.

—¿No es para eso que están tú y la gata?

Al menos eso dicen todos. Jules y Camden son guardianas de la reina desde hace mucho tiempo. Y lo seguirán siendo hasta que todo termine, de una manera o de otra.

—Aun así, no tiene mucho tiempo. Mejor que piense en algo, y mejor que sea grande. Beltane es solo en unas semanas.

Joseph baja la mirada.

Ella y Joseph tienen planeado pasar juntos la primera noche del festival. Ya estuvieron muy cerca, en su habitación o apretados en el camarote del barco continental, pero Jules quiso esperar. Es una Hija de Beltane, y por alguna razón siempre pensó que su primera vez con Joseph debería ser durante esa ceremonia.

—Sé que no te gusta pensar en eso —dice Joseph—. ¿Pero alguna vez pensaste en qué pasará si Arsinoe pierde? ¿Cómo será tu vida?

Jules toma juncos secos y los retuerce. Joseph no dijo "si muere". Pero eso es lo que quiso decir. Y una parte de Jules ha pensado secretamente que, en ese caso, encontraría una manera para morir con Arsinoe. Que estaría allí, junto a ella, peleando.

—No lo pienso tan seguido —responde—. Pero lo he pensado. Parecería que no podríamos seguir después de eso. Pero vamos a poder seguir. Supongo que me encargaré de la casa. Los campos y el huerto. La Diosa sabe que Madrigal no lo hará.

—Podría llegar a hacerlo. No lo sabes. Y te dejaría libre para pensar en otras cosas.

—¿Qué otras cosas?

—Hay todo un mundo allá afuera, Jules.

—Quieres decir el continente.

—No es tan malo. Hay partes que son increíbles.

—¿Tú quieres… volver?

—No —dice Joseph, y toma su mano—. Nunca volvería. A menos que tú quieras. Solo estoy diciendo que… si nuestro mundo termina aquí, podríamos empezar de nuevo, del otro lado. No sé por qué estoy hablando de esto. Por qué estoy pensando en esto.

Baja la cabeza.

—Joseph —dice Jules, y le besa la oreja—, ¿qué es lo que ocurre?

—No quiero mentirte, Jules. Pero tampoco quiero lastimarte.

Se pone de pie bruscamente y camina hasta la orilla del estanque.

—Algo pasó la noche en que Mirabella me salvó —dice, las manos en los bolsillos, sin dejar de mirar el agua—. Estuve a punto de ahogarme. De morirme congelado. Deliraba.

Se detiene y maldice en voz baja.

—¡Ah, Jules! ¡No quiero sonar como que estoy poniendo excusas!

—¿Excusas sobre qué? —pregunta Jules en voz baja.

Joseph la mira.

—Al comienzo deliraba. Quizás incluso cuando empezó. Pero después no. Y ella estaba allí, y yo estaba allí, y nosotros…

—¿Tú qué?

—No quise que pasara, Jules.

Quizás no. Pero pasó.

—¿Jules? Dios, Jules, por favor dime algo.

—¿Qué quieres que te diga? —pregunta. Le resulta difícil pensar. Se le entumece el cuerpo, como si estuviera hecho de la misma madera sobre la que está sentada. Un peso cálido se apoya en su falda. La pesada cabeza de Camden. Un gruñido dirigido a Joseph le retumba en la garganta.

—Insúltame —dice Joseph—. Dime que soy un idiota. Dime… dime que me odias.

—Jamás podría odiarte. Pero si no te vas ahora mismo, mi gata te arrancará la garganta.

ROLANTH

─────────── ❧ ───────────

Aléjate de esa ventana, Mira —dice Luca—. Y pruébate este.

Mirabella observa unos segundos más hacia los acantilados del Pasaje Negro, donde ella y Bree solían correr carreras de niñas. Bree creció y dejó de gustarle, pero Mirabella nunca se cansó. Su amor por el viento y los espacios abiertos la atrajeron seguido al borde de esos acantilados. O al menos así solía hacer, antes de que toda puerta estuviera cerrada.

—¿Para qué? —dice Mirabella—. No es demasiado grande, y puede ser ajustado. Me va a entrar.

Luca deja las prendas. Son las ropas que Mirabella va a vestir la noche de la ceremonia del Avivamiento. Dos bandas de tela negra que serán empapadas una y otra vez con un hervido de hierbas y extractos que impedirán que se prendan fuego junto con su cuerpo.

Para la ceremonia del Avivamiento, su presentación será la danza del fuego.

—¿Cuál será la música? —pregunta Mirabella—. ¿Cuerdas? ¿Flautas?

—Tambores —responde Luca—. Una gran fila de tambores de piel. Para desplegar un ritmo que te acompañe como latidos.

Mirabella asiente.

—Será hermoso —continúa Luca. Enciende una lámpara con una candela cónica, y deja la parte superior abierta—. La ceremonia nocturna y el fuego naranja. Todos los ojos de la isla estarán contigo.

—Sí.

—Mira —dice Luca, con un suspiro—, ¿qué te sucede?

El tono de la Suma Sacerdotisa es empático. Pero también es frustrado, como si no pudiera entender por qué Mirabella es infeliz. Como si Mirabella debiera estar contenta de estar de regreso y prisionera, agradecida por no haber sido azotada en la plaza.

Pero aunque Luca sabe qué es lo que pasó en el camino, cómo se encontró con su hermana y extendió la mano, no sabe todo. No sabe que Mirabella también conoció a un chico y que ese encuentro le rompió el corazón. Y no sabe que por un único instante hubo un destello de confianza en los ojos de Arsinoe.

—¿Dónde está Elizabeth? —pregunta Mirabella—. Prometiste que no la enviarías lejos.

—Y no lo hice. No para siempre. Regresará pronto de su castigo.

—Quiero verla en cuanto regrese.

—Por supuesto, Mira. Y ella también querrá verte. Estaba de lo más preocupada.

Mirabella aprieta los labios. Sí, Bree y Elizabeth estaban de lo más preocupadas. Y fueron leales. No la delataron, incluso luego de una docena de latigazos en sus espaldas. Debería haber sabido que eso iba a ocurrir. Así como debería haber sabido que el Templo iba a condenar a Elizabeth como cómplice en cuanto Mirabella fue encontrada vistiendo su hábito blanco. Mirabella dijo que lo había robado cuando Elizabeth no estaba prestando atención. Nadie le creyó.

Debería haber encontrado una manera de mantenerlas a salvo. Será difícil enfrentar a Elizabeth cuando regrese. Como será difícil enfrentarse a Arsinoe en Beltane, incapaz de explicarle cómo todo fue una equivocación. Mirabella hace una mueca. Pensar en lo que se viene le oprime el pecho. Su único alivio es recordar las noches con Joseph, e incluso eso está contaminado por su amor por otra chica.

—Corrió hacia ella —murmura, sin darse cuenta de que está hablando en voz alta—. Como si no la hubiera visto en cientos de años.

—¿Qué? Mirabella, ¿qué es lo que estás diciendo?

—Nada.

Extiende la mano hacia la calidez de la llama de la lámpara. Un movimiento de su dedo y el fuego salta del pábilo a la palma de su mano. Luca observa, satisfecha de ver cómo la llama se arrastra por la muñeca de Mirabella y se enrosca en su brazo como un gusano curioso. Así es como comenzará. Despacio y tibio. Los tambores llenarán sus oídos. El fuego la buscará, y ella lo abrazará, y dejará que corra a lo largo de su cuerpo mientras gira con los brazos extendidos. Se enlazará al fuego como si fueran cadenas y dejará que se consuma. Quizás consuma el amor por sus hermanas que habita en su corazón.

Días después, Mirabella está caminando por el bosquecito cerca de Casa Westwood cuando escucha a un pájaro carpintero gorjeando en un árbol. Lo mira. Es pequeño y con un pecho blanco y negro. Quizás es Pimienta. Piensa que es él, pero para ella todos los pájaros carpinteros se parecen.

—Manténgase en el camino, reina Mirabella.

Una de las sacerdotisas de la guardia la empuja de regreso al centro del grupo. Como si fuera a intentar escapar, rodeada como está. Hay seis de ellas ahora, todas jóvenes y atléticas. Cuando el viento les mueve los hábitos, puede ver el brillo plateado de sus crueles cuchillos serrados. ¿Las sacerdotisas siempre los llevaron? Mirabella cree que no. Definitivamente no tantos y no tan seguido. Ahora, parece como si cualquier iniciada los llevara.

—Cómo cambiaron las cosas —dice.

—En efecto —afirma la sacerdotisa—. ¿Y de quién es la culpa?

Más adelante, el techo a dos aguas de Casa Westwood se alza por encima de los árboles, plagado de pararrayos como cabellos erizados. No puede esperar a entrar. Allí, al menos tendrá libertad para caminar por las salas. Quizás tome el té con Sara, como un gesto de paz. Sara se preocupó demasiado cuando ella se escapó. Ahora tiene muchas canas en su rodete. Y cuando Mirabella regresó, la abrazó muy fuerte.

—¡Mira!

Bree llega corriendo, las trenzas en el aire. Tiene los ojos rojos, como si hubiera estado llorando.

—¿Bree? ¿Qué es lo que pasa?

Bree se abre camino entre las sacerdotisas y toma las manos de Mirabella.

—Nada —dice, pero no lo puede ocultar. Su expresión se derrumba.

—¿Bree, qué pasa?

—Es Elizabeth —responde, y encara a las sacerdotisas con los dientes apretados—. ¡Debería prenderles fuego los hábitos! ¡Debería matarlas mientras duermen!

—¡Bree!

Mirabella sujeta fuertemente a su amiga.

—¡Les dijimos que ella no tuvo nada que ver! —solloza Bree—. ¡Les dijimos que el hábito era robado!

—¿Qué es lo que hicieron? —les pregunta Mirabella a las sacerdotisas. Pero ellas parecen tan alarmadas como ella.

Mirabella y Bree echan a correr, abriéndose paso a empellones.

—¡No corra, reina Mirabella!

Muchas tratan de agarrarla de los brazos, pero no se esfuerzan demasiado y Mirabella se suelta. Saben adónde están yendo. Mirabella y Bree corren el resto del camino, más allá de los árboles y alrededor de la casa.

Elizabeth está en la entrada. Está parada, de espaldas, junto a la fuente de piedra de agua estancada. Las sacerdotisas que la acompañan bajan los ojos cuando se acerca Mirabella, que deja escapar un suspiro de alivio. Elizabeth está en casa. Se ve muy rígida, pero está viva.

La joven sacerdotisa se da la vuelta.

—Estoy bien —dice—. No es tan malo.

—¿Qué no es tan malo? —pregunta Mirabella, y Elizabeth levanta las mangas de su hábito.

Le amputaron la mano izquierda.

El muñón está envuelto con vendas rústicas, que la sangre tiñó de marrón.

Mirabella pierde pie y cae de rodillas, sujetando la falda de Elizabeth.

—No —gime.

—Me sujetaron —dice Elizabeth—. Pero fue para mejor. Usaron sus cuchillos para aserrarla, sabes, y tomó más tiempo que con un hacha. Así que mejor que me sujetaran. Se sintió bien ser capaz de luchar.

—¡No! —grita Mirabella, y siente la mano de Bree en la espalda. Elizabeth le acaricia la frente.

—No llores, Mira. No fue tu culpa.

Pero lo fue. Por supuesto que lo fue.

MANANTIAL DEL LOBO

❧

—Lo perdonará pronto —dice Madrigal, en referencia a Jules y Joseph—. Por más enojada y dolida que esté, lo extraña cada vez más. Y yo le creo cuando él dice que la ama. Creo que no sonrió una sola vez desde que lo dejó.

—¿Cómo lo sabes? —pregunta Arsinoe, y Madrigal alza los hombros.

—Porque he estado en el puerto. Lo vi trabajar. El ceño siempre fruncido. Ni siquiera tu Billy puede hacerlo reír.

Los labios de Arsinoe se curvan a su pesar cuando Madrigal lo llama así. Suyo. Es una mentira, pero una graciosa. Y es cierto lo que dice Madrigal. Jules lo perdonará pronto. Y lo mismo Arsinoe. No ha sido fácil para ella tampoco pensar en él con Mirabella. De alguna manera, se siente como si también la hubiera traicionado a ella.

—No le queda bien —suspira Madrigal—. Los Sandrin no están hechos para estar serios. Tan tristes. Están hechos para reírse y que no les importe nada.

—Se merece sentirse miserable —dice Arsinoe—. Todas las cosas crueles que ella le diga, y algunas mías también.

¿Quién va a cuidar de Jules si yo fallo y no sobrevivo? Contaba con él.

—Yo cuidaré de ella —dice Madrigal, pero esconde la mirada. Nunca fue buena cuidando de las personas. Y Jules nunca se lo permitiría.

—Supongo que nuestra Jules está perfectamente capacitada para cuidarse a sí misma —dice Arsinoe, su ira apaciguada—. Y quizás nunca tenga que probarlo. Todavía puedo convertirme en reina.

—Todavía puedes, efectivamente —dice Madrigal mientras pasa su pequeño cuchillo de plata por el fuego—. Pero el tiempo para esperar se terminó. Ahora haremos que ocurra algo.

Madrigal toma un frasco lleno con un líquido oscuro. Es sobre todo sangre de Arsinoe, tanto fresca como extraída de las cuerdas que empapó. Las cuerdas fueron humedecidas con agua de la bahía. Camina hacia el tronco del árbol encorvado.

—¿Qué estás haciendo?

Madrigal no responde. Hace explotar el frasco contra una ladera de la colina, contra las losas expuestas de roca sagrada, contra el tronco del árbol torcido y las raíces que recorren las piedras y lo atan allí. Cuando le murmura algo a la corteza, el árbol parece respirar. Para sorpresa de Arsinoe, capullos amarronados surgen de las ramas del árbol como piel de gallina.

—No sabía que florecía —dice.

—No lo hace, o al menos no seguido. Pero esta noche debe hacerlo. Dame tu mano.

Arsinoe camina hasta el árbol y estira la mano, esperando dolor. Lo que no espera es que Madrigal empuje su mano contra el tronco y la atraviese completamente con el cuchillo.

—¡Ah! ¡Madrigal! —grita Arsinoe. El dolor le atraviesa el brazo y le llega al pecho. No se puede mover. Está atrapada, clavada, y Madrigal comienza a cantar.

Arsinoe no reconoce las palabras, o quizás es que Madrigal las pronuncia demasiado rápido. Es difícil oír nada con el dolor que le causa el cuchillo en la mano. Madrigal camina hasta el fuego, y Arsinoe cae en una rodilla, mientras trata de luchar contra la urgencia de arrancar su mano del tronco. La hoja está enterrada profundamente en la madera. Tira del mango con suavidad, y luego con fuerza, pero no sale.

—Madrigal —dice con los dientes apretados—. ¡Madrigal!

Madrigal enciende una antorcha.

—¡No! —dice Arsinoe—. ¡Déjame!

Madrigal tiene una determinación en el rostro que Arsinoe jamás ha visto antes. No sabe si Madrigal pretende fundir su mano con el árbol, pero no quiere averiguarlo. Toma aire, y se prepara para soltarse, aunque eso signifique un corte entre los huesos de sus dedos del medio.

Rápida como el rayo, Madrigal se echa hacia adelante y arranca el cuchillo del árbol. Arsinoe cae hacia atrás, la mano al pecho mientras Madrigal prende fuego al árbol, que se enciende con llamas amarillo brillantes, y apesta a sangre quemada.

Arsinoe se desmaya y el mundo se torna oscuro.

Esa noche, en una cama a la que no recuerda llegar, Arsinoe sueña con un oso. Un gran oso pardo, con largas y curvas zarpas y encías rosadas y violetas. Sueña con ese oso rugiendo frente a un árbol encorvado y abrasado.

Apenas había amanecido cuando Arsinoe sacude suavemente a Jules, causando gruñidos tanto en ella como en la enorme gata que comparte su almohada.

—¿Arsinoe? ¿Qué pasa? ¿Está todo bien?

—Estoy mejor que bien.

Jules la mira con los ojos entrecerrados en la luz azul pálida.

—¿Entonces por qué me despertaste tan temprano?

—Por algo grandioso —dice Arsinoe, y sonríe—. Ahora, levántate y vístete. Quiero que busquemos a Billy y a Joseph, también.

Jules no tarda mucho en cambiarse y lavarse, y ata sus rulos indomables con un moño grueso a la altura del cuello. Salen de la casa y toman el camino que lleva al pueblo antes de que alguien siquiera se empiece a despertar. Incluso la abuela Cait.

No hubo objeciones de parte de Jules cuando Arsinoe le dijo de buscar a Joseph. Pero cuando llegan a su casa, no quiere ser ella la que golpee la puerta.

Arsinoe descubre que ella misma tampoco quiere. Ansiosa como está por llegar al árbol encorvado, se siente culpable, y curiosamente tímida, de molestar a los Sandrin tan temprano. Pero cuando está a punto de juntar pedruscos para arrojarlos a la ventana de Joseph, es Matthew el que sale por la puerta.

Se sorprende cuando las ve, pero luego sonríe.

—¿Qué hacen ustedes dos a esta hora?

—Nada —dice Arsinoe—. Estamos buscando a Joseph. ¿Está despierto?

—Recién. Voy a hacer que baje.

—Y el continental también —dice Arsinoe cuando Matthew ya está entrando de nuevo.

—Cuando salgan —dice Jules, recostada contra su gata montés—, ¿me dirás qué estamos haciendo aquí?

—Quizás sea una sorpresa —contesta Arsinoe. Da vueltas alrededor de Jules. Le hierve la sangre, y ni siquiera el mal vendado hueco en su mano le causa dolor. Pero todavía duda en decir lo que vio. Tiene miedo de que Jules le diga que fue solo un sueño. Y tiene miedo de que Jules tenga razón.

Le parece una eternidad hasta que salen los chicos, confundidos y somnolientos. A Joseph se le ilumina la cara cuando ve a Jules. Billy se peina con los dedos cuando ve a Arsinoe, que tose para esconder la sonrisa. Billy no la ha visto desde que regresó de su encuentro con Katharine y, aunque jamás lo admitiera, a Arsinoe le preocupaba que hubiera vuelto devoto de los envenenadores.

—Esto es dicha para los ojos —dice Billy—. ¿Me extrañabas tanto que tenías que verme en cuanto regresara a Manantial del Lobo?

—Pensé que habías llegado hacía varios días —miente Arsinoe—. Y no estoy aquí por ti sino por Joseph.

—Escuché que me llamabas. "Y el continental también". No estoy sordo.

Arsinoe no dice nada. Está muy ocupada mirando a Joseph observar a Jules, y Jules observar a la puma.

—¿Me estás escuchando, Arsinoe? Te pregunté adónde estamos yendo.

—Hacia el norte —responde distraída—. Al bosque.

—Entonces vamos a pasar por la Cabeza del León. Compraré algo de comer.

—No quiero que nos detengamos.

—Pero, si quieres mi compañía, vas a hacerlo. Nos estás arrastrando antes del desayuno.

También arrastran al pinche de cocina de la Cabeza del León antes del desayuno, y los huevos fritos con panceta y habas tardan más de lo usual. Arsinoe está inquieta durante todo el desayuno, aunque sí logra devorar su plato y parte del de Jules.

Más tarde los guía a través de las calles y callejones de Manantial del Lobo, por el camino más directo al árbol. Sostiene el brazo doblado para mantener la mano en alto, que le empezó a latir.

Quizás es un buen presagio. O quizás debería haber traído a Madrigal. Quizás fue solo un sueño, después de todo, y los está guiando a través de la nieve de deshielo para nada.

Cuando están a una buena distancia de los árboles, Jules reconoce la dirección que están siguiendo y se detiene.

—Dime, Arsinoe. Dímelo ahora.

—¿Qué? —pregunta Joseph—. ¿Qué es lo que está mal? ¿Adónde nos está llevando?

—Es más magia inferior —responde Jules. Mira la herida reciente en la mano de Arsinoe—. ¿O no?

—Todavía no entiendo qué tiene de diferente la magia inferior —dice Billy, mirando a Jules—. Y lo que haces con tu puma.

—Es diferente —dice Joseph—. El don de Jules le pertenece. La magia inferior es para cualquiera. Tú, yo, incluso en tu casa podríamos hacerlo. Pero es peligroso. Y no es para reinas.

—Espera. Me estás diciendo que allá en casa podríamos haber… —y hace un movimiento giratorio con la muñeca que a Arsinoe no le gusta nada. Joseph asiente, y luego de un momento Billy se alza de hombros—. No es posible. Y no puedo imaginarte haciendo hechizos. Eres como mi hermano.

—¿Y eso qué importa? —pregunta Arsinoe.

—No importa —responde Billy rápidamente—. No lo sé. Yo… Sé que conocí a Luke, y a Ellis, y a muchos otros hombres, pero… ¿hechizos? Pensé que era solo para chicas.

—¿Por qué deberían ser solo para chicas? —dice Arsinoe, pero no lo puede culpar por no saberlo.

—No importa eso ahora —dice Jules—. Arsinoe, responde mi pregunta. ¿Por qué nos estás llevando a ese lugar?

—Porque vi a mi familiar —dice Arsinoe.

Jules y Joseph se enderezan. Incluso Camden yergue las orejas negras. Arsinoe alza la mano y desenrolla las vendas hasta revelar la feroz herida, cubierta con una costra roja, que le atraviesa el centro de la palma.

—Usamos mi sangre. Estaba clavada al árbol, y despertamos mi don. Madrigal... De alguna manera debe haber sabido que en ese lugar sagrado seríamos oídas si tan solo mi sangre llegaba a las raíces.

Suena como una locura. Pero aquí está. Sintió cómo algo pasaba de ella al árbol. A las piedras y a la isla. Allí, bajo el árbol encorvado, como en muchos otros lugares, la isla es mucho más que un sitio. Allí respira y te escucha.

—¿Qué fue lo que viste? —pregunta Jules—. ¿Y dónde?

—En mi sueño de anoche. Un oso. Un gran oso pardo.

Jules deja escapar un murmullo de asombro. Tener un gran oso pardo como familiar haría a Arsinoe la reina naturalista más poderosa que la isla hubiese visto. Más poderosa que Bernadine y su lobo. Quizás incluso más poderosa que Mirabella y sus rayos. Jules no quiere creer en el uso que le da Arsinoe a la magia inferior, pero no puede evitar esperanzarse.

—¿Estás segura? —la presiona Jules.

—No estoy segura acerca de nada. Pero eso es lo que vi. Lo que soñé.

—¿Puede ser cierto? —pregunta Joseph.

Arsinoe aprieta su puño herido, y las cascaritas endebles dejan correr más sangre, como si eso pudiera hacerlo cierto.

—El Templo podría repensar su apoyo a Mirabella —dice Joseph.

—¿Eso te molestaría? —pregunta Jules. La mira a Arsinoe—: Quizás él no debería estar aquí. Quizás no debería haber venido.

—Solo quise decir que a nadie le importa si la reina es una naturalista o una elemental —dice Joseph con suavidad—. Mientras que no sea una envenenadora.

Jules frunce el ceño. No se mueve, aunque Arsinoe ya camina en dirección al árbol.

—¿Qué mal puede hacernos? —pregunta Billy. Da unos pasos hacia Arsinoe—. ¿Ir a mirar?

Arsinoe le palmea el hombro.

—¡Así es, Junior! ¡Vamos!

Se mueve ágilmente entre los árboles, eligiendo su camino entre la nieve remanente y el hielo derretido. No mira hacia atrás. Aunque no puede escuchar los pasos silenciosos de Jules y Camden, sabe que están allí. La apruebe o no, Jules nunca la dejaría sola.

A medida que se acercan al árbol, la visión del oso domina los párpados de Arsinoe. Incluso en el sueño era enorme. Borraba todo alrededor. En su cabeza, es solo un pelaje marrón brillante y un rugido. Colmillos blancos y zarpas negras y curvadas, lo suficientemente largas como para destripar a un ciervo.

—¿Será un oso domesticado, no? —pregunta Billy.

—Tan domesticado como Camden —responde Joseph.

—Entonces sin domesticar —dice Jules—. Pero no un peligro para los amigos.

—Esa gata está más domesticada que la mitad de los spaniels de mi madre —dice Billy—. Pero no puedo imaginar a un oso comportarse de esa forma.

Rodean la curva de la colina hasta el terreno hundido anterior al árbol encorvado y a las antiguas losas de roca sagrada.

El árbol está intacto. La noche anterior pareció explotar bajo un fuego amarillo, pero la única marca que tiene es un pedazo de corteza quemada que va del tronco a las ramas inferiores. No tiene ninguno de los capullos que Madrigal hizo emerger, según recuerda, y cada gota de sangre ha desaparecido, como si nunca hubiera habido ninguna. O como si hubiera sido bebida.

—¿Qué pasó aquí? —pregunta Jules con una mueca. Rodea cautelosamente las brasas aletargadas y alza la mano contra la parte ennegrecida del tronco. Luego se limpia los dedos contra la chaqueta, aunque ni siquiera lo tocó.

—Creo... —dice Billy—. Creo que incluso yo siento algo. Casi como una vibración.

—Este lugar está cansado —dice Joseph—. Como si hubiera sido agotado.

—No —responde Jules—. Se siente como lo que es. Afuera. No es como el resto de los árboles. No es como el resto del terreno.

—Sí —dice Arsinoe, ansiosa—. Es exactamente eso.

La piel se le eriza. Nunca se sintió así. Como si la aprehensión de Jules y los nervios de Billy se mezclaran con el aire.

—¿Se supone que fuera aquí? —pregunta Joseph—. ¿Aquí es donde lo viste?

—Sí.

Estaba aquí, frente al árbol. Rugiendo mientras las ramas ardían detrás de él.

Pero las ramas no están quemadas. Y los guio hasta aquí para nada.

—¿Cuánto esperamos? —pregunta Billy—. ¿Deberíamos… chiflarle?

—No es un perro —se enoja Arsinoe—. No es una mascota. Solo… esperen un poco más. Por favor.

Se da vuelta y busca entre los árboles. No hay ningún sonido. Ni viento ni pájaros. Está tan silencioso y quieto como siempre.

—Arsinoe —dice Jules con delicadeza—, no deberíamos estar aquí. Esto es un error.

—No, no lo es.

Jules no estuvo aquí. No fue ella la que se unió a ese árbol, que sangró sobre ese árbol. No sintió cómo cambiaba el aire. Madrigal dijo que la sangre de una reina debía tener valor, y tenía razón. La magia inferior de Arsinoe es poderosa.

—El oso vendrá —murmura—. Está por venir.

Empieza a caminar hacia el norte.

—¿Arsinoe? —pregunta Jules, y da un paso, pero Billy extiende el brazo.

—Dale un momento —dice. Pero él mismo la empieza a seguir, a distancia prudente.

Cuando llega, no es difícil de encontrar. El gran oso pardo es enorme y desciende perezosamente de la colina. Los hombros se balancean en arcos macabros mientras trata de encontrar un camino hacia Arsinoe.

Arsinoe está a punto de gritar, pero algo la detiene. El oso no se ve como en el sueño. Arrastra las zarpas por el barro, la cabeza caída, como si alguien lo hubiera levantado muerto de una zanja y lo hubiera obligado a mantenerse de pie.

—Me va a reconocer —susurra Arsinoe, y se fuerza a dar un paso adelante. Y luego otro.

Huele como algo podrido. La piel del oso se mueve como cuando la piel muerta está colonizada por gusanos y hormigas.

241

—Jules —susurra, y se anima a darse vuelta. Jules está muy lejos. No puede ver.

—Arsinoe, aléjate —dice Bill—. ¡Esto es una locura!

Pero no puede. Ella lo convocó, y es suyo. Estira el brazo.

Al comienzo, el oso no parece advertir su presencia. Continúa avanzando con torpeza, y para añadir a la lista de males, tiene un problema al andar: su hombro izquierdo cae con mucha más fuerza que el derecho. Arsinoe advierte rastros rojizos en sus pisadas. Una garra sobredesarrollada se le clava en el pie, como es muy común en los osos muy viejos o enfermos.

—¿Es este? —pregunta Billy—. ¿Es tu familiar?

—No —responde ella, y los ojos furiosos y legañosos del oso finalmente la encuentran.

—¡Corre! —grita él, y se da vuelta mientras el oso ruge. La tierra se sacude cuando empieza a correr tras ella.

Descienden a gran velocidad de la colina, y el tiempo se enlentece. Muchos años atrás, cuando ella y Jules eran niñas, un granjero trajo sus sabuesos muertos a la plaza para advertir al pueblo de un oso sin control. Un grupo de búsqueda lo encontró y lo mató varios días después. Solo había sido un ordinario oso negro, pero esos sabuesos ya no parecían sabuesos, desgarrados de la cola hasta el hocico. Tantos años después, Arsinoe recuerda cómo la mandíbula de uno de los perros colgaba de un diminuto jirón de piel.

El barro que se desplaza por el peso del oso le golpea los hombros. No lo va a lograr.

Jules grita y corre hacia ella, pero Joseph la sujeta por la cintura.

Buen chico. No puede permitir que Jules corra riesgo. Tiene que cuidar de ella, como Arsinoe siempre supo.

Se resbala en el barro y se golpea la cara. Cierra los ojos. En cualquier momento las zarpas van a desgarrar la parte de atrás de sus piernas. El suelo se manchará con lo que le quede de sangre.

—¡Hey! —grita Billy—. ¡Hey! ¡Hey!

El tonto se aproximó a la línea de visión del oso. Sacude los brazos, y le arroja al oso pedazos de hielo y bolas de barro, que no hacen nada salvo rebotar, pero le dan tiempo a Arsinoe de ponerse de pie.

—¡Corre! —grita Billy—. ¡Corre, Arsinoe!

Pero Billy ha cambiado la vida de ella por la suya. El oso estará sobre él en cuestión de segundos. Quizás Billy piensa que es un trato justo, pero ella no.

Arsinoe se arroja entre él y el oso, que la golpea con un zarpazo seco. La fuerza bruta del golpe le disloca el hombro. El resto lo recibe en el rostro.

La nieve se rocía de rojo.

Camden gruñe y corre colina arriba, una mancha de pelaje dorado, hasta chocar con el oso pardo.

Billy pasa el brazo por debajo de las costillas de Arsinoe y la levanta.

—Está caliente y frío —murmura Arsinoe, pero no puede lograr que la boca le funcione.

—Vamos —dice Billy, y Jules pega un grito. Camden gime lastimosamente. Deja de hacerlo cuando el oso la arroja contra un árbol.

—¡No! —grita Arsinoe. Pero el sonido apenas se escucha sobre el de Jules, fuerte, cada vez más fuerte hasta que ya no parece su voz. El gran oso pardo sacude la cabeza y luego se da zarpazos a sí mismo. Se desgarra el pecho como si estuviera tratando de arrancarse su propio corazón.

Por un instante, en el medio del grito de Jules, parece como si el oso flotara en el aire.

Luego cae muerto.

El sudor impregna la frente de Jules como si Manantial del Lobo estuviera en pleno verano, y cae en una rodilla. El oso está muerto, sus grandes zarpas desparramadas para todos lados. Yace quieto y casi parece pacífico ahora, ya no demasiado viejo ni demasiado enfermo, solo liberado de su sufrimiento.

—Jules —dice Joseph, y se pone de cuclillas junto a ella. Cruza el brazo sobre sus hombros y le gira la cara—, ¿estás bien?

—S-sí —dice. Toma aire. Está bien. Y lo que fuera que usó para matar al oso, para explotarle el corazón desde adentro del pecho, se ha ido. Quizás de regreso al corazón del árbol encorvado y torcido.

—Cam —dice—. Arsinoe.

—Lo sé —dice Joseph. Corre ladera arriba, entre los árboles, hasta donde yacen Arsinoe y Camden. Billy arrancó las mangas de su camisa y ató una con fuerza en el brazo de Arsinoe. El resto de la tela la mantiene apretada contra su rostro.

—No tenía mucha sangre para empezar —gruñe—. Necesitamos llevarla a un doctor. Ahora.

—No hay ninguno —dice Joseph—. Solo sanadores.

—Bueno, lo que fuera —lo corta Billy—. Los necesita.

—Deben estar en el Templo —dice Jules, acercándose a ellos—. O en sus casas en el pueblo. Oh, por la Diosa. La sangre…

—¿Las casas están más cerca, no? —pregunta Billy—. No puedes entrar en pánico ahora, Jules. Tienes que escucharme. Esta mejilla va a sangrar como loca, y la nieve lo hará parecer peor. ¿Puedes ayudar o te irás a desmayar?

—No me voy a desmayar.

—¿Podemos arriesgarnos a moverla? —pregunta Joseph.

—No tenemos otra opción —dice Billy—. La pérdida de sangre es muy severa. No la puedo detener.

Él y Joseph se miran muy serios sobre el cuerpo de Arsinoe. Jules apenas puede ver, las lágrimas le brotan con rapidez. Billy dijo que no puede entrar en pánico, pero no puede evitarlo. Arsinoe se ve tan pálida.

—Bien —dice Billy—. Levántenla de las piernas y caderas. Yo la tengo del hombro y le hago presión en el rostro.

Jules hace lo que le dicen. La sangre tibia le cubre las manos casi al instante.

—Joseph— dice—, Camden. Por favor no dejes a Camden.

—No lo haré —dice, y le da un beso rápido—. Lo prometo.

Jules y Billy cargan a Arsinoe a través del bosque, de regreso al sendero. Joseph los sigue más atrás con Camden sobre los hombros. La enorme gata lanza pequeños gemidos. Cuando Jules mira por encima de su hombro, Cam le está lamiendo la oreja a Joseph.

Para cuando llegan a Manantial del Lobo están todos agotados. La casa del primer sanador está a casi cuatro cuadras, pero no lo van a lograr.

—La Posada de los Lobos —dice Billy, y señala con el mentón. Patea la puerta hasta que se abre, y le grita a la señora Casteel hasta que todos salen corriendo en busca de sanadores.

—¿Es que no hay nadie útil en este pueblo? —grita Billy.

Apoyan a Arsinoe en el sofá cerca de la entrada y esperan. Cuando finalmente llega el sanador, acompañado por dos sacerdotisas, para cauterizar las heridas y coserlas, hacen a Jules y a Billy a un costado.

—¿Qué es esto? —pregunta una de las sacerdotisas—. ¿Cómo obtuvo estas heridas? ¿No habrá sido otro ataque de Rolanth? ¿Fue Mirabella una vez más, en el bosque?

—No —dijo Jules—. Fue un oso.

—¿Un oso?

—Nosotros… —dice Jules, y se interrumpe. Todo ocurrió tan rápido. Pero debería haber sabido mejor. Debería haberla protegido.

—Estábamos caminando —agrega Joseph detrás de ella—. Salimos del sendero. El oso se nos echó encima de la nada.

—¿Dónde? —pregunta la sacerdotisa, y se toca el cuchillo serrado que le cuelga de la cintura—. Enviaré a un grupo de cacería.

—Eso no es necesario —responde Jules—. Ya lo maté.

—¿Tú?

—Sí, ella —dice Joseph, con un tono definitivo—. Bueno, ella y una gata montés.

Cruza el brazo por la cintura de Jules y la hace darles la espalda para evitar más preguntas. Caminan lentamente hasta donde está Billy, que arrodillado le acaricia la cabeza a Camden. La gata todavía no puede caminar, pero está ronroneando.

—¿Joseph? —pregunta Jules—. ¿Van a vivir, no?

—Hiciste fuerte a Camden —dice, y la aprieta con fuerza—. Y ambos sabemos que Arsinoe es más mala que ese oso.

MANSIÓN GREAVESDRAKE

❧

No hay escasez de venenos en la Mansión Greavesdrake. Uno abre cualquier cajón o gabinete, y es probable que encuentre algún polvo, una tintura o un frasco de raíces tóxicas. Se rumorea en las calles de Indrid Down que cuando los Arron sean expulsados, los Westwood desarmarán el lugar. Que tienen miedo de que cada muro esté envenenado. Los tontos. Como si los Arron fueran tan descuidados en su oficio. Como si no fueran siempre tan cuidadosos con todo.

Natalia está parada frente a la chimenea en el cuarto de los venenos, tomando un té tardío con Genevieve. Katharine está trabajando en las mesas. Mezcla y combina con los guantes de protección negros puestos.

—Finalmente ocurrió —dice Genevieve—. El clima cambió y el fuego es demasiado caluroso. Deberías empezar a abrir las ventanas.

—No aquí —dice Natalia—. Nunca aquí. En esta habitación, la brisa justa sobre el polvo equivocado podría significar una reina muerta de inmediato.

Genevieve pone mala cara y gira a medias sobre su asiento.

—¿Qué está haciendo allí atrás?

—Está trabajando —responde Natalia. Katharine siempre trabajó muy bien con sus venenos. Desde que era una niña, se doblaba sobre la mesa y los viales con tal entusiasmo que Genevieve la sacaba a la rastra y la cacheteaba, para tratar de imponer mayor seriedad. Pero Natalia puso fin a eso. Que Katharine encuentre alegría en preparar venenos es una de las cosas que Natalia más ama de ella.

Genevieve suspira.

—¿Escuchaste las noticias?

—Sí. ¿Asumo que es por eso que has venido a casa? Para asegurarte de que me entere de las noticias.

—Pero es interesante, ¿no? —dice Genevieve. Apoya su taza y junta las migas de los bizcochos con los dedos para depositarlas en el platito—. ¿Primero el intento en los bosques de Punta de Mástil y ahora Arsinoe agonizando en su cama?

Detrás de ellas, Katharine se detiene a escucharlas.

—Dijeron que fue el ataque de un oso —señala Natalia.

—¿Un oso atacando a una reina naturalista? —Genevieve entorna los ojos. —¿O Mirabella es más astuta de lo que supusimos? Una muerte "accidental" como esta no parecería un ataque.

—No estabas muy preocupada por ataques contra ella cuando dejó Rolanth para asesinar a Arsinoe en el bosque —dice Natalia. Le echa una mirada a Katharine. Ese ataque sacudió a todos. Punta de Mástil está a solo un día de Indrid Down. La advenediza elemental se acercó demasiado.

Natalia abandona la chimenea y cruza la habitación para apoyar una mano en el pequeño hombro de Katharine. La mesa es un caos. Como si hubiera sacado todos los venenos de cada cajón y de cada estante.

—¿Qué tienes aquí, Kat?

—Todavía nada. Primero tiene que ser hervido y concentrado. Y luego hay que testearlo.

Natalia mira el frasco de vidrio, con dos dedos de un líquido ambarino. Las combinaciones son infinitas. En muchos sentidos, el cuarto de los venenos en Greavesdrake es superior incluso a la cámara del Volroy. Está más organizado, para empezar. Y almacena muchas de las mezclas especiales de Natalia.

Acaricia con cariño la tabla de madera. ¿Cuántas vidas ha despachado desde esta mesa? ¿Cuántos esposos indeseados o amantes indiscretas? Demasiados problemas continentales resueltos desde aquí, para honrar la alianza y los intereses del rey-consorte.

Extiende la mano hacia el frasco, y Katharine se tensa como si Natalia tuviera que preocuparse.

—No lo derrames sobre la madera —explica, sonrojada—. Es cáustico.

—¿Cáustico? ¿Quién requeriría de un veneno así?

—No Arsinoe, sin duda. Ella todavía está a tiempo de recibir clemencia.

—Clemencia —murmura Genevieve, desde su silla junto al fuego.

—¿Mirabella, entonces? —pregunta Natalia.

—Siempre están diciendo que es tan hermosa —dice Katharine—. Pero eso solo es al nivel de la piel.

La mira con tanta timidez que Natalia se ríe y le besa la frente.

—Natalia.

Es su mayordomo, Edmund, erguido junto a la puerta.

—Hay alguien que quiere verte.

—¿Ahora?

—Sí.

Katharine mira su veneno y luego a Genevieve. No ha terminado, pero no le gusta permanecer en donde esté Genevieve y no Natalia.

—Suficiente por hoy —dice Natalia. Vierte hábilmente el veneno en un tubo de vidrio y lo encorcha. Luego lo arroja al aire y lo atrapa. Cuando abre las palmas de la mano, el veneno ha desaparecido, oculto en su manga. Un truco fácil, y muy útil para un envenenador. Desearía que Katharine sea mejor en eso.

—Lo guardaré para que lo termines más tarde.

El visitante de Natalia la espera en su estudio. No es una cara desconocida, pero es inesperado. Es William Chatworth, el padre del primer pretendiente, y ya está sentado en uno de sus sillones. Su favorito.

—¿Te puedo ofrecer algo para beber?

—Traje mi propia bebida —responde Chatworth. Busca en su chaqueta y saca una petaca plateada. Mira con desprecio la barra de Natalia. Se demora en el brandy, tratado con cicuta y con un hermoso escorpión negro suspendido cerca del fondo.

—No era necesario —dice Natalia—. Siempre mantenemos depósitos de comida sin envenenar para nuestros huéspedes.

—¿Y a cuántos han envenenado accidentalmente?

—Ninguno problemático —dice, y sonríe—. Somos socios de los continentales desde hace tres generaciones y nunca hemos envenenado a uno que no se lo mereciera. No seas tan paranoico.

Chatworth está sentado con un aire familiar, como si todo le perteneciera. Es tan apuesto y arrogante como la primera vez que se conocieron, hace tantos años. Natalia se inclina y le desliza una mano por sobre el hombro y hasta el pecho.

—No sigas —dice Chatworth—. Hoy no.

—Solo negocios, entonces. Supongo que estoy decepcionada.

Se deja caer en el sillón enfrentado. William es un muy buen amante. Pero cada vez que se acuesta con él, parece como si perdiera valor ante sus ojos. Como si ella le diera algo al acostarse que no recibe de regreso al terminar.

—Amo la forma en la que hablas —responde William.

Natalia le da un sorbo a su bebida. Puede que ame la forma en que ella habla. También ama su silueta. Sus ojos nunca dejan de inspeccionarle el cuerpo mientras discute negocios. Para los hombres del continente, todos los caminos con las mujeres conducen de alguna manera directamente a sus entrepiernas.

—¿Cómo encontraste a mi hijo?

—Es un joven interesante —dice Natalia—. Encantador, como su padre. Parecía muy apegado a Manantial del Lobo.

—No te preocupes. Hará lo que le pidamos. Nuestro pacto sigue en pie.

Su pacto. Acordado hace mucho tiempo, cuando Natalia necesitaba algún lugar donde exiliar a Joseph Sandrin. Su amigo y amante había sido una elección fácil. Ella no era capaz de matar al chico Sandrin como hubiera querido, pero no le podía negar todo. Siempre hay algo que se puede ganar si uno presta atención.

—Bien. Será bueno para él si obedece. Ya solo el pacto comercial elevará a tu familia más allá de lo conocido.

—Sí. ¿Y lo demás?

Natalia termina su brandy y se levanta para servirse otro.

—Eres tan delicado —dice, y se ríe—. Di las palabras. "Asesinato". "Homicidas". "Envenenadores".

—No seas vulgar.

No es vulgar. Pero suspira.

—Sí. Y lo demás.

Matará a quien haya que matar, discretamente y a distancia suficiente, mientras su alianza siga en pie. Igual que como siempre ha hecho ella, y han hecho los Arron, con todas las familias del rey-consorte.

—¿Pero por qué has venido? ¿De forma tan urgente e inesperada? No puede ser únicamente para refritar viejos convenios.

—No —dice—. Estoy aquí porque me enteré de un secreto que no me agrada. Uno que podría acabar con nuestros planes tan armados.

—¿Y cuál es?

—Acabo de volver de Rolanth, de acordar un encuentro entre mi hijo y la reina Mirabella. Y Sara Westwood me contó un secreto que no creo que conozcas.

Natalia resopla. Eso es improbable. La isla es buena para mantenerse oculta, pero pésima para ocultarle cosas.

—Si es de Sara Westwood, desaprovechaste las patas de tu caballo —dice Natalia—. Es solo una dulce mujer. Dulce y devota. Y jamás escuché dos palabras más inútiles.

—La mayor parte de Fennbirn es devota —responde Chatworth—. Si tuvieras un oído en su Templo, no necesitaría que te contara lo que te estoy por contar.

Los ojos de Natalia relampaguean. Si mojara su abridor de cartas en el brandy, podría acuchillarlo en el cuello. Sería una carrera entre morir envenenado o morir desangrado.

—Están planeando asesinar a las reinas.

Por un instante, las palabras le suenan tan ridículas que Natalia no puede procesar lo que significan.

—¿Qué? Por supuesto. Todos lo estamos planeando.

—No —continúa Chatworth—. Quiero decir el Templo. Las sacerdotisas. Después de la ceremonia en el festival. Van a emboscarnos. Van a matar a nuestra reina y a la de Manantial del Lobo. Lo llaman "un Año Sacrificial".

—Un Año Sacrificial —repite Natalia. Una generación de dos reinas débiles y una fuerte. Nadie duda de la verdad de eso. Pero nunca ha escuchado que sacerdotisas masacren a las reinas débiles durante la ceremonia del Avivamiento.

—Luca —susurra—, qué astuta que eres.

—¿Bien? —dice Chatworth, y se inclina en su silla—. ¿Qué vamos a hacer?

Natalia sacude la cabeza y luego fija una sonrisa esplendorosa en su rostro.

—No vamos a hacer nada. Ya has hecho tu parte. Deja que los Arron se encarguen del Templo.

—¿Estás segura? ¿Qué te hace pensar que puedes hacerlo?

—Únicamente que lo hemos hecho durante los últimos cien años.

MANANTIAL DEL LOBO

❦

Cuando Arsinoe se despierta, sabe que hay algo mal con su cara. Al comienzo piensa que durmió en la posición equivocada, quizás demasiado apretada contra la almohada. Salvo que está yaciendo de espaldas.

La habitación está en silencio, y con la luz del mediodía; no sabe cuánto tiempo estuvo dormida. Las cortinas blancas y azules están cerradas. Platos de comida sin tocar rebalsan el escritorio.

—El oso —murmura.

Jules aparece junto a ella, cansada, su cabello hecho una mata enmarañada.

—No te muevas —dice, pero Arsinoe se empuja con los codos. Cuando lo hace, el hombro derecho le cruje de dolor.

—Déjame ayudarte al menos.

Jules la ayuda a sentarse y le pone almohadas detrás de la espalda.

—¿Por qué no estoy muerta? ¿Dónde está Camden?

—Ella está bien. Está allí.

Señala al animal sobre su cama. La enorme gata parece descansar con relativa facilidad. Tiene algunos cortes, y una de sus patas delanteras está vendada y sobre un cabestrillo, pero podría haber sido peor.

—Tiene el hombro quebrado —dice Jules en voz baja—. Para cuando alguien pensó en atenderla… ya nunca se curará del todo.

—Es mi culpa —dice Arsinoe, y Jules baja la mirada.

—Te podrías haber muerto —dice Jules—. Madrigal nunca debería haberte enseñado eso.

—Solo estaba tratando de ayudarme. No es su culpa que algo haya salido mal. Todos sabemos que eso pasa, cada tanto, con la magia inferior. Todos conocemos el riesgo.

—Lo dices como si fueras a hacerlo de nuevo.

Arsinoe frunce el ceño. O al menos lo intenta. Su boca no funciona como debe. Y su mejilla está rara y pesada. Hay una parte de su cara que ya no puede sentir, como si le hubiera crecido una piedra entre la piel.

—¿Podrías abrir la ventana, Jules?

—Por supuesto.

Cruza al otro lado del cuarto y corre las cortinas. El aire fresco es un alivio. La habitación huele a estanco, a sangre y a demasiado sueño.

—Luke estuvo aquí —dice Jules—. Dejó galletas.

Arsinoe se toca el rostro y arranca las vendas.

—¡Arsinoe, no!

—Tráeme un espejo.

—Tienes que permanecer en la cama —dice Jules.

—No seas pesada. Tráeme uno de los espejos de Madrigal.

Por un instante parece como si Jules fuera a rehusarse. Entonces es cuando Arsinoe siente miedo por primera vez. Pero luego eventualmente Jules va hasta al tocador de su madre y revuelve hasta encontrar un espejo con un bonito mango iridiscente.

Arsinoe se pasa la mano sana por el pelo negro, alisándolo donde estuvo apoyado contra la almohada. Luego levanta el espejo.

No parpadea. Ni siquiera cuando Jules comienza a llorar detrás de su mano. Tiene que obligarse a mirar. Cada centímetro de su cara roja y reconstruida. Cada puntada de hilo negro que sostiene lo que queda de su rostro.

La mayor parte de su mejilla derecha ya no existe, hueca donde debería estar regordeta. Una línea de puntadas oscuras le cruza de la comisura de la boca al borde exterior del ojo. Otra línea aún más larga le abarca toda la mejilla perdida hasta el mentón.

—Bueno —dice—. Un pelo más alto y hubiera necesitado un parche.

Se comienza a reír.

—Arsinoe, basta.

La risa tironea las puntadas hasta que le corren gotas de sangre. Jules trata de calmarla, y llama a Cait, y a Ellis, pero Arsinoe solo se ríe más fuerte.

La herida se reabre. Le arde la sal de sus lágrimas. Es una suerte que nunca le haya importado como se veía.

Jules encuentra a Joseph en el astillero de la familia, que está inspeccionando un lío de cuerda y aparejos. Como es un día caluroso, se había sacado la chaqueta y arremangado la camisa. Lo mira con tristeza limpiarse el sudor de la frente. Es la clase de hombre apuesto que hace que todos se den vuelta.

—Jules —dice cuando la ve, y deja en el suelo los aparejos—, ¿cómo se encuentra?

—Es Arsinoe. Se arrancó las puntadas. Le están cosiendo unas nuevas. No pude quedarme. No podía soportarlo más.

Joseph se limpia los dedos con un pañuelo. Le daría la mano si creyera que ella la aceptaría.

—Le iba a llevar flores —dice, y se ríe—. ¿Puedes imaginarlo? La quiero ver, pero no sé si ella querrá verme. Si quiere ser vista.

—Va a querer verte. Arsinoe nunca se escondió de nadie.

Jules se pone de cara al agua, oscurecida por los barcos en el dique seco, apenas visible más allá del borde del muelle.

—Me siento extraña. Sin Camden. Sin Arsinoe. Como si hubiera perdido mis sombras.

—Van a regresar.

—No como antes.

Joseph le apoya tentativamente los dedos limpios en el hombro hasta que Jules se recuesta sobre él. Por un momento, le parece que podría alzarla y sostener todo su peso con una sola mano.

—Yo también la amo, Jules. Casi tanto como te amo a ti.

Juntos miran la bahía. Está silenciosa, nada salvo la marea baja y el viento, como si pudieras navegar por siempre.

—Joseph… ojalá hubiéramos podido sacarla de esta isla hace cinco años.

Billy no sonríe cuando entra en la habitación, y eso es bueno. O mejor, al menos, que las muecas culposas, temblorosas y forzadas que ponen los sanadores y los Milone. Levanta la mano: trajo flores. Vibrantes, amarillas y anaranjadas, que no vienen de ningún invernadero de Manantial del Lobo.

—Mi padre las mandó traer. Provenientes del florista favorito de mi madre. Las hizo traer en cuanto se enteró. Antes de que supiéramos si ibas a vivir o no. Dijo que las podíamos usar de cualquiera de las dos formas, como cortejo o como condolencias. ¿Debo pisarlas?

—¿En una casa naturalista?

Las acepta. Tienen pétalos pequeños y aterciopelados, y una fragancia parecida a la de las naranjas que importan durante el verano.

—Son preciosas. Jules será capaz de mantenerlas floridas durante mucho tiempo.

—Pero no tú.

—No. Yo no.

Deja las flores en su mesa de luz, cerca del alféizar de la ventana y de los restos secos y encogidos de su helecho invernal. Billy cuelga la chaqueta en una silla, pero en vez de sentarse en ella, se sienta a los pies de la cama.

—¿Cómo fue que llegaste hasta aquí? —pregunta—. Si realmente no tienes... un don... ¿por qué te enviaron con los Milone? ¿Ganaron alguna clase de lotería? ¿O la perdieron?

Arsinoe se ríe y le duele el costado de la cara. Billy se inclina hacia adelante mientras ella se sostiene la mejilla, pero no hay nada que hacer. Además, la risa lo valía.

—Nunca se dijo que yo no tenía don —dice Arsinoe—. Al menos no entonces. Ninguna fue marcada como sin don.

—¿Marcada?

—La reina sabe qué es lo que tiene cuando las tiene. Luego nos deja para que nos críe la Comadrona. Cuando somos lo suficientemente grandes, nuestras familias vienen a reclamarnos. Para mí, fue Jules. Ella fue la única razón por la cual yo no estaba aterrada. Vino de la mano de su tía Caragh, de un lado, y de Matthew, del otro.

—Ah —dice Billy, y se recuesta hacia atrás—. La tía Caragh y Matthew, el hermano de Joseph. Tengo entendido que eran un dúo bastante serio.

—Lo eran —dice Arsinoe—. Algunos decían que ella era demasiado seria para él. Que él era demasiado joven. Pero nunca olvidaré su rostro cuando se la llevaron.

Arsinoe se aclara la garganta. Qué ridícula debe verse, acostada y cubierta de vendas, hablando de amores perdidos.

—Saltaste frente al oso por mí —dice Billy.

—Tú saltaste frente al oso antes.

Billy sonríe un poco.

—Y luego lo mató Jules. Solía pensar que era demasiado fuerte para nada. Pero somos muy afortunados de que estuviera allí.

—Sí. Me aseguraré de que esté conmigo cuando lo intente de nuevo.

—¿De nuevo? Arsinoe, casi te mueres.

—Si no lo intento de nuevo, me muero seguro.

Se miran a los ojos. Billy aparta la mirada primero.

—Las reinas simplemente saben —dice—. Qué es lo que ustedes son. Son tan extrañas, de tantas maneras.

—Habrás escuchado decir que las reinas no son en realidad personas. Así que cuando nos matamos una a la otra, no estamos matando a una persona. Eso es lo que dicen. Ya no sé si es realmente cierto.

Cierto o no, no importa. Es la manera de la isla. Y ya casi es tiempo de empezar. Beltane comienza con el deshielo. Dentro de poco, la isla se empezará a mover, desde afuera hacia adentro. Todas las grandes casas juntas durante tres noches, en el valle de Innisfuil.

—Ayer llegó una carta de mi padre. Pero no la he abierto aún. Sé que dirá que tengo que ir a conocer a Mirabella, y no quiero hacerlo.

—Quieres que gane. Quieres casarte conmigo.

Billy sonríe.

—No quiero casarme contigo. No tienes nada de lo que hace a una buena esposa. Pero no quiero que mueras. Te has transformado en mi amiga, Arsinoe.

Le toma la mano y la sostiene, y a Arsinoe le sorprende lo mucho que eso significa. Sus palabras son sinceras aunque ella sepa que, al final, irá a conocer a Mirabella de todos modos.

—¿Quieres ver? —le pregunta, tocándose el rostro.

—¿Somos niños ahora? ¿Comparando cicatrices?

—Si lo fuéramos, yo ganaría.

Arsinoe gira la cabeza y se quita las vendas. Las puntadas tironean, pero no sangran.

Billy se toma su tiempo. Lo ve todo.

—¿Debería mentirte y decirte que he visto peores? —pregunta, y Arsinoe sacude la cabeza—. Hay una canción sobre ustedes, sabes. Allá en casa. Las niñas la cantan cuando saltan la cuerda.

Tres brujas oscuras nacidas en la cañada,
dulces pequeñas trillizas
que nunca serán amigas

Tres brujas oscuras muy hermosas a la vista,
dos para devorar
y una sola para reinar

—Así es como las llaman, en el continente. Brujas. Eso es lo que mi padre dice que son. Monstruos. Bestias. Pero tú no eres un monstruo.

—No —responde Arsinoe en voz baja—. Y tampoco el resto de nosotros. Pero eso no cambia lo que tenemos que hacer.

Toma la mano de Billy y la aprieta con suavidad.

—Regresa con los Sandrin, Junior. Regresa y lee la carta.

INDRID DOWN

❧

Pietyr Renard nunca fue invitado al interior del Volroy, pero siempre había sido su sueño. Desde que era niño y su padre le contaba historias. No hay nada en las salas que absorba el sonido, decía. El Volroy desafía al adorno, como si hubiera demasiadas cosas importantes como para molestarse con tapices. Únicamente la cámara donde se reúne el Concilio tiene algo que no sea superficies negras y pulidas, y es una escultura en bajorrelieve que representa florecimientos naturalistas y fuegos elementales, toxinas de los envenenadores y la masacre de los guerreros. Solía esbozar la parte de los envenenadores para Pietyr, en carbonilla y papel blanco, un enredado nido de serpientes sobre un lecho de pétalos de adelfas.

Le prometió llevarlo cuando fuera mayor de edad. Pero eso fue antes de la casa en el campo, y su nueva esposa.

—Por aquí —dice un asistente, que guía a Pietyr por la torre oriental, donde lo espera Natalia.

En verdad no necesita una guía. En su imaginación ha caminado mil veces por el Volroy.

Al pasar frente a una ventana contempla la torre Oeste. Gigantesca y descomunal, eclipsa todo a su alrededor. De cerca no causa la grandiosa impresión que sí causa a distancia, rebanando el cielo como un cuchillo grabado. Desde aquí, solo se ve oscura y cruel, y bajo llave hasta que llegue la nueva reina.

El asistente se detiene frente a una puertecita y hace una reverencia. Pietyr golpea y entra.

La habitación es un estudio pequeño y circular que se parece a la celda de una sacerdotisa, un extraño reducto excavado en la roca. Junto a la ventana solitaria, Natalia resulta en comparación demasiado grande.

—Entra.

—Me sorprendió que me convocaras aquí.

—Sabía que era lo que estabas esperando —dice Natalia—. Un atisbo de tu premio. ¿Es todo lo que imaginabas?

Pietyr mira por la ventana y silba.

—Debo admitir que siempre pensé que debía haber tres torres en vez de dos. Tres, una por cada reina. Pero ahora entiendo. ¡La arquitectura es soberbia! Incluso dos es un logro supremo.

Natalia cruza la habitación y se inclina ante un pequeño armario; sus pisadas retumban como los cascos de un caballo en una calle de adoquines. Hay muy pocas baldosas. Debe provocar un dolor de piernas terrible en los sirvientes.

Natalia sirve dos vasos de un líquido de color pajizo. Vino de hierbas. Puede olerlo desde la ventana. Es una opción extraña. Una bebida para un niño envenenador. Toma el vaso y lo huele, pero no detecta ninguna toxina extra.

—¿Cuál es la ocasión? —pregunta—. No he tomado un vino de hierbas en años. Mi madrastra solía prepararlo en el verano para mis primos y yo. Endulzados con miel y jugo de fresa.

—Igual a como solía preparárselo a Katharine. Siempre le gustó mucho. Aunque al comienzo la descomponía como a un perro, pobre chica.

Pietyr toma un sorbo. Está muy bueno, incluso sin endulzar.

—Es de un viñedo de Manantial del Lobo —dice Natalia—. Los naturalistas pueden ser un pueblo asqueroso, pero saben cómo cosechar una uva. Un pequeño sol en cada fruta, dicen.

—Tía Natalia, ¿qué es lo que ocurre?

Ella sacude la cabeza.

—¿Eres una persona creyente, Pietyr? ¿Conoces bien al Templo?

—No demasiado. Marguerite lo intentó, después de que se casara con mi padre. Pero era demasiado tarde.

—Nunca es demasiado tarde. Persuadió a tu padre para que abandonara el Concilio, ¿o no? Para renunciar a la capital y a su familia —suspira—. Ojalá Paulina no hubiera muerto. Fue un gran insulto hacia ella que Christophe se casara con Marguerite.

—Sí. Pero no es por eso que me has traído aquí.

Natalia se ríe.

—Eres tan parecido a mí. Tan directo. Y tienes razón. Te convoqué aquí porque el Templo está actuando contra nosotros. ¿Has oído rumores sobre algo llamado "el Año Sacrificial"?

—No.

—No me sorprende. Estás bastante recluido con Katharine. El Año Sacrificial alude a una generación de reinas en la que una es fuerte y las otras dos son débiles.

—Una generación como esta.

—Sí. Y esa parte de la historia es verdad. Hasta yo recuerdo eso: una historia que me contaba mi abuela, que le había contado la suya. Pero el Templo tomó la decisión de desviarse de la historia.

—¿Cómo?

—Están diciendo que en un Año Sacrificial, las dos reinas débiles son arrebatadas por una turba luego de la ceremonia del Avivamiento.

—¿Qué? —pregunta Pietyr. Apoya con torpeza el vino sobre el alféizar de la ventana, derramando algunas gotas.

—Están diciendo que emergió una gran turba y les arrancó los brazos y las cabezas y las arrojó al fuego. Y que intentan hacerlo con Katharine y Arsinoe. Están tratando de convertir a Mirabella en una Reina de la Mano Blanca.

Pietyr contiene el aliento. Las Reinas de la Mano Blanca son las más queridas, a excepción de la Reina Azul. Pero no ha habido ninguna en doscientos años.

—Esa parte del Año Sacrificial no es cierta —dice Natalia—. Al menos no como lo que yo conozco.

—¿Está tan desesperada la vieja Luca, entonces? Debe haber algo mal con su elemental.

—Quizás. O quizás el Templo está aprovechando su oportunidad. No importa. Lo que importa es que lo sabemos.

—¿Cómo lo sabemos? —pregunta Pietyr.

—Me lo dijo un tonto pajarito del continente. Me lo susurró al oído.

Pietyr se pasa la mano por la cara. Katharine. La dulce Katharine. Quieren arrancarle los brazos y la cabeza. Quieren prenderla fuego.

—¿Por qué soy el único aquí, Natalia? ¿Dónde están Genevieve y Lucian y Allegra?

—No se les he contado. No hay nada que puedan hacer. —Mira por la ventana, hasta el campo, más allá de la ciudad. —Nada en esta isla ocurre sin mi conocimiento. O eso pensaba. Pero sí sé que cada hoja ceremonial que el Templo posee está en camino hacia Innisfuil. Todas las sacerdotisas estarán armadas.

—¡Entonces nos armaremos de la misma manera!

—No somos soldados, sobrino. Incluso si lo fuéramos, no hay tiempo. Necesitaríamos a cada envenenador de la ciudad. En Innisfuil, los elementales y las sacerdotisas del Templo nos superarán tres a uno.

Pietyr sujeta a su tía de los brazos y aprieta con fuerza. Es cierto que no la vio seguido durante su infancia, pero conoce lo suficiente de las historias de su padre como para reconocer cuando no está actuando como ella misma. La matriarca de los Arron no acepta simplemente que fue superada.

—No nos quedaremos inmóviles mientras decapitan a nuestra reina —dice Pietyr. Suaviza sus manos y su voz—. No a nuestra Katharine. No a nuestra Kat.

—¿Qué harías para salvarla, Pietyr? —pregunta Natalia—. Durante Beltane casi no tenemos poder. Las sacerdotisas controlan todo, desde la Cacería hasta el Avivamiento. Será prácticamente imposible hacer maniobras junto a ellas.

—Prácticamente imposible —corrige Pietyr—. Pero no imposible. Y haré todo lo que pueda. Haré lo que sea.

Natalia curva los labios.

—La amas.

—Sí —responde Pietyr—. Y tú también.

MANANTIAL DEL LOBO

———————— ❧ ————————

Ellis esculpe una máscara para que Arsinoe pueda cubrir sus heridas. Es tan delgada y ajustada que encaja apoyada únicamente sobre la nariz, pero de todas maneras le hace agujeros a los costados y enhebra finos lazos negros para atarlos por detrás de la cabeza. La máscara está laqueada de negro, y se extiende desde la mejilla sana y la parte superior de la nariz hasta ir disminuyendo al llegar al mentón. También le pinta rayas rojas, desde el ojo hasta la mejilla, a pedido de Arsinoe.

—Causará una gran impresión entre los pretendientes —dice Ellis—. Cuando desciendan de los barcos, se preguntarán quién eres y qué hay detrás de la máscara.

—Les horrorizaría saber —responde Arsinoe, y le toca el brazo cuando Ellis frunce el ceño—. La máscara es maravillosa. Muchas gracias.

—Déjame ayudarte a ponértela —dice Jules.

—No. Es mejor guardarla para después. Para el Desembarco, como dice Ellis.

Cait asiente con solemnidad.

—Una buena idea. Es demasiado preciosa como para llevarla sin razón alguna.

Aplaude y la harina vuela para todas partes. Estuvo amasando un hojaldre para las últimas manzanas envasadas del otoño. Jules ya estuvo cortando largas tiras para el enrejado de la tarta. Madrigal iba a ayudarlas también, pero esa mañana no la encontraron por ningún lado.

Afuera, algo cruje contra una esquina de la casa, cerca del gallinero. Jules mira por la ventana.

—Es Billy. Quedó atrapado en las espinas del calafate. Debe haber venido a través del huerto.

—Voy yo —dice Arsinoe, y se levanta de la mesa. Es un alivio estar fuera de la cama y nuevamente de pie. Quizás lo lleve al sendero que sube por la colina. O quizás no. El sendero pasa muy cerca del árbol encorvado, y ninguno de los Milone la quiere cerca de allí. Pero, ah, qué ganas que tiene.

Afuera, Billy está pateando las espinas.

—¿Qué diablos es esta planta?

—Calafate —dice Arsinoe—. Cait las planta alrededor del gallinero para espantar a los zorros. ¿Qué haces aquí?

Billy deja de luchar.

—No es una bienvenida muy calurosa. Vine a verte. A menos que estés de humor negro.

—¿"Humor negro"?

—De mal humor. Depresiva. Sombría. Cruel —se ríe—. Dios, a veces son tan extraños ustedes.

Extiende la mano, y Arsinoe lo saca del arbusto.

—Pensé que querrías salir un rato. De tu lecho de enferma.

—Esa sí es una buena idea.

La lleva a la bahía, a uno de los amarraderos de los Sandrin. Hay un pequeño velero con velas celestes y el casco pintado de amarillo. No se supone que Arsinoe navegue. No desde que trató de escapar. Pero tampoco lo tiene expresamente prohibido.

Es un buen día para estar en el agua; la bahía está en calma como nunca la ha visto, y una de las focas por las cuales la bahía recibe el nombre asoma la cabeza cerca de las rocas.

—Vamos —dice Billy, mostrando una cesta cubierta con una tela—. Le pedí a la señora Sandrin si nos podía preparar un almuerzo. Pollo frito con papas alargadas y crema agria. Dijo que era uno de tus almuerzos favoritos.

Arsinoe observa la cesta, así como las mal escondidas miradas del señor Bukovy mientras regatea con dos comerciantes. ¿Qué estarán diciendo sobre ella en estos días? La reina desfigurada. Atacada por su hermana en el bosque y casi asesinada por un oso. Incluso aquellos leales a ella deben tener sus dudas. Incluso Luke.

—¿Pollo frito? —pregunta, y se sube al barco.

Billy suelta amarras. No pasa mucho hasta que están más allá de las focas, navegando en dirección norte junto a la costa occidental de la isla.

—Si vamos más allá, podríamos ver jorobadas —dice Arsinoe—. Ballenas. Deberíamos haber traído a Jules. Ella podría hacer que tiraran del barco, y nosotros extenderíamos las velas.

Billy se ríe.

—Casi que suenas amargada, sabes.

Casi no. Lo está. Tantas veces deseó al menos una porción del don de Jules. Alza la mano y se toca las heridas vendadas en su mejilla. Ni siquiera serán cicatrices para Beltane. Estarán rojas y con costras horripilantes.

—¿Cuándo partes para el Desembarco? —pregunta Arsinoe.

—Pronto. La bahía del Lejano Mañana no está lejos. Mi padre dice que no nos detendremos por la noche, y si el viento se sostiene, incluso llegaremos temprano. Además, solo tenemos que llegar hasta el puerto Arenas. Luego hay una lenta procesión hasta la bahía. Eso es lo que recuerdo de Joseph.

—Supongo que te contó todo —dice Arsinoe.

—Debería haber prestado más atención. Pero nada de eso era real para mí hasta que cruzamos la niebla y vi cómo Fennbirn crecía en el horizonte.

Arsinoe mira hacia atrás, hacia la isla. Luce diferente desde el mar. Más segura. Como si no respirara y demandara sangre.

—Estoy decepcionado de que los pretendientes se pierdan la Cacería —dice Billy—. Es la única parte del festival que suena realmente divertida.

—No te pongas demasiado triste. Cuando seas rey-consorte, guiarás la Cacería todos los años. E incluso si no te transformas en rey-consorte, los pretendientes participan de la Cacería de los Ciervos el año próximo, antes de la boda.

—¿Alguna vez has ido allí? ¿A Innisfuil?

—No. Aunque está muy cerca de la Cabaña Negra, donde nací.

—Y adonde ahora está Caragh, la tía de Jules —recuerda Billy—. Eso será duro. Para ella, estar tan cerca. ¿Crees que Jules y Madrigal tratarán de verla?

—Jules tiene su carácter, pero no romperá el decreto del Concilio. Sin importar cuán injusto sea. En cuanto a Madrigal, ella y Caragh nunca se quisieron realmente.

—¿Es que las hermanas no se quieren en esta isla? —pregunta, y Arsinoe resopla.

—Hablando de hermanas, ¿no deberías estar cortejando a la mía? ¿Por qué no estás en Rolanth, con Mirabella?

—No quería ir después de que te lastimaste. La veré en el festival, como cualquier otro.

Escuchar eso le provoca a Arsinoe una sensación tibia en el vientre. Es una buena persona este continental. Y aunque no estaba mintiendo cuando dijo que ella sería una esposa lamentable, él sería un buen rey-consorte para alguna de sus hermanas. Arsinoe no se atreve a pensar si él sería un buen rey-consorte para ella. Esa clase de esperanza es peligrosa.

Billy suelta las velas mientras guía al velero lejos de la isla, en dirección al mar abierto.

—No deberíamos alejarnos demasiado —dice Arsinoe—. O se hará de noche para cuando regresemos.

—No estamos yendo a Manantial del Lobo.

—¿Qué? —pregunta Arsinoe—. ¿Adónde estamos yendo entonces?

—Estoy haciendo lo que cualquier persona civilizada debería hacer. Te estoy sacando de esta isla. Derecho a través del Sonido, hasta llegar a casa. Puedes desaparecer si quieres. O puedes quedarte conmigo. Te daré todo lo que necesites. Pero no puedes quedarte aquí.

—¿Quedarme contigo?

—No conmigo, exactamente. Tendré que regresar para el festival. Si no lo hago, mi padre me arrancará el cuero cabelludo. Pero si no me convierto en rey, volveré a buscarte. Y mi madre y mis hermanas te ayudarán mientras tanto.

Arsinoe permanece sentada, en silencio. No esperaba esto. Billy está tratando de salvarla, de alejarla a la fuerza del peligro. Es algo muy de continental. Y algo muy valiente de hacer por un amigo.

—No puedo permitirlo. Te castigarán si me escapo.

—Haré parecer que me empujaste fuera de borda y fui obligado a nadar —responde Billy—. Ya lo has intentado antes; nadie dudará de mí.

—Junior —dice. Mira hacia el mar, casi esperando que la red de niebla se eleve—. No permitirá que me vaya. ¿No te contó Joseph?

—Será diferente esta vez. El barco no es de Fennbirn. Es mío, y va y viene a mi antojo. —Toca el mástil como si acariciara el cuello de un caballo. —La última vez que mi padre volvió a casa, hice que me lo trajera. Un regalo para Joseph, le dije. Para que él y yo pudiéramos navegar.

Arsinoe siente cómo la esperanza le sube por la garganta. Billy lo hace sonar como si fuera posible.

—Billy, has sido un buen amigo. Mejor que nadie. Pero no puedo irme. Además, deberías tener fe. Incluso con esta cara arruinada puedo llegar a ganar.

—No, no puedes —la interrumpe—. Arsinoe, te van a matar. Y no antes del festival del año que viene. No algún día, en algunos meses. Ahora. Mi padre me contó lo que están planeando. Por eso es que me envió esa carta. Las sacerdotisas de esta maldita isla olvidada por los dioses. Te van a desmembrar, a ti y a Katharine. Las van a tirar al fuego en pedazos y coronarán a Mirabella antes del alba del día siguiente.

—Eso no es cierto —responde Arsinoe, y luego escucha lo que Billy sabe del plan y el Año Sacrificial.

—¿Me crees ahora, Arsinoe? No te mentiría. Jamás se me ocurriría.

Arsinoe permanece sentada en silencio. A su derecha está la isla: permanente y sin que las olas la molesten. Bien anclada. Si tan solo hubiera una manera de desengancharla y que quede a la deriva. Si tan solo fuera una isla y no un perro hermoso y dormido, con arenas entre las patas y acantilados en los hombros, esperando para despertar y destriparla.

—Tu padre puede estar equivocado —le dice.

Pero no lo está. Billy le está diciendo la verdad.

Arsinoe piensa en Luke y en los Milone. Piensa en Joseph. Piensa en Jules.

—Íbamos a luchar. Incluso aunque fuera una batalla perdida. Pero pensé que teníamos más tiempo. No quiero morir, Junior.

—No te preocupes, Arsinoe. No lo voy a permitir. Ahora, alcánzame esa cuerda. Ayúdame a ir más rápido.

EL FESTIVAL BELTANE

--- 🌿 🔥 ⚜ ---

Valle de Innisfuil

EL CAMPAMENTO DE LOS WESTWOOD

No encontraron nada. No hay rastro de ella. No estaba escondida en ningún ático de Manantial del Lobo, y los barcos no han dragado nada en las redes salvo peces. Arsinoe no está.

—No puede haberse ido —dice Mirabella, y Bree aprieta los labios.

—No podrá, no podrá. Pero se ha ido.

—Esto es bueno —dice Elizabeth—. Si huyó, nadie puede obligarte a que la lastimes. Y ella no podrá lastimarte a ti.

Lastimar. Es una palabra suave para lo que deben hacer. Pero no espera nada más fuerte de parte de Elizabeth.

Mirabella está parada frente a un espejo largo mientras Bree le enlaza un vestido largo y oscuro. Es cómodo, suelto y no muy pesado. Ideal para relajarse un día en que no quiere ser vista.

Elizabeth se arrodilla junto a los baúles, en busca de un peine, pero se olvida la mutilación y golpea el muñón contra el borde de una de las tapas. Se lleva el brazo al pecho y se muerde los labios. Pimienta, el pájaro carpintero, se posa en su hombro.

—Elizabeth —dice Mirabella—, no tienes por qué ayudar.

—Sí, debo hacerlo. Tengo que aprender cómo usarlo.

Afuera se demora una sombra. Sacerdotisas, siempre a mano. Siempre observando. En la lujosa tienda de Mirabella, blanca y negra, con suelo de alfombra y una cama, almohadones y mesas y sillas, es fácil olvidar que no es una habitación con paredes sólidas sino de lienzo y seda, por donde se puede escuchar con facilidad.

Bree termina de enlazar el vestido de Mirabella y se para junto a ella frente al espejo.

—¿Has visto a alguno de los chicos de por aquí? —pregunta en voz alta—. Están armando las tiendas bajo el sol y sin camisa. ¿Crees que los chicos naturalistas son tan salvajes como dicen?

Mirabella retiene el aliento. Chicos naturalistas. Como Joseph. No le contó ni a Bree ni a Elizabeth lo que pasó entre ellos. Aunque querría, no se anima a decirlo en voz alta. Joseph estará en el festival. Podrá volverlo a ver. Pero estará con Juillenne Milone. Y no importa lo que ocurrió entre Mirabella y Joseph en la playa, y en el bosque, no importa que hubiesen estado tan abrazados que no escucharon la tormenta, Mirabella sabe que ella es la que sobra.

—Probablemente no —responde, también en voz bien alta—. Pero estoy segura de que lo averiguarás y me dirás.

La sombra sigue camino, y Bree le aprieta el hombro a Mirabella. Será un largo día en el interior de la tienda, luego de dos días de travesía. El carruaje desde Rolanth le revolvió los estómagos, especialmente el trayecto alrededor de la boca de puerto Arenas, que olía a sal y pescado arrojados a una playa caliente.

Mirabella observa por la tienda entreabierta. Hay gran cantidad de personas, riéndose y trabajando al sol. No vio mucho del valle. La mantuvieron oculta en el carruaje hasta que su tienda estuvo lista y de inmediato la trajeron adentro. La vista que llegó a tener fue la de los acantilados justo antes del amanecer y la espesura del bosque que rodea al ancho claro.

Las sacerdotisas dicen que aquí debería sentirse más como ella misma. Más como una reina, dado que se encuentra en el corazón de la isla y tan cerca del pulso de la Diosa en la grieta del Dominio de Breccia. Pero no se siente así. Mirabella siente que la isla zumba bajo sus pies, y no le gusta para nada.

—¿Dónde está Luca? Apenas la he visto.

—Está ocupada con la búsqueda —dice Elizabeth—. Nunca vi a alguien tan agitado o tan enojado. No puede creer que tu hermana sea tan desafiante.

Pero así es Arsinoe. Siempre fue así, y parece que crecer en Manantial del Lobo solo lo empeoró. Mirabella pudo verlo en sus ojos, ese día en el bosque. También lo vio en los ojos de Joseph. Manantial del Lobo cría a sus hijos rebeldes.

—Luca también está ocupada supervisando lo que sea que estén moviendo en esos cajones —dice Bree—. Cajones y cajones y cajones. Y nadie dice qué tienen adentro. ¿Tú sabes, Elizabeth?

La sacerdotisa sacude la cabeza. No es sorprendente. El Templo ya no confía en ella, y con una sola mano no sería de mucha utilidad para cargar y descargar cajas.

—¿Qué piensan? —pregunta—. ¿Podrán encontrarla? ¿Puede realmente haberse escapado y sobrevivido?

—Nadie lo cree —dice Bree con suavidad—. Pero es mejor que se muera así que de cualquier otra forma.

EL CAMPAMENTO DE LOS ARRON

❧

Los envenenadores llegan de noche, el clan entero se desparrama como hormigas en los terrenos del festival. Arman sus tiendas bajo la luz de la luna y de las más pequeñas lámparas, con tanto sigilo que, cuando amanece en el campamento, muchas de las sacerdotisas de sueño más pesado se quedan con la boca abierta.

Katharine da vueltas en círculos en el interior de su tienda. Pietyr tenía que traerle el desayuno, pero ya hace mucho tiempo que salió. No es justo que él sea libre de vagabundear por el prado mientras ella debe quedarse adentro hasta el Desembarco. Quizás si pudiera encontrar a Natalia, podrían dar un paseo juntas.

Sale de la tienda para chocarse directamente con Bertrand Roman.

—Mejor quédese adentro, mi reina —dice, y le pone sus enormes manazas en los hombros para obligarla a entrar una vez más.

—Quítale las manos de encima —reclama Pietyr, que se ubica entre ellos y lo empuja a Bertrand, aunque el gran bruto no retrocede demasiado.

—Es por su propia seguridad.

—No me importa. Nunca más la vas a tocar así en tu vida.

Pasa un brazo por la cintura de Katharine y la hace entrar.

—No me cae bien —dice Pietyr.

—A mí tampoco. No lo veía desde que era una niña y me mostró cómo envenenar con leche de adelfa. No se me ocurrió que iba a demostrarlo con toda una tanda de gatitos.

—Y quién mejor para liderar una custodia armada —murmura Pietyr—. No debemos ser laxos con tu seguridad.

Pero hay otros que podrían ser igual de efectivos. Elegir al brutal Bertrand Roman fue idea de Genevieve. De eso Katharine no tiene dudas.

Pietyr se sube en la cama improvisada y muestra toda la comida que pudo conseguir. La mayor parte todavía está sin desempacar o cuidadosamente separada para los banquetes. Pero se las arregló para conseguir pan, manteca y algunos huevos duros.

—Pietyr —dice Katharine—. Tienes una flor en el cabello.

Él estira la mano y se la saca de la oreja. Es solo una margarita, muy común en el prado.

—¿Dónde la conseguiste?

—Una sacerdotisa u otra —responde, y Katharine se cruza de brazos—. Kat.

Se levanta y la abraza, le besa el rostro hasta hacerla reír. Le besa los labios y el cuello hasta que ella desliza las manos bajo su camisa.

—Es injusto que me ponga celosa.

—No tiene importancia. Está en nuestro destino. Enloquecer al otro de celos. Tú besarás a un pretendiente, y yo a una sacerdotisa, y eso hará que tu fuego por mí arda todavía más.

—No me provoques —responde, y Pietyr sonríe.

Fuera de la tienda, los envenenadores conversan mientras mueven y descargan baúles. Ya comenzaron los preparativos para la noche de la Cacería. Cada envenenador en Innisfuil pronto estará tensando su arco y preparando su ballesta, las flechas embebidas en veneno destilado de rosa invernal.

—Quisiera poder participar de la Cacería —dice Katharine. Camina hasta la cama y se arrodilla para poner un poco de manteca sobre una tostada—. Sería agradable llevar un caballo a las colinas y cazar faisanes y codornices. ¿Irás a caballo? ¿O a pie?

—No iré en lo absoluto —responde Pietyr—. Me quedaré contigo.

—Pietyr, no tienes que hacerlo. Estaré muy pesada con el *Gave Noir* y el Desembarco.

—No. No te preocupes por nada de eso.

—Será difícil pensar en otra cosa.

—Voy a ayudarte entonces.

Pietyr la aprieta contra su pecho y la besa una vez más hasta que ambos pierden el aliento.

—No pienses en eso, Kat. No te preocupes. —La recuesta sobre la cama. —No tengas miedo.

Se acuesta encima de ella, la respiración cálida en su oreja. Algo ha cambiado en Pietyr; sus caricias son más desesperadas y algo tristes. Imagina que es porque sabe que pronto serán apartados, por un pretendiente u otro, pero no dice nada por miedo a que se detenga. Sus besos la marean, incluso si no entiende por qué Pietyr le recorre la piel con los dedos, primero donde conectan brazo y hombro, y luego una línea invisible a través del cuello.

EL CAMPAMENTO DE LOS MILONE

❧

Jules levanta el martillo sobre la estaca de la tienda. Su intención es dar un golpecito, aunque el impacto quiebra la estaca de madera en dos. Desperdició una estaca en perfecto estado, pero al menos asustó a los curiosos. Desde que Arsinoe desapareció, Jules no tiene paz. Todo el mundo cree que sabe adónde huyó.

Incluso el padre de Billy. Al día siguiente de la desaparición del barco, William Chatworth finalmente hizo una visita a la casa de los Milone en busca de respuestas. En busca de castigos. Pero no hay nadie a quién castigar. La reina está desaparecida, y Billy se fue con ella.

Ellis se agacha junto a su spaniel blanco, Jake.

—No quise romperlo —dice Jules.

—Lo sé. No te preocupes. Jake puede desenterrar esto, y hay más estacas en el carro.

Jules se limpia la frente mientras el perro se pone a desenterrar la estaca. La tienda principal de los Milone yace en el césped como el ala de un murciélago muerto, y huele igual de mal. No se parece en nada a las tiendas elegantes de Mirabella y Katharine. Tampoco importa. Sin Arsinoe, ni siquiera necesitaban venir a Innisfuil.

Jules toca con el pie el borde de la tienda, y un hueco que necesita repararse.

—Esto es una vergüenza. Deberíamos haber sido más cuidadosos. Deberíamos haberla tratado como a una verdadera reina.

—Lo hicimos —dice Ellis—. La tratamos como a una reina naturalista. La nariz en el barro, corriendo y pescando. Las reinas naturalistas son reinas del pueblo; por eso es que son tan buenas cuando son lo suficientemente fuertes como para manejarlo.

—¡Fuera!

Jules y Ellis giran para ver cómo Cait expulsa a Camden de su tienda. Eva revolotea sobre la cabeza del puma.

—¿Qué es lo que ocurre? —pregunta Jules.

—Poca cosa. Casi se roba la panceta —dice Cait, y hace un gesto con el mentón—. Allí viene Joseph.

Los saluda con la mano, algo encorvado. Los ojos de la isla también se posaron sobre él desde que desaparecieron Billy y Arsinoe.

—Hola, Joseph —dice Ellis—. ¿Ya se ha instalado tu familia? ¿Dónde acamparon?

—Por allí —contesta, y señala al este—. Aunque mis padres decidieron quedarse con Jonah, así que solo somos Matthew y yo.

—¿Has explorado el terreno para la Cacería? —pregunta Cait.

—No, aún no.

—Entonces mejor que lo hagas. Tú y Juillenne. Si caminan lo suficientemente lento, podrían llevarse a esta bestia con ustedes.

Cuando la mencionan, Camden mira a Jules esperanzada. El hombro y la pata delantera están sanando mal, pero sus ojos siguen brillantes y verdeamarillentos. *No estoy inutilizada*, parece decir. *Todavía estoy viva y expectante.*

—Vamos —susurra Jules, y la gata se dispara hacia adelante en tres patas.

—Haz un buen trabajo —dice Cait—. Habrá más muertos este año, y eso solo por los empujones. No pasará mucho hasta que haya tiendas hasta en la playa.

Y habrá todavía más. Gente sin siquiera tiendas, preparados para dormir bajo las estrellas.

—Jules —dice Joseph cuando están bajo el abrigo de los árboles.

—La maleza no es espesa —señala Jules. Eso hará la marcha más simple, pero cazar en la oscuridad del bosque es siempre peligroso. Los que se tropiezan son aplastados. El terreno irregular les fractura los huesos. O son atravesados por flechas o espadas poco cuidadosas.

—Jules.

Le toca el hombro.

—¿Cómo te encuentras? Quiero decir, después de todo esto.

—¿No deberíamos estar felices? —pregunta Jules, y se quita la mano del hombro—. ¿No quisimos siempre que pueda irse de la isla?

—Sí. Pero no pensé que fuera tan de repente. Y sin decir nada. No pensé que se iría sin nosotros.

A Jules le arden los ojos.

—Eso duele. Pero no la culpo. Vio su oportunidad.

Camden explora el terreno y gruñe junto al borde resbaloso de un arroyo. Durante la Cacería, la puma deberá permanecer en el campamento con los demás familiares.

Aunque le encantaría sumarse, no es lugar para los frágiles huesos de pájaros y perros, y cualquiera podría ser confundido con una presa.

—Mirabella ya está aquí —dice Jules. Por el rabillo del ojo ve cómo Joseph se tensa—. ¿Viste los carruajes que trajo? Dorados e inmaculados. Los caballos no tenían ni un pelo de blanco. Si no fuera por toda la plata de los arneses, hubieran parecido sombras.

—No los vi —dice—. No la he visto, Jules.

—Quiero decir que es bueno que Arsinoe se haya ido. Nunca iba a ganar. O quizás podría haber ganado si hubiera tenido a los Westwood o a los Arron detrás de ella, en vez de a nosotros. Si hubiéramos sido capaces de darle... algo.

—Arsinoe era feliz. Era nuestra amiga y logró huir. La hiciste lo suficientemente fuerte como para que pudiese huir.

Las orejas de Camden se echan hacia atrás cuando escucha quebrar una rama. Otros cazadores explorando el bosque. Joseph levanta un brazo como saludo. No es nadie que conozca. Probablemente sean naturalistas, pero bien podrían tener otro don. Todos se mezclan durante Beltane, aunque las tiendas no lo reflejen. Los naturalistas acampan con otros naturalistas, y todas las tiendas de Indrid Down y Prynn están juntas. Incluso durante la Cacería, solo aquellos con el don de la guerra se apartarán de sus grupos, y solo porque son muy pocos y porque saben que el don naturalista es más ventajoso para conseguir presas.

—Ya casi es la hora —dice Joseph. Los ojos le brillan. Aunque está triste por Arsinoe, sigue siendo un joven lobo, y esta es su primera vez con la manada.

—Imagino que no tuviste cacerías tan grandes cuando estabas en el continente.

—No. Cazábamos, pero no era nada como esto. Para empezar, eran de día así podíamos ver.

A la distancia, por el campamento, alguien hace sonar un tambor. Se ha hecho tarde sin que se hayan dado cuenta. Dentro de poco, los fuegos arderán con fuerza y muchos saltarán a través de ellos. Los naturalistas cambiarán su ropa por piel de ciervo y pintura blanca y negra en el cuerpo.

Para cuando regresan al prado, el sol ya mancha el horizonte tras los árboles y la luz se torna amarillenta. Cait tenía razón. En su ausencia, Innisfuil se llenó de gente hasta reventar. Las tiendas están separadas apenas por un pie, y las fogatas y los senderos están repletos con caras excitadas y sonrientes.

Llegan a la tienda de Joseph, que se quita la camisa.

—¿Vas a dejarte esos puestos? —pregunta Jules señalando los descoloridos pantalones continentales.

—No veo por qué no. Todo el mundo piensa que soy del continente, de todas formas.

La ayuda a sacarse su propia camisa, hasta dejar solo la túnica de cuero suave. Jules no está en ánimo de cacería, pero tiene sangre naturalista en las venas y no se quedará atrás. El bosque ya la llama.

—¿Me pintarías? —pide Joseph. Extiende un frasco de pintura negra.

Al comienzo Jules no sabe qué pintar, y luego sí.

Moja cuatro dedos y traza líneas bajo el hombro de Joseph. Los vuelve a mojar y traza otras líneas bajo su mejilla derecha, y luego hace lo mismo con la suya propia.

—Por Arsinoe —dice.

—Está perfecto. Solo falta una.

—¿Una más?

Joseph la toma de la muñeca.

—Quiero llevar la huella de tu mano en mi corazón.

La mano de Jules se cierne sobre el pecho de Joseph. Luego mete la mano en la pintura y la apoya contra su latido. Sin soltarse, Joseph la besa.

Extrañaba su contacto. El calor, y la fuerza de sus brazos en ella. Desde lo de Mirabella, a veces es como si Joseph nunca hubiera regresado a la isla. Pero allí está, aunque Arsinoe ya no esté con ellos, y aunque las promesas que se hicieron sobre Beltane, sobre estar juntos por primera vez, se hayan arruinado.

Joseph la sostiene con fuerza. La besa como si tuviera miedo de detenerse.

Ella levanta las manos y lo aparta.

—No debí haber hecho eso, Joseph.

—No —le contesta sin aliento—. No debiste. Podemos quedarnos aquí toda la noche, Jules, no tenemos que ir a cazar.

—No.

Le acaricia el rostro, pero Jules no lo mira a los ojos. Verlo podría hacerla cambiar de opinión.

—¿Nunca me vas a perdonar? —pregunta Joseph.

—No ahora. No quiero sentir como si todo entre nosotros estuviera arruinado. Quiero que esté bien una vez más y volver a como era antes.

—¿Y si eso no pasa?

—Entonces sabremos que no estaba destinado a que ocurriera.

EL DOMINIO DE BRECCIA

❧

—Se ve tan negro —dice Katharine.

—Sí —responde Pietyr—. Pero ya deberías saber qué es el negro, siendo una reina.

Su voz se escucha de mucho más atrás: no quiso aproximarse tanto al borde. Pero en cuanto Katharine vio el Dominio de Breccia, se acostó boca abajo y asomó la cabeza como una serpiente.

El Dominio de Breccia es la grieta profunda a la que denominan "el corazón de la isla". Es un lugar sagrado. Dicen que no tiene fondo y, por lo que ve, Katharine no podría describir su oscuridad. Es tan negro que es casi azul.

Pietyr se la llevó a escondidas en cuanto Natalia y Genevieve se distrajeron con la Cacería. Se escabulleron en silencio en los bosques al sur de Innisfuil, donde la caza está prohibida, hasta que los árboles se abrieron y dejaron ver las afiladas piedras grisáceas y la fisura oscura de la isla, como la herida de una hoja dentada.

—Ven aquí conmigo —dice ella.

—No, gracias.

Katharine se ríe y asoma la cabeza una vez más. Pietyr no puede sentir lo que siente una reina. Este lugar es para ellas.

Toma una bocanada bien profunda de aire.

El Dominio de Breccia siente. El Dominio de Breccia *es*, en esa manera en que tantos otros lugares de Fennbirn son, pero el Dominio es donde todos convergen. Es la fuente. Si Katharine hubiera sido educada en el Templo como Mirabella, tendría más y mejores palabras para describir el zumbido en el aire y cómo le eriza los cabellos de la nuca.

El aire frío y denso de la marea la hace reír.

—Kat, ya aléjate de ahí —dice Pietyr.

—¿Nos tenemos que ir tan rápido? Me gusta estar aquí.

—No entiendo por qué. Es un lugar morboso en el medio de la nada.

Katharine apoya la cabeza en el brazo y sigue mirando la profundidad de la fisura. Pietyr tiene razón. No debería gustarle tanto. En generaciones anteriores, el Dominio era donde arrojaban los cadáveres de las reinas que no habían sobrevivido sus Años de Ascensión. Genevieve dice que yacen apiladas en el fondo del pozo, hechas trizas.

Pero Katharine no piensa igual. El Dominio de Breccia es tan vasto y profundo que esas reinas no pueden estar destrozadas en el fondo. Todavía deben estar cayendo.

—Katharine, no podemos quedarnos aquí toda la noche. Debemos regresar antes de que termine la Cacería.

Ella da una última y larga mirada a la oscuridad y suspira. Luego se pone de pie y se sacude el polvo del vestido. Es mejor que regresen. Tiene que estar descansada para mañana.

Mañana se prepararán para el Desembarco al atardecer, cuando ella y Mirabella conocerán a sus pretendientes por primera vez. Se pregunta si la hermosa elemental se sorprenderá de ver tan sana a su débil hermana envenenadora.

—Qué lástima. Besar a ese chico continental, Billy Chatworth. Solo para que después huyera con Arsinoe.

—¿Qué quieres decir con besarlo? —pregunta Pietyr—. ¿Lo besaste?

—Por supuesto que sí. ¿Por qué crees que me fui de la sala de dibujo? Así no tenías que mirar.

—Eso es muy amable de tu parte, pero dentro de poco ya no seré capaz de evitarlo. Tienes que pretender que no estoy aquí, Kat. Tendrás que pretender que no existo.

—Sí, pero será solo pretender. Y ninguno de ellos me tocará durante Beltane. No estaré sola con ellos hasta después del Avivamiento.

Pietyr aleja la mirada, y Katharine camina hasta él y le da un beso rápido. Le robará muchos más esta noche, y mañana a la noche, a escondidas de la mirada desaprobadora de Genevieve.

—No podrán separarnos —le susurra contra los labios—. Incluso aunque siempre tengamos que escondernos.

—Lo sé, Kat —dice, y la abraza. Ella apoya la cabeza en su pecho.

Será difícil pero no imposible. Se han vuelto muy buenos en el juego de las escondidas.

LA CACERÍA

❧

Cuando comenzó la Cacería, Jules estaba tan cerca de Joseph que prácticamente se estaban tocando, cerca de la vanguardia de la horda naturalista, entre los tambores que indicaban la cuenta regresiva. La Suma Sacerdotisa hizo sonar el cuerno, y todos echaron a correr, con los gritos de los demás cazadores como el único sonido en sus oídos, y la hierba pisoteada bajo sus pies.

Se mantuvieron juntos durante un rato, corriendo, mientras los dones de los naturalistas hacían que las presas se acercaran voluntariamente. Luego miró a su derecha, y Joseph ya no estaba.

Lo buscó en todos los lugares posibles. Incluso tomó una de las antorchas para buscar en el suelo, por si acaso se había caído. Pero no lo encontró, y ahora el bosque estaba en silencio.

—¿Joseph?

Los demás naturalistas y aquellos con el don de la guerra ya están lejos. En un momento podía escuchar sus gritos de victoria, pero ahora ni siquiera eso. Los envenenadores con sus espadas y flechas envenenadas optaron por los terrenos altos de caza bajo los acantilados, y los rápidos y ágiles elementales rebosaron los bosques del norte detrás de la tienda de su preciosa reina.

—¡Joseph! —vuelve a gritar, y espera.

Debe estar bien. Es atlético y un hábil cazador. Es fácil perder el rastro de un compañero en una multitud tan avasalladora; quizás fue estúpido pretender mantenerse juntos, para empezar.

Jules sostiene la antorcha en alto y mira hacia la oscuridad. El aire helado de la noche le provoca escalofríos ahora que no está corriendo. Luego de un momento, echa a correr en dirección opuesta a la manada. Ya llegó hasta aquí. No hay razón para dejar de capturar alguna presa.

Mirabella está sentada frente a un plato frío de fruta y queso. Se pone de pie con rapidez cuando escucha un golpe. Instantes después Bree y Elizabeth arrastran a las inconscientes guardias al interior de la tienda.

—¿Qué es esto?

Bree se ve muy hermosa en una túnica negra con ribetes plateados y botas altas de cuero. Tanto ella como Elizabeth portan capas de lana gris. Capas de cazadoras.

Mirabella observa a las sacerdotisas desmayadas. Al menos eso es lo que quiere pensar. Se ven demasiado quietas.

—¿Qué es lo que han hecho?

—No están muertas —dice Bree en un tono que sugiere que tampoco le hubiera molestado—. Solo están drogadas. Un truco de envenenadores, ya sé, ¿pero cuál es el beneficio de estar en un campo lleno de envenenadores si no puedes conseguir una simple agua narcótica?

Elizabeth le extiende una capa doblada a Mirabella.

—Nos van a descubrir —dice Mirabella, con la mirada en donde debería estar la mano de su amiga—. No podemos arriesgarnos.

—No me uses como excusa —dice la sacerdotisa—. Seré parte del Templo, pero no pueden controlarme.

Bajo la capucha, sus mejillas oliva están sonrojadas de emoción.

—Serás una pésima sacerdotisa —dice Bree, y se ríe con malicia—. ¿Por qué sigues en el Templo? Podrías venir a vivir con nosotras. No les perteneces.

Elizabeth arroja la capa a los brazos de Mirabella.

—No está tan mal ser un paria —dice—. Y solo porque las sacerdotisas me dieron la espalda no significa que la Diosa lo haya hecho. Ahora vamos. No necesitamos irnos mucho tiempo. Solo lo suficiente como para ver a los naturalistas. Los verdaderos cazadores, con plumas trenzadas en el pelo y huesos alrededor del cuello.

—Y el pecho desnudo —agrega Bree.

—Cuando regresemos podemos dejar a esas dos en donde estaban —dice Elizabeth—. Quizás se despierten y estén demasiado avergonzadas como para admitir que se durmieron.

Bree lleva una daga y una honda en el cinturón, y Elizabeth carga una ballesta al hombro. No para cazar sino por protección. Los ojos de Mirabella se dirigen a la mano perdida de su amiga. Necesitará ayuda para recargar.

—Está bien —dice, y se pone la capa—. Pero vamos rápido.

Jules oye al oso antes de encontrar la guarida excavada a un costado de la colina. Mueve la antorcha de tal manera que la luz cae sobre la entrada, y el oso le regresa una mirada brillante y encendida.

Es un gran oso pardo. Jules no lo estaba buscando. Estaba siguiendo a un ciervo y lo hubiera atrapado con su honda en la próxima colina.

El oso no quiere problemas. Probablemente haya regresado a su guarida de invierno para escapar de los cazadores.

Jules desenfunda el cuchillo. Es largo y afilado y puede penetrar la piel de un oso. Pero el oso igual la matará si se decide a pelear.

El oso mira el cuchillo y olfatea. Una parte de ella quiere que se acerque. Eso la sorprende, por el calor de su furia y el peso de su desesperación.

—Si venías por la reina —susurra Jules—, has llegado demasiado tarde.

No es necesario ver a los elementales o a los envenenadores para saber que los naturalistas capturaron la mayor cantidad de carne. Demasiados cazadores en el bosque, y demasiados gritos de victoria. La mayoría de los que ve Mirabella tienen sus presas atadas al cinto; conejos o faisanes gordos. Nadie que vaya al banquete naturalista comerá una cabra flaca, eso es seguro.

Las tres corrieron junto a los cazadores. Quizás más lejos de lo que planeaban. Pero los grupos se mueven muy rápido. Es casi imposible salirse de la corriente.

—El don de los naturalistas crece con fuerza —dice Mirabella, pensando en Juillenne Milone y su gata montés.

—Escuché rumores —dice Elizabeth— de una chica con una puma como familiar.

—No son solo rumores. Yo la vi. Ese día en el bosque, junto a mi hermana.

—¿Con tu hermana? —pregunta Bree. Suena alarmada. Pero a la pálida luz de la luna, es solo una silueta sombría.

—¿Qué? ¿Qué pasa?

—¿No te has preguntado si acaso los naturalistas se han vuelto tan astutos como fuertes? ¿Qué quizás escondieron la fuerza de Arsinoe todo este tiempo y esa puma en realidad es de ella?

—No me parece —responde Arsinoe.

—Y además —agrega Elizabeth—, gata montés o no, Arsinoe escapó.

Mirabella asiente. Deberían volver al campamento. Las sacerdotisas narcotizadas se despertarán pronto. Pero antes de que pueda decirlo, otro grupo de caza se cruza con ellas.

—¡Jules!

Es solo un murmullo áspero, apenas audible entre los gritos de los cazadores y la risa de Elizabeth y Bree.

—¡Jules!

Mirabella se detiene. Bree y Elizabeth corren sin ella.

—¿Joseph?

Está solo, con una antorcha casi extinta. Tiene marcas negras en su rostro y en su hombro. Pero es él.

Cuando la ve, queda paralizado.

—Reina Mirabella, ¿qué estás haciendo?

—No lo sé. Probablemente no debería estar aquí.

Joseph duda un instante y luego la toma de la mano hasta un árbol de tronco ancho donde nadie los puede ver.

Ninguno de los dos sabe qué decir. Se toman de la mano con fuerza. La mandíbula de Joseph está cubierta de sangre, apenas visible a la luz de la antorcha moribunda.

—Estás herido.

—Es solo un rasguño. Me tropecé con un tronco cuando empezaba la Cacería. Perdí a mi grupo.

Perdí a Juillenne, eso es lo que quiere decir. Mirabella esboza una sonrisa.

—Parece que te lastimas con frecuencia. Quizás no deberían dejarte a solas.

Joseph se ríe.

—Supongo. Desde que regresé, estoy algo… propenso a accidentes.

Mirabella le toca los restos de sangre en su barbilla. No es nada serio. Solo le suma ferocidad a su salvajismo, combinado con las rayas negras que le cruzan la cara y el hombro desnudo. Se pregunta quién se las debe haber pintado, e imagina los dedos de Jules sobre la piel de Joseph.

—Sabía que estarías aquí —dice—. Incluso antes de que Arsinoe escapara. Lo sabía. Lo esperaba.

—No pensé que volvería a verte. Se supone que estás escondida.

Escondida. Prisionera, más bien, con guardia armada. Pero ella y Bree vienen deshaciendo los intentos del Templo por mantenerla encerrada desde que eran niñas. Es un milagro que las sacerdotisas no se hayan rendido o mejorado sus técnicas.

Mirabella desliza la mano por el torso de Joseph hasta anidarse en la base del hombro. Está tibio y su pulso salta cuando ella lo toca. Se acerca a él hasta que los labios casi se tocan.

—No me conoces como la conoces a Jules —dice Mirabella—. ¿Pero no me deseas igual? ¿Tuvo importancia lo que ocurrió esa noche, durante la tormenta?

La respiración de Joseph se agita. La mira con el ceño fruncido. No le queda mucha resistencia. No tuvo mucha, para empezar.

Mirabella desliza el otro brazo por su cuello, y él la besa con fuerza, apretándola contra el árbol.

—Sí —le dice—. Pero Dios, ojalá no hubiera tenido importancia.

EL CAMPAMENTO DE LOS ARRON

❧

Las presas de los envenenadores son sobre todo pájaros y algunos pocos conejos. Nada comparado con las capturas de los naturalistas, pero eso es de esperarse. La Cacería es en verdad la parte naturalista de Beltane.

Katharine encuentra a Natalia desplumando a un pavo en la tienda enorme y blanca que hace de cocina.

—¿Debería… llamar a los sirvientes?

—No —responde Natalia—. Los pocos que hemos traído ya tienen otros encargos. Pero todavía quedan un par de aves por desplumar. Beltane nos hace sirvientes a todos.

Katharine se arremanga y toma el pavo más cercano.

Natalia le da un asentimiento de aprobación.

—Pietyr ha sido una buena influencia para ti.

—Sin embargo, no me enseñó a desplumar. Puede que haga un desastre.

—Pero tienes más confianza en ti misma. Eres encantadora. Has crecido desde su arribo.

Katharine le devuelve la sonrisa y se quita plumas de la nariz. La mayoría de las aves están destinadas a los banquetes, pero algunos de las mejores serán reservados para la ceremonia del Avivamiento y su *Gave Noir*.

—¿No es por eso que lo trajiste de Greavesdrake?

—Así es —dice Natalia, con sangre en los dedos. Está jalando demasiado fuerte y desgarra la piel—. Era su tarea convertirte en una mujer atractiva, y lo ha conseguido. Era mi tarea en cambio desarrollar tu don y mantenerte a salvo. Era mi tarea convertirte en reina.

—Natalia, ¿qué ocurre? Suenas como si pensaras que hubieras fallado.

—Quizás sí fallé —dice, y baja la voz hasta un susurro apenas audible, aunque no hay nadie más en la tienda, ni sombras cercanas.

—Esperaba que la fuga de Arsinoe hubiera cambiado sus planes —continúa Natalia—. Que estuvieran demasiado ocupados buscando a esa mocosa horrenda. Pero vi todas las cajas que transportan, y sé lo que hay adentro. Todos esos cuchillos serrados.

Del otro lado de la mesa Katharine continúa trabajando. La mirada vacía, lejana en los ojos gélidos de Natalia, y el pavor en su voz, la estremecen hasta los huesos.

—Arsinoe fue astuta —dice Natalia—. Cobarde, pero astuta. Usar a ese chico del continente para escapar… ¿Quién hubiera pensado que era posible?

—No creo que lo hayan logrado. Creo que están ambos en el fondo del mar. Con peces mordiéndoles las mejillas.

Natalia se ríe.

—Tal vez. Pero si está en el fondo del mar, aun así no está aquí. Y entonces ellos tendrán un único objetivo.

—¿"Ellos"? Natalia, ¿de qué estás hablando? ¿Pasa algo malo? ¿Crees que voy a fallar en el *Gave Noir*?

—No. No vas a fallar. Será un éxito espectacular.

Katharine se sonroja de vergüenza. El *Gave* es a lo que más teme. Desde mucho antes que la humillación en su cumpleaños. Fallar delante de Natalia y Genevieve es suficientemente malo. Fallar delante de toda la isla sería mucho peor.

—¿"Espectacular"? No es muy probable.

Natalia deja los pavos a un costado. Observa a Katharine como si la estuviera viendo por primera vez.

—¿Confías en mí, Kat?

—Por supuesto que sí.

—Entonces come en el *Gave* hasta que te reviente el estómago. —Su mano se dispara como una víbora y sujeta la de la joven reina. —Come sin miedo. *Y confía en que no habrá veneno.*

—¿Qué? ¿Cómo?

—Las sacerdotisas creen que son astutas —dice Natalia—. Pero nadie es mejor en los juegos de manos que yo. Y haré lo que sea para hacerte parecer fuerte. Así nadie podrá decir que este es un Año Sacrificial.

EL CAMPAMENTO DE LOS MILONE

—Solíamos compartir la carne —dice Ellis—, en vez de dividirnos en distintos banquetes. Envenenadores, naturalistas. Guerreros. Elementales. Incluso los que no tenían don. Cuando yo era joven, todos éramos uno durante los días del festival.

—¿Cuándo fue eso, abuelo? —pregunta Jules—. ¿Hace cien o doscientos años?

Ellis sonríe y hace que Jake trote por sobre la mesa para lamerle los dedos.

La mañana posterior a la Cacería está silenciosa. Todos en el prado están trabajando o descansando. O atendiendo a los heridos. Como se esperaba, muchos de los que participaron de la gran horda resultaron lastimados. Pero no hay noticias de ningún muerto. Algunos ya han empezado a susurrar que este Beltane está bendito.

Pero no puede estar bendito sin Arsinoe.

Camden trepa con torpeza a la falda de Jules y husmea el corte vendado que tiene en el hombro. No se lo produjo el oso. Dejó al gran oso pardo donde lo encontró, metido en su guarida. En cambio, siguió persiguiendo al ciervo y le dio caza, un único cuchillazo en la garganta. Pero mientras lo sostenía contra el suelo, la sacudió con uno de sus cascos.

Jules le entrega a Cam una buena porción del fibroso corazón del ciervo.

—Ese ciervo es la mayor presa de la Cacería —dice Cait—. Por derecho ese corazón debería haber ido al estofado de las reinas.

—Envía el resto, entonces. Aquí no están todas las reinas. Y Arsinoe hubiera querido que Cam tuviera su porción.

Detrás de la mesa, hay movimiento en la carpa de Madrigal. Jules frunce el ceño y abraza al puma. Esa tienda se ha estado moviendo desde que se despertó. Moviéndose y con sonido de risas. Madrigal no está sola.

—Levántate y sal de ahí —dice Cait, y patea la puerta de la carpa—. Hay trabajo que hacer.

La puerta se abre. Matthew la sostiene para que Madrigal pueda pasar por debajo de su brazo.

Cait y Ellis quedan paralizados. Matthew ha estado con Madrigal, pero eso no tiene sentido. Ama a la tía Caragh. O al menos la amaba. Los dedos de Madrigal se deslizan por el cuello abierto de la camisa de Matthew, que sonríe. Una sonrisa de oreja a oreja, incluso, como un sabueso ingenuo que trae el palo que le arrojan.

Jules se levanta de la mesa con tanta violencia que Camden se cae al suelo.

—¿Qué hiciste? —grita. Golpea la mesa con las manos, y hace temblar todo lo que hay encima—. ¡Aléjate de él!

—¡Jules, no! —Ellis sujeta a Camden por el cuello justo el puma está por salir disparado. Matthew se para enfrente de Madrigal para protegerla, y Jules gruñe.

—Yo —dice Madrigal—. Yo…

—¡No me importa si eres mi madre! ¡Cierra la boca!

—Juillenne Milone.

Jules se queda callada. Aprieta los puños, los dientes, y despega la mirada de Matthew a Madrigal en dirección a su abuela.

—Vete de aquí —dice Cait con calma—. Vete.

Jules respira hondo varias veces. Pero se calma, y Ellis suelta a Camden, y ambas se dan vuelta.

—Jules —dice Madrigal—, espera.

—Madrigal —dice Cait—, cállate.

Jules se acerca a la multitud de Beltane y se sumerge en ella.

Por un rato camina sin propósito, una chica furiosa y una gata montés abriéndose paso. Matthew y Madrigal parecían muy cómodos. No parecían nuevos amantes. Con las frecuentes desapariciones de Madrigal, es imposible determinar cuándo empezó.

—La odio —le dice a Camden en voz baja. La egoísta de Madrigal, siempre actuando sin pensar. Siempre convirtió la vida de Jules en un caos y nunca hizo nada por arreglarlo, salvo hacer pucheros. Ahora tiene a Matthew. Siempre le gustó apropiarse de las cosas de Caragh. Incluso de lo último que tuvo. Lo único que Caragh dejó.

—¡Jules!

Se da vuelta. Es Luke, abriéndose paso entre la gente.

No estaba segura de que fuera a venir. El leal de Luke. Desde el comienzo creyó en Arsinoe. El único que nunca dudó.

Cuando se encuentran, se dan un fuerte abrazo. Hank, el gallo, desciende del hombro de Luke para saludar a Camden con el pico.

—Me pone contenta que estés aquí. Eres lo mejor que vi desde que empezó el festival.

Luke le extiende un paquete envuelto en papel madera.

—¿Qué es esto? —pregunta Jules.

—El vestido que hice por pedido de Arsinoe.

Jules aprieta la tela dentro de la bolsa.

—¿Para qué lo trajiste si ella no está aquí para ponérselo?

—No era para ella. Me pidió que lo hiciera para ti. Me dijo que lo hiciera lo mejor posible y que brillara. Para ti y para los ojos de tu chico.

Jules se lleva el paquete al pecho. La dulce y estúpida de Arsinoe, siempre pensando en los demás antes que en ella misma. O quizás no. Quizás lo hizo porque ya entonces sabía que iba a escaparse.

—¿Realmente nos dejó, Jules? —pregunta Luke—. ¿O fue el continental? ¿Se la habrá llevado?

Jules no imagina a Arsinoe haciendo algo en contra de su voluntad. Pero es posible. Y ese pensamiento reconfortaría a Luke.

—No lo sé —responde—. Puede que se la haya llevado.

Luke suspira. Alrededor de ellos todos están alegres. Rostros despreocupados de festival. La mayoría probablemente contentos de que Arsinoe se haya ido. Un obstáculo menos para Mirabella. Ahora solo queda Katharine. Una envenenadora de la que se rumorea que es débil y enfermiza.

—Supongo que ahora deberíamos apoyar a Mirabella — dice Luke—. Supongo que tendremos que acostumbrarnos a quererla. Será más fácil, dado que no tuvo que matar a Arsinoe.

Jules asiente con mala cara. Nunca querrá a Mirabella, pero por sus propias, pequeñas razones. Pero eso no significa que será una mala reina.

—Vi las naves de los pretendientes cuando pasé por puerto Arenas —dice Luke—. Había cinco, aunque el de Billy no cuenta.

Le describe cómo eran los estandartes: dos de la tierra del consorte de Bernadine, uno de la tierra de Camille, otro que no pudo identificar. Pero Jules ya no presta atención. El barco del padre de Billy está en Innisfuil. ¿Estará Billy a bordo? Algo le dice que no. Duda de que Chatworth sepa más del destino de Billy y Arsinoe que cualquier otro.

—¿Extraño, no? —se pregunta Luke—. La forma en que aceptamos a los continentales en nuestro regazo, solo para poder sacárnoslos de encima.

Los barcos con las delegaciones esperan en el puerto del sudeste hasta el atardecer, cuando empezarán la procesión hacia la bahía del Lejano Mañana. Allí echarán anclas para el Desembarco. Si Arsinoe hubiera estado con ellos, Jules habría llevado a Camden hasta los acantilados para espiar. Ahora no tiene importancia. Que Mirabella elija a quien quiera. Los reyes consortes son mascarones de proa, con poco poder en la isla. Símbolos de paz con el continente.

—¿Qué es eso? —señala Luca.

Las sacerdotisas corren por el sendero desde los acantilados en una fila blanca y negra. Jules y Luke se abren camino para tener una mejor vista, al igual que tantos otros. Bajita como es, Jules tiene que saltar para ver por sobre sus hombros y cabezas.

Hay un altercado cerca de las carpas de los Westwood. O quizás en la de la Suma Sacerdotisa. Están tan juntas que es difícil saberlo. Luke le palmea la espalda a un tipo alto del fondo.

—Ey, ¿sabes qué está pasando?

—No estoy seguro —responde el hombre—. Pero suena como si hubieran atrapado a la reina traidora.

—No puede ser.

—Creo que sí. Están llegando las sacerdotisas.

—¡Ábranse paso! —grita Jules. Pero la multitud es muy densa. Gruñe, y Camden gruñe y salta contra la espalda del hombre, desgarrándole la camisa. Grita y la tela se empapa de rojo.

La multitud los deja pasar. También le gritan horribles insultos contra los naturalistas y sus bestias. Pero no le importa. Detrás de ella, Luke sale en busca de Cait y Ellis. Si es en verdad Arsinoe, como Jules espera y teme, los necesitará a ambos.

EL CAMPAMENTO
DE LA SUMA SACERDOTISA

Al Concilio Negro no le toma mucho reunirse en la tienda que designó Luca. Es pequeña y está casi vacía, salvo unas pocas alfombras y varias cajas apiladas. Endeble y provisional, pero la importancia de las personas que están dentro la hace parecer de roca sólida.

Los envenenadores Paola Vend y Lucian Marlowe, y Margaret Beaulin, la del don de la guerra, están junto a Renata Hargrove. Natalia Arron se encuentra a la cabeza. La cabeza de la serpiente, suele llamarla Luca. Detrás de ella están los demás Arron del Concilio: Allegra, Antonin, Lucian y Genevieve, que está al costado de su hermana. Es el oído de Natalia en el Concilio, según dicen. Su cuchillo en la oscuridad. A Mirabella le cae mal de inmediato.

Es solo por azar que Mirabella está allí. Estaba con Luca cuando las sacerdotisas llegaron con la noticias de la captura de Arsinoe, y Luca no tuvo tiempo de convencerla de que saliera.

De un lado a otro de la tienda, Mirabella y Jules cruzan miradas por un segundo. Es un momento de tensión en medio de muchos momentos de tensión, y no dura mucho. Pero más tarde Mirabella recordará la fiereza de la expresión de Jules y lo mucho que se parecía a la puma detrás de ella.

—La reina Mirabella no debería estar aquí —dice Natalia con su voz helada y tranquila. Es la única en toda la tienda cuyo corazón no parece estar galopando—. No tiene voz en el Concilio.

—Aquí somos muchos los que no tenemos voz en el Concilio —señala Cait.

—Cait —dice Natalia—, por supuesto que tú puedes quedarte. Como familia adoptiva, todos los Milone pueden quedarse.

—Sí, te lo agradecemos —dice Cait sarcásticamente—. ¿Pero es cierto? ¿La han encontrado?

—Lo sabremos pronto —dice Luca—. Mandé sacerdotisas a la playa para hacer traer a esos viajeros, quien sea que fueran.

El Concilio Negro resopla ante el término "viajeros", y Natalia los calla como si fueran niños.

—Si uno de esos viajeros es en efecto Arsinoe, entonces la reina Mirabella debería irse. Tú sabes mejor que nadie que no deben encontrarse hasta el Desembarco.

—Ya se han encontrado una vez —dice Luca—. Una vez más no hará ningún daño. La reina permanecerá con nosotros. En silencio. Al igual que tú, joven Milone.

La puma dobla las orejas. Cait y Ellis ponen cada uno un brazo en los hombros de su nieta.

Las sacerdotisas regresan de la playa a paso redoblado y trayendo a alguien que ofrece resistencia. Mirabella escucha tensa cómo la multitud murmura y exclama. Y luego se abre la puerta de la tienda, y las sacerdotisas arrojan a Arsinoe al interior.

Mirabella se muerde la mejilla para evitar gritar. Al comienzo es difícil reconocerla. Está empapada hasta los huesos, tiritando, hecha una bola en la delgada alfombra del Templo. Y su cara está arruinada con heridas profundas y cosidas.

Las sacerdotisas la custodian con sus manos en las empuñaduras de sus cuchillos. Son ridículas. La chica apenas puede levantarse, menos aún correr.

—¿Qué le pasó en la cara? —pregunta Renata Hargrove, asqueada.

—Así que en verdad hubo un oso —le murmura Genevieve a Natalia.

Las costuras están rojo brillante. Irritadas por la sal marina.

Se escuchan más ruidos fuera de la tienda, y dos sacerdotisas entran con un chico que intenta rebelarse. A pesar de la ropa mojada y llena de arena, Mirabella reconoce al chico que estaba en el bosque cuando Arsinoe y Jules encontraron a Joseph. Estaba sosteniendo a los caballos. Entonces pensó que era un asistente. Pero debe ser el pretendiente, William Chatworth Junior.

El chico se suelta de las sacerdotisas y se arrodilla cerca de Arsinoe, temblando.

—Arsinoe —dice—, todo va a salir bien.

—¡Arsinoe, estoy aquí! —grita Jules, pero la refrenan sus abuelos.

Lucian Marlowe se agacha y lo levanta a Chatworth del cuello.

—El chico debería ser ejecutado.

—Quizás —dice Natalia, dando un paso hacia Chatworth y tomándolo de la barbilla—. Pero es un delegado. ¿Te llevaste voluntariamente a la reina Arsinoe, continental?

¿La ayudaste a escapar? ¿O ella tomó el control de tu velero y se escapó ella misma?

Su voz es cuidadosamente neutra. Cualquiera que escuchara creería que no le importa si el chico responde de una manera o de otra.

—Nos atrapó un vendaval —contesta—. A duras penas logramos volver. No intentamos huir.

Margaret Beaulin se ríe en voz alta. Genevieve Arron sacude la cabeza.

—Él no sabía nada —susurra Arsinoe desde la alfombra—. Yo lo obligué. Fui yo.

—Muy bien —dice Natalia. Hace un movimiento con la muñeca, y dos sacerdotisas sujetan a Billy de los brazos.

—No —dice Billy—. ¡Está mintiendo!

—¿Por qué deberíamos creerle a un continental en vez de a una de nuestras reinas? —pregunta Natalia—. Llévenlo al puerto. Avísenle al padre. Díganle que estamos muy aliviados de que haya aparecido con vida. Y que se apure. No tiene mucho tiempo para recobrarse antes del Desembarco.

—La isla perdió la cabeza —gruñe Billy—. ¡No la toquen! ¡No se atrevan a tocarla!

Lucha, pero no es difícil sacarlo de la tienda, exhausto como está.

Sin él, todas las miradas vuelven a posarse sobre Arsinoe.

—Esto es muy desafortunado —dice Renata Hargrove.

—Y desagradable —agrega Paola Vend—. Hubiera sido mejor si permanecía perdida. Si se hubiera ahogado. Ahora será un desastre.

Genevieve se adelanta y se aproxima al oído de Arsinoe.

—Qué estúpida —dice—. Otro barco y otro chico. Ni siquiera fue capaz de pensar otro plan.

—Aléjate de ella.

La voz de Jules Milone se oye como un gruñido. Genevieve mira por un momento a la puma, como si hubiera sido el animal el que hubiera hablado.

—Silencio —dice la Suma Sacerdotisa—. Y tú, Genevieve, retrocede.

Genevieve aprieta la mandíbula. La mira a Natalia, pero Natalia no la defiende. Durante Beltane es el Templo el que decide. La Diosa decide, le guste al Concilio Negro o no.

Luca se arrodilla frente a Arsinoe. Toma las manos de la reina y las frota.

—Están heladas. Y te ves como un pez panza arriba. —Le hace un gesto a una sacerdotisa. —Tráele agua.

—No quiero agua.

Luca suspira. Pero le sonríe a Arsinoe con amabilidad, tratando de ser paciente.

—¿Qué quieres, entonces? ¿Sabes dónde te encuentras?

—Traté de huir de ustedes —dice Arsinoe—. Traté de escaparme, pero la niebla no me dejó ir. Peleamos. Remamos. Pero nos atrapó como una red.

—Arsinoe —dice Cait—, no digas más.

—No importa, Cait. Porque no me pude escapar. Nos atrapó en esa niebla hasta que nos escupió, justo frente a este maldito puerto.

Los brazos le tiemblan, pero los ojos no. Están enrojecidos, cansados, llenos de odio y desesperanza, pero se mantienen fijos en los de la Suma Sacerdotisa.

—¿Lo sabe? —pregunta Arsinoe—. ¿Sabe tu hermosa reina lo que estás planeando?

Luca respira con fuerza. Quiere soltarse, pero Arsinoe no la deja ir. Las sacerdotisas se acercan a ayudar, y la toman a Arsinoe de los hombros.

—¿Sabe que estás planeando matarme?

Las sacerdotisas aplastan a Arsinoe contra el suelo. Jules grita, y Ellis sostiene a Camden por el cuello para evitar que salte.

—¿Lo sabe? —grita Arsinoe.

—Mátenla —dice Luca con calma—. La fuga no se perdona por segunda vez. Córtenle la cabeza y los brazos. Arránquenle el corazón. Y arrojen todo al Dominio de Breccia.

Les hace un gesto a las sacerdotisas, que desenvainan los cuchillos.

Arsinoe trata de soltarse mientras se acercan las sacerdotisas, que la vuelven a aplastar contra el suelo. Levantan los cuchillos. El Concilio mira paralizado. Ni siquiera los envenenadores estaban listos para esto. La única que no está prácticamente descompuesta es Margaret Beaulin, que posee el don de la guerra.

—¡No! —grita de nuevo Jules.

—Sáquenla de aquí —dice Natalia—. Por su propio bien, Cait. No necesita ver esto.

Cait y Ellis forcejean con Jules y logran sacarla de la tienda. Mirabella da un paso adelante y la sujeta a Luca del brazo.

—No puedes hacer esto. No aquí. No ahora. ¡Es una reina!

—Y tendrá los ritos mortuorios de una reina, aunque muera en desgracia.

—Luca, detenlo. ¡Detenlo ahora!

La Suma Sacerdotisa rechaza a Mirabella con gentileza.

—Tú tampoco tienes que quedarte —dice—. Quizás sea mejor si te guiamos afuera.

Sobre la alfombra Arsinoe continúa gritando mientras las sacerdotisas intentan mantenerla en el suelo y tratan de estirarle los brazos. Parece como si estuviera llorando lágrimas de sangre, pero es solo que las suturas están empezando a descoserse.

—Arsinoe —susurra Mirabella. Arsinoe solía perseguir a Katharine como si fuera un monstruo por la orilla barrosa. Siempre estaba sucia. Siempre enojada. Siempre riéndose.

Una de las sacerdotisas apoya un pie contra la espalda de Arsinoe y le tira del brazo para sacárselo de lugar. Arsinoe aúlla. No le queda mucha resistencia. No será difícil serrucharle los brazos y la cabeza.

—¡No! —grita Mirabella—. ¡No lo harán!

Convoca a la tormenta casi sin darse cuenta. El viento sopla de todas las esquinas de la tienda y da vuelta las puertas. Las sacerdotisas echadas sobre Arsinoe están tan concentradas que no se dan cuenta de lo que ocurre hasta que el primer rayo les sacude el suelo.

Los miembros del Concilio Negro se escapan como ratas. Antes de que Mirabella pueda dirigir las llamas de las velas hacia ellos o el rayo caiga directamente sobre sus cabezas. Luca y las sacerdotisas tratan de razonar con ella, pero Mirabella le da más fuerza a la tormenta. La mitad de la tienda colapsa bajo la furia del viento.

Al final todos terminan huyendo.

Mirabella apoya a Arsinoe sobre su regazo y le acaricia el pelo lleno de tierra y salitre. La tormenta se apacigua.

—Todo estará bien —dice Mirabella en voz baja—. Tú estarás bien.

Arsinoe parpadea, los ojos negros y cansados.

—Te van a hacer pagar por esto.

—No me importa —responde Mirabella—. Que nos ejecuten a ambas.

—Hmpf —resopla Arsinoe—. Me gustaría ver el intento.

Mirabella besa la frente de su hermana. Está débil y afiebrada. Las heridas cosidas de su rostro están hinchadas y algo desgarradas. El cuerpo debe estar gritándole de dolor. Y aun así Arsinoe no hace ni una sola mueca.

—Estás hecha de piedra —dice Mirabella, y toca la mejilla reconstruida con hilo—. Es un milagro que algo haya logrado atravesarte.

Arsinoe se zafa del brazo de Mirabella. Esta también es la hermana que recuerda. Siempre una criatura salvaje, que no se deja abrazar.

—¿Hay agua? —pregunta Arsinoe—. ¿O la convertiste en flecha y atravesaste el corazón de Natalia Arron?

Mirabella busca la jarra que la tormenta tiró al suelo. La mayoría se derramó, pero todavía le queda algo de agua.

—No es mucho. No estaba concentrada. Solo quería que se alejaran. Fue como ese día en la Cabaña Negra.

—No recuerdo ese día —dice Arsinoe. Inclina la jarra y bebe con avidez. Teme vomitar si se levanta.

—Trata de recordar, entonces.

—No quiero.

Arsinoe apoya la jarra en el suelo. Tarda unos instantes, pero eventualmente lo logra.

—Tu hombro —dice Mirabella—. Ten cuidado.

—Le pediré a Jules que lo ponga en su lugar. Debo irme.

—Pero —dice Mirabella—, el Concilio y Luca... te estarán esperando.

—Oh —dice Arsinoe. Da un paso y respira hondo, dos veces—. No lo creo. Creo que fuiste convincente.

—Pero si me dejas...

—¿Que te deje qué? Escucha, sé que piensas que hiciste algo realmente grandioso. Pero aquí estoy. Me capturaron. A las tres nos capturaron.

—¿Me odias, entonces? —pregunta Mirabella—. ¿Quieres matarme?

—Sí, te odio —contesta Arsinoe—. Siempre te odié. No traté de escapar para poder salvarte. No se trataba sobre ti.

Mirabella mira cómo su hermana cojea hasta la puerta de la tienda.

—Supongo que fui muy estúpida entonces. Supongo…

—Deja de sonar tan triste. Y deja de mirarme de esa manera. Esto es lo que somos. No importa que no lo hayamos pedido.

Arsinoe sujeta la puerta. Duda como si fuera a decir algo más. Como si fuera a disculparse.

—Ahora te odio un poco menos —dice en voz baja, y se va.

EL CAMPAMENTO DE LOS MILONE

Jules espera por Arsinoe al costado de la tienda casi derrumbada. Arsinoe no acepta un hombro donde apoyarse, pero sí el brazo de su amiga, y se cubre la cara con su camisa. Es al menos un pobre escudo contra los escupitajos y las cáscaras de fruta que le arroja la muchedumbre.

—¡Quédense donde están! —grita Jules—. ¡Nadie diga nada!

Se quedan donde están gracias a Camden. Pero dicen y arrojan lo suficiente.

—Igualito a casa, ¿eh? —dice Arsinoe en tono lúgubre.

En su tienda en el campamento de los Milone, a salvo de miradas indiscretas, Cait y Ellis la atienden. Luke y Joseph también están allí. Incluso Madrigal. Luke llora cuando Ellis vuelve a su sitio el hombro de Arsinoe.

—La reina Mirabella es muy apegada a las reglas —dice Ellis—. Ni siquiera permite que las sacerdotisas dañen a una reina antes de tiempo.

—¿Es por eso que las detuvo? —pregunta Jules—. ¿O es solo que quiere hacerlo ella misma?

—Cualquiera sea la razón, creo que al Templo le será más difícil controlarla de lo que creía.

—¿Billy está bien? —pregunta Arsinoe—. ¿Alguien sabe algo?

—Estaba a salvo cuando lo condujeron a puerto Arenas —dice Joseph—. Estoy seguro de que está allí ahora, preparándose para el Desembarco.

—El Desembarco —dice Madrigal—. No nos queda mucho hasta el ocaso.

—Cállate, Madrigal —le contesta Jules—. No tiene que preocuparse por eso.

—No —dice Arsinoe—. Sí tengo. Estoy aquí, y no voy a meterlos en más problemas por culpa mía.

—Pero…

—Prefiero caminar por esos acantilados que ser arrastrada por sacerdotisas.

Cait y Ellis se miran mutuamente, el semblante grave.

—Mejor que nos preparemos para el banquete, entonces —dice Cait—. Y saquemos la naftalina de nuestros vestidos negros.

—Puedo dar una mano —dice Luke. Está muy apuesto, y muy elegante, en su vestido de festival. Pero Luke siempre está mejor vestido que el resto de Manantial del Lobo—. Si me voy a quedar a comer, mejor hago mi parte. Me alegra mucho verte de regreso —le dice a Arsinoe, tomándole la mano, y acompaña a Cait y a Ellis fuera de la tienda.

Arsinoe se sienta en la cama improvisada de almohadones y sábanas. Podría dormir durante días, incluso en una tienda que huele a humedad, sin muebles más allá de un baúl de madera y una mesa con una jarra de agua color crema.

—Debería estrangularte —le dice Jules.

—Sé buena conmigo. Mi cuello estuvo a punto de ser seccionado hace menos de una hora.

Jules le sirve un poco de agua antes de sentarse sobre el baúl.

—Necesito contarles algo —dice Arsinoe—. Necesito contarles todo.

Se sientan más juntos. Jules y Joseph. Madrigal. La escuchan cuando les cuenta lo que le dijo Billy. Sobre el Año Sacrificial, y la conspiración de las sacerdotisas para asesinarlas a ella y a Katharine.

—No puede ser cierto —dice Jules cuando termina.

—Pero lo es. Lo vi en los viejos ojos de Luca —suspira Arsinoe—. Luke debería irse. Alguien debería sacarlo de aquí. Me defendería de los miles de cuchillos de las sacerdotisas, y no quiero que lo lastimen.

—Espera —dice Joseph—. No podemos rendirnos después de todo esto. Tiene que haber alguna manera… alguna manera de detenerlos.

—¿Ser más astuta que la Suma Sacerdotisa durante el festival Beltane? —pregunta Arsinoe—. Lo dudo mucho. Deberías… Deberías llevarte a Jules, también. Por la misma razón que a Luke.

—Yo no me voy a ningún lado —dice Jules. Lo mira a Joseph con furia como si ya hubiera intentado sujetarla del brazo.

—No quiero que lo veas, Jules. No quiero que ninguno de ustedes lo vea.

—Entonces lo detendremos —dice Madrigal.

Se dan vuelta a mirarla. Suena muy segura.

—Dijiste que el Templo está usando el disfraz del Año Sacrificial —continúa—. Una reina fuerte y dos débiles.

—Sí.

—Entonces te haremos fuerte. No pueden atacarte después del Avivamiento si la isla no ve tu debilidad. Su mentira no se sostendría.

Arsinoe los mira a Jules y a Joseph.

—Eso podría funcionar —dice cansinamente—. Pero no hay manera de hacerme fuerte.

—Espera —dice Jules. Su mirada está en otro lugar, fuera de foco. En lo que sea que está pensando, está tan distraída que ni siquiera responde cuando Camden deja caer las zarpas afiladas sobre el pantalón.

—¿Y si hay una manera de hacerte *parecer* fuerte? —Vuelve a mirar a Arsinoe. —¿Y si mañana en el escenario convocas a tu familiar, y llega en la forma de un gran oso pardo?

Arsinoe se toca las costuras del rostro, sin darse cuenta.

—¿De qué estás hablando?

—Vi un gran oso pardo en los bosques occidentales —dice Jules—. ¿Y si puedo hacer que se te acerque? Puedo hacerlo permanecer en ese escenario.

—Eso es demasiado, incluso para ti. Un gran oso pardo, en el medio de una multitud ruidosa… No podrías controlarlo. Me rompería en pedazos delante de todos. Aunque supongo que preferiría que lo haga él en vez de las sacerdotisas.

—Jules puede hacerlo —dice Madrigal—. Pero únicamente hacerlo permanecer en el escenario no será suficiente. Debe obedecerte o nadie lo creerá. Tendremos que atarte a él, por medio de tu sangre.

Jules sujeta a su madre por la muñeca.

—No. No más de eso.

Madrigal se suelta con desdén.

—Juillenne, no hay opción. Y aun así será peligroso. No será un vínculo de familiar. No serás capaz de comunicarte con él. Será más bien como una mascota.

Arsinoe mira a Camden. No es una mascota. Es una extensión de Jules. Pero mejor una mascota que una garganta desgarrada o perder sus brazos y cabeza.

—¿Qué necesitamos?

—Tu sangre y la suya.

Jules respira temblorosa. Joseph la toma del codo.

—Es demasiado —dice—. Controlar a un oso es una cosa, ¿pero sacarle sangre? Debe haber otra forma.

—No la hay.

—Es demasiado peligroso, Jules.

—Estuviste lejos durante mucho tiempo —dice Madrigal—. No sabes de lo que ella es capaz.

Jules pone su mano sobre la de Joseph.

—Confía en mí. Como siempre has hecho.

Joseph aprieta los dientes. Parece como si cada músculo de su rostro estuviera a punto de explotar de tensión, pero se las arregla para asentir.

—¿En qué puedo ayudar?

—Mantente lejos —responde Jules.

—¿Qué?

—Lo siento, pero lo digo en serio. Es lo más difícil que alguna vez le haya exigido a mi don. No puedo distraerme. Y no tengo mucho tiempo. Llevará un tiempo sacarlo del bosque. Tendré que conducirlo por el borde del valle, donde nadie lo verá. Incluso si me escabullo esta noche, mientras todos duermen, puede que no llegue a hacerlo a tiempo. Y si la Cacería lo hizo alejarse...

—Es la única oportunidad que tenemos —dice Arsinoe—. Jules, si estás dispuesta, quiero intentarlo.

Jules la mira a Madrigal. Luego asiente.

—Me iré esta misma noche.

EL DESEMBARCO

Arsinoe es la última reina en tomar su lugar al borde del acantilado. Para cuando camina por la pradera, y luego sendero arriba, el valle está vacío. Todos se fueron a la playa, junto a las altas antorchas, a esperar las naves.

Arsinoe se ajusta la máscara. Incluso el roce más delicado le hace doler. Pero debe usar la máscara. Quiere hacerlo, también, después de todo el trabajo que se tomó Ellis. Además, la pintura roja se ve feroz iluminada por el fuego. Tal vez no tan feroz como las propias heridas.

Se sube al improvisado pabellón frente al acantilado y mira hacia las personas que están debajo. Verán lo que quieran ver. Vestida con pantalones, camisa y chaleco negros, Arsinoe no se oculta.

En el pabellón más lejano a Arsinoe, Katharine está de pie como una estatua, rodeada de los Arron. Lleva un vestido negro sin breteles, apretado, y una gargantilla de gemas negras. Una serpiente viva le rodea la muñeca.

En la plataforma central, el vestido de Mirabella le ondea hasta los pies. Tiene el cabello suelto, y el viento se lo revolotea a la altura de los hombros. No la mira a Arsinoe, solo hacia delante. Mirabella se para como si fuera *la* reina y no hubiera motivos para mirar a otro lado.

Los Arron y los Westwood descienden de los pabellones. Arsinoe entra en pánico y la sujeta a Jules.

—Espera. ¿Qué se supone que tengo que hacer?

—Lo que siempre haces —dice Jules, y le guiña el ojo.

Arsinoe le aprieta las manos. Debería ser Jules quien se quede entre las antorchas, hermosa en el vestido que le hizo Luke. En la tienda, Madrigal le pintó los labios de cobre y rojo, y trenzó su cabello con lazos cobrizos y verde oscuro, para combinar con el borde del vestido. Si estuviera Jules en la plataforma, la isla vería una hermosa naturalista con su gata montés, y no tendrían dudas.

Arsinoe mira hacia la playa y la cabeza la da vueltas.

—Tengo miedo —susurra.

—Tú no tienes miedo de nada —dice Jules, antes de descender al sendero para esperar con su familia.

Comienzan los tambores, y a Arsinoe se le revuelve el estómago. Todavía está débil del barco, y tiene el vientre lleno de agua marina.

Endereza las piernas y los hombros. No se derrumbará ni caerá enferma. Tampoco se desbarrancará del acantilado, para placer de sus hermanas.

Mira una vez más a Mirabella, bellísima y majestuosa sin esfuerzo, y a Katharine, que se ve encantadora y perversa como un espejo negro. Comparada con ellas, no es nada. Una traidora y una cobarde. Sin dones, anormal y desgarrada. Comparada con ellas, no es ninguna reina.

En la bahía, cinco barcos continentales esperan anclados. Arsinoe mira cómo de cada barco desciende un bote; cada bote transporta a un joven que desea transformarse en el rey de la isla. Todos los barcos están decorados e iluminados con antorchas. Se pregunta cuál de ellos le pertenece a Billy. Espera que su padre haya sido comprensivo a su regreso.

Los tambores toman velocidad, y la muchedumbre se aleja de las reinas para observar cómo se aproximan los botes. La multitud, toda de negro, debe ser un espectáculo impresionante para desembarcar, pero solo un pretendiente parece asustado: un chico bronceado, de cabello oscuro, con una flor roja en el saco. Los otros se inclinan hacia adelante, sonrientes y ansiosos.

El bote de Billy se demora mientras los otros ya desembarcan. Los pretendientes están demasiado abajo para palabras o presentaciones. Eso vendrá después. El Desembarco es pura ceremonia. Primeras miradas, primeros sonrojos.

Arsinoe levanta el mentón cuando el primer joven le hace una reverencia a Katharine, que sonríe y hace una media inclinación. Cuando le hace una reverencia a Mirabella, ella asiente. Cuando finalmente llega a Arsinoe, es con sorpresa, como si no hubiera notado que estaba allí. Contempla la máscara por demasiado tiempo y solo ofrece una reverencia parcial.

Arsinoe no se mueve. Los observa a todos y deja que la máscara haga su trabajo. Hasta que Billy llega a la orilla.

El corazón le palpita. No parece debilitado o herido.

Billy se para delante del acantilado y la mira. Hace una reverencia, profunda y lenta, y la multitud murmura. Arsinoe se queda sin aliento.

Solo le hizo una reverencia a ella.

EL CAMPAMENTO DE LOS ARRON

❧

Los envenenadores tienen prohibidos los venenos en su banquete de Beltane. Así son las reglas, decretadas por el Templo, para que cualquier festejante pueda ser parte de los ofrecimientos. A Natalia le parece muy injusto, cuando los elementales son libres de soplar viento por el valle y los naturalistas permiten que sus sucios familiares corran sin refreno.

En el plato de Natalia yace un ave descabezada, asada y completamente desprovista de toxinas. No se inclinará a comerla. Ayer el ave cantaba feliz en los arbustos. Qué desperdicio.

Se para dando un resoplo y entra en la tienda. La puerta se abre tras ella, y se da vuelta para ver entrar a Pietyr.

—Deberían permitirnos comer lo que queramos en nuestro propio banquete —le dice Pietyr leyéndole la mente—. Si al fin y al cabo nadie es tan valiente como para comer de nuestros platos.

Natalia mira la noche, las hogueras y la gente que deambula. Pietyr tiene razón, por supuesto. Ni siquiera los be-

bedores empedernidos se atreverán a tocar lo que preparan los envenenadores. Demasiado miedo. Demasiada poca confianza.

—Los pretendientes se pueden acercar lo suficiente como para comer —dice Natalia—. Y no queremos envenenarlos. Sería un espectáculo tenerlos con convulsiones sobre la alfombra.

Y no pueden arriesgarse a perder a ninguno. En cada generación hay menos pretendientes. En el continente, el número de familias que comparten el secreto de la isla ha disminuido. Un día, Fennbirn no será nada más que un rumor, una leyenda para entretener a los niños continentales.

Natalia suspira. Ya vio a algunos de los pretendientes frente al banquete de Katharine. El primero fue el apuesto muchacho de hombros anchos y pelo rubio dorado. Parecía gustarle mucho el aspecto de Katharine, aunque todavía no tengan permitido hablarse.

—Espero que le hayas enseñado cómo seducir a distancia.

—Sabe cómo usar los ojos —responde Pietyr—. Y cómo moverse. No te preocupes.

Pero él mismo está preocupado. Natalia puede notarlo en la inclinación de sus hombros.

—Es desafortunado que el chico Chatworth haya demostrado su lealtad a Arsinoe —dice Pietyr.

—¿Lo es? No estoy tan segura. Me aseguraron que terminará cediendo.

—No pareció eso en la playa. Ahora mismo probablemente esté frente al banquete de Arsinoe, como un perro esperando un hueso.

Natalia cierra los ojos.

—¿Estás bien, tía? Te ves cansada.

—Estoy bien.

Pero sí está cansada. Este, el Año de Ascensión de Katharine, es el segundo de su vida. Probablemente sea el último. Fue mucho más fácil con Camille, cuando Natalia todavía era joven y su madre seguía viva y era la cabeza de la familia Arron.

Pietyr observa a través de la puerta entreabierta.

—Los campesinos estúpidos se desafían unos a otros a acercarse a nuestro banquete. Así de grande es nuestra influencia. Es difícil de creer que todo terminará mañana. Es difícil de creer que las sacerdotisas hayan ganado.

—¿Quién dice que ganaron? —pregunta Natalia, y Pietyr la mira con sorpresa—. Dices que estoy cansada, ¿pero por qué crees que es eso? Me pediste que encontrara una manera de salvar a nuestra Kat. Durante todo el día estuve preparando comida para una *Gave Noir* que no tenga veneno.

—¿Cómo? ¿Con tantas sacerdotisas controlando todo?

Natalia inclina la cabeza. Ningún envenenador es tan bueno con el juego de manos que ella.

—Natalia, van a probar la comida.

Natalia no responde. Pietyr actúa como si ella no hubiera estado toda su vida deslizando veneno sin que nadie se diera cuenta.

EL CAMPAMENTO
DE LA SUMA SACERDOTISA

—No puedo creer que esa mocosa haya regresado —dice Rho, parada junto a Luca fuera de la tienda de la Suma Sacerdotisa, mientras observa cómo mueven las últimas cajas.

—Es algo curioso —responde Luca—. La reina Arsinoe yendo a parar a nuestra playa fue ciertamente algo que no esperaba. Pero no fue su decisión.

—Parece que su parte en esta historia no está terminada. O quizás la Diosa es tan exigente con las tradiciones como nuestra Mirabella, y ninguna reina parte hasta que es despachada por la mano de su hermana.

—¿Qué has oído, Rho? —pregunta Luca, con los ojos en una de las cajas—. ¿Sobre la debacle de hoy? ¿Cuáles son los rumores?

—Los únicos que escuché son sobre el regreso de Arsinoe. Cuando mencionan la tormenta de Mirabella, solo hablan de su ira. Nadie sospecha por qué fue que convocó a la tormenta.

Rho retrocede para retar a una sacerdotisa que no se dio cuenta de que la caja que transporta está dañada. Se la quita y le da un golpe en la nuca. La iniciada, de apenas trece años, huye llorando.

—No tenías que hacer eso —dice Luca—. No corría riesgo de romperse.

—Fue por su propio bien. Llegaba a romperse y corría riesgo de perder la mano.

Rho sujeta la caja y la tuerce. Los lados se separan, astillados. Adentro hay tres docenas de los cuchillos serrados del Templo.

Luca toma uno de los cuchillos de la caja. La hoja alargada, ligeramente curva, resplandece de manera ominosa a la luz de las hogueras. No sabe cuán vieja es, pero el mango es cómodo y pulido por el uso. Puede haber venido de uno de los muchos Templos antes de terminar en Innisfuil. Quizás vino de una zona naturalista y fue usado sobre todo para cortar grano. Pero sin importar su origen, quedan pocas dudas de que ha probado sangre.

Da vuelta el cuchillo hacia arriba y hacia abajo. Como Suma Sacerdotisa, han pasado años desde la última vez que llevó uno.

—Tendrás que guiarlos mañana —le dice a Rho—. En el silencio después de que termine la danza de fuego de Mirabella. Antes de que yo hable. Ve hasta la parte superior de los Arron y captura a Katharine. No tardes mucho. Quiero que estés a la vanguardia cuando capturemos a Arsinoe.

—Sí. Allí estaré. La chica Milone con la gata montés es la única que me puede llegar a causar problemas. Me encargaré primero del animal si trata de detenernos.

Luca toca el filo del cuchillo y no advierte el corte hasta que la sangre le empieza a chorrear del pulgar.

—Todos deben estar así de afilados —dice—. Así son rápidos y ni siquiera llegan a sentirlos.

EL CAMPAMENTO DE LOS MILONE

— ❧ —

El banquete de los Milone es el más popular de todo el festival, y no solo por la carne asada del ciervo que cazó Jules. Casi a pesar suyo, Arsinoe causó impresión durante el Desembarco. La gente rebosa los terrenos alrededor de la mesa y de las tiendas para verlas mejor a ella y su máscara negra. No se parecía en nada a las otras reinas, de pie en el acantilado. Ahora, se preguntan si hay más de lo que parece a simple vista. Si hay algo que no advirtieron.

—Ahí está el último —dice Joseph a mitad de un bocado. Señala con la cabeza, hacia la muchedumbre, y Arsinoe descubre a un pretendiente, el que tiene el pelo rubio dorado, observándola del otro lado de las mesas. Se permite hacerle una mueca, y le echa un vistazo a Billy, que vigila protectoramente desde cerca.

—Y con ese están todos —dice Luke.

Arsinoe no esperaba ver a ninguno. Tanta atención le resulta extraña.

—Si hubiera sabido lo mucho que estos continentales disfrutaban la indiferencia, no me hubiera preocupado tanto

—dice, y vuelve a mirar a Billy—. Ojalá Junior no tuviera que quedarse lejos. Que alguien vaya a traerlo. Que el Templo menee la lengua.

Jules se ríe.

—Miren quién está ebria de triunfo. No, Arsinoe. Ya has roto suficientes reglas. Joseph y yo iremos a hacerle compañía.

Antes de irse, Jules le da un golpecito en el hombro. Se hace tarde. No pasará mucho hasta que los fuegos se extingan y tenga que ir al bosque en busca del gran oso pardo.

Arsinoe mira a Jules a los ojos, sin pestañar. Qué valiente que es. Su don es muy poderoso, pero un gran oso pardo quizás sea más poderoso aún.

—Quisiera no necesitarte —le dice—. O al menos poder ir contigo.

—Seré cuidadosa —responde Jules—. No te preocupes.

Billy está malhumorado cuando Jules y Joseph lo encuentran al borde del banquete. Está de pie y con los brazos cruzados, observando al otro pretendiente con abierta hostilidad.

—Te trajimos algo del estofado que preparó Ellis —dice Joseph, y le alcanza un cuenco—. Dado que no te acercaste lo suficiente como para servirte por tus propios medios.

—No sabía qué tan cerca tenía permitido aproximarme —dice Billy—. Y después de la forma en que nos encontraron, pensé que era mejor mantener distancia.

—¿Pero no pensaste que era una mala idea hacerle una reverencia solo a ella? Tu padre te va a cortar la cabeza.

—Créeme que lo sé. No sé en qué estaba pensando —responde mientras prueba el estofado.

—Fue una ayuda —dice Jules—. Mira a todos estos tipos. Lo que hiciste fue una de las causas. Y lo que hiciste antes. Tratar de llevártela.

Billy baja la cabeza.

—Les pido perdón por eso. Por no contarles. Tenía que hacerlo, sabiendo lo que las sacerdotisas estaban planeando. Y de todas formas aquí está ella, una vez más. Maldita sea.

—Va a estar todo bien. Tenemos nuestro propio plan.

—¿Cuál? —pregunta, y Jules se lo murmura al oído. La cara se le ilumina de inmediato—. Joseph siempre dijo que eras algo glorioso. Y ese vestido. Estás cautivante en ese vestido.

—¿Cautivante? Qué palabra elegante.

—Quizás, pero es la correcta.

Jules se sonroja y se desliza cerca de Joseph para esconderse detrás de su brazo.

—Bueno —dice Billy, con un suspiro—. No hacen falta que me hagan compañía. Tengo la intención de quedarme aquí toda la noche hasta que esas sacerdotisas me escolten de regreso a mi bote.

—¿Estás seguro? —pregunta Joseph, pero Jules le tira del brazo. Lo saludan y se internan entre la multitud.

—¿Qué estamos haciendo? —pregunta Joseph cuando Jules le toma la mano.

—Pensé que era una buena idea si éramos vistos. Así que cuando no esté aquí mañana, cualquiera que se lo pregunte pensará que estoy en alguna carpa contigo.

La noche está llena de hogueras y de risas. Chicas esbeltas y de mejillas rosadas invitan a los chicos a bailar, y gracias al vestido de Luke, Jules se siente tan hermosa como ellas.

—Nunca te había visto así —dice Joseph, y la forma en que la recorre con los ojos la llena de placer—. Luke va a tener que cerrar la pastelería y convertirse es sastre.

Jules se ríe. El peso que sintió durante todo Beltane empieza a desvanecerse. Arsinoe está de regreso. Y no van a permitir que la maten. Tienen un plan, y la idea la reconforta tanto que Camden da un salto jubiloso, como si fuera una gatita.

Por el rabillo del ojo ve cómo una chica pasa el dedo por el pecho desnudo de un chico. Muchas parejas desaparecerán esta noche en carpas o en el terreno blando bajo de los árboles.

—¿Cómo llegamos aquí? —pregunta Joseph.

Jules lo estuvo guiando en círculos alrededor de las hogueras, y ahora se encuentran directamente frente a su carpa.

Lo hace entrar a Joseph.

—Siento que debería disculparme, por todo el tiempo que perdí.

—No —dice Joseph—. No me vuelvas a pedir disculpas.

Enciende una lámpara y cierra la puerta de la carpa. No es muy grande, y la cama no es más que un par de sábanas apiladas. Pero servirá.

Mete las manos por el costado de su camisa. El latido de Joseph se acelera incluso antes de que Jules le bese el cuello. Huele a las especias usadas para el banquete. Él la cubre con sus brazos.

—Te extrañé —dice Jules.

—Antes de la Cacería no querías estar conmigo —comienza Joseph, pero ella sacude la cabeza. Antes todo le dolía. Ahora es diferente.

Jules lo besa y lo aprieta con el cuerpo. Esta noche se atreve. Quizás es el vestido o la energía de los fuegos.

Se besan con hambre, y Joseph le pasa las manos por la espalda.

—Lo siento tanto —le dice.

Ella le desabrocha la camisa, y le conduce las manos a los broches de su vestido.

—Jules, espera.

—Ya esperamos suficiente.

Se acerca a la cama improvisada, y ambos se ponen de rodillas.

—Tengo que decirte... —dice Joseph, pero Jules lo detiene con su boca y con su lengua. No quiere escuchar nada más sobre Mirabella. Ya está. Terminó. Mirabella no tiene importancia.

Se acuestan juntos, y la mano de Jules se desliza bajo la camisa de Joseph. Esta noche lo tocará por completo. Cada centímetro de su piel desnuda.

Joseph se ubica encima de ella con cuidado. Le besa los hombros y el cuello.

—Te amo —le dice—. Te amo, te amo.

Entonces cierra los ojos, y se le desarma el rostro.

Se hace a un costado y se acuesta de espaldas.

—¿Joseph? ¿Qué ocurre?

—Perdón —dice él, y se cubre los ojos con la mano.

—¿Hice algo mal? —pregunta Jules, y Joseph la aprieta con fuerza.

—Solo déjame abrazarte —contesta él—. Solo quiero abrazarte.

EL CAMPAMENTO DE LOS ARRON

❧

Cuando el banquete termina y las hogueras se extinguen, Katharine y Pietyr yacen en su tienda, lado a lado, Pietyr de espaldas y Katharine boca abajo, escuchando los últimos goces de la noche. El aire huele a humo y chispas, a diferentes tipos de madera, a diferentes tipos de carne. Bajo todos esos aromas tibios están las agujetas de las siemprevivas y el aire salado de los acantilados.

—¿Le crees a Natalia? —pregunta Pietyr—. ¿Cuándo dice que será capaz de alterar el *Gave Noir*?

Katharine tamborilea los dedos sobre el pecho de Pietyr.

—Nunca me ha dado ninguna razón para dudar de ella.

Pietyr no responde. Estuvo en silencio durante el banquete. Katharine se trepa encima de él y trata de animarlo a besos.

—¿Qué ocurre? No eres tú mismo. Siempre estás tan cariñoso —le saca las manos de encima y las apoya en su cadera—. ¿Dónde están tus caricias demandantes?

—¿He sido tan bruto? —pregunta Pietyr, y sonríe. Luego cierra los ojos—. Katharine. Dulce e ingenua Katharine. No sabes qué es lo que estoy haciendo.

Se hace a un costado y le toma la barbilla.

—¿Recuerdas el camino hacia el Dominio de Breccia? —le pregunta.

—Sí, creo que sí.

—Está allí —señala Pietyr, a través de la tienda y en dirección a los bosques del sur—. A través de los árboles detrás de la tienda de cinco lados y cuerda blanca. Desde allí derecho hasta que encuentres las piedras y la fisura. Tienes que cruzar el arroyo. ¿Te acuerdas?

—Lo recuerdo, Pietyr. Me alzaste por sobre el agua.

—Pero no podré hacerlo mañana a la noche. No seré capaz.

—¿De qué hablas?

—Escucha, Kat. Natalia piensa que tiene todo bajo control. Pero si no es así…

—¿Qué?

—Mañana no estaré durante el Avivamiento. Si algo sale mal, no soportaré verlo.

—No me tienes fe —dice Katharine, dolida.

—No es eso. Katharine, tienes que prometerme algo. Si algo sale mal mañana a la noche, quiero que corras. Derecho hasta mí, al Dominio de Breccia. ¿Entendido?

—Sí —responde en voz baja—. Pero Pietyr, por qué…

—Cualquier cosa, Kat. Si algo sale mal. No escuches a nadie. Tan solo corre. ¿Me lo prometes?

—Sí, Pietyr. Te lo prometo.

El Avivamiento

EL CAMPAMENTO DE LOS WESTWOOD

Elizabeth coloca la túnica negra sobre los hombros de Mirabella, y Bree la ata a la altura del pecho. Cuelga con cuidado sobre las prendas negras, empapadas de hierbas, que le ciñen la cadera y los pechos. Es lo único que vestirá para la ceremonia del Avivamiento, además del fuego.

—Tu muchacho no podrá sacarte los ojos de encima —dice Bree.

—Bree —dice Mirabella, y la calla—, no hay ningún muchacho.

Bree y Elizabeth intercambian miradas conspiratorias. No le creen, dado que la encontraron al borde de la pradera después de la Cacería, colorada y sin aliento. Pero Mirabella no puede lograr contarles sobre Joseph. Es un naturalista, y leal a Arsinoe. Sería demasiado, incluso para Bree.

Afuera la luz se torna naranja, en su camino al rosa y al azul. La ceremonia comienza en la playa con la puesta del sol.

—¿Has visto a Luca? —pregunta Mirabella.

—La vi esta tarde en dirección a la playa. Tendrá mucho que hacer. No sé si llegará a verte antes de que se haga la hora.

Elizabeth le sonríe de modo tranquilizador. Sí, la Suma Sacerdotisa debe estar ocupada. No es que esté furiosa con ella por interferir con la ejecución de Arsinoe.

—Deberías estar enojada con ella, de todas formas —dice Bree.

—Lo estoy —contesta Mirabella. Lo está, y no lo está. Se encariñó con Luca durante todos estos años. La disputa entre ellas estos últimos meses no le ha resultado nada fácil.

—¿Y qué pasa con las sacerdotisas, Elizabeth? —pregunta Bree, espiando desde la puerta de la tienda—. Están todas actuando de forma extraña. Todas apiñadas, murmurando.

—No lo sé. Soy una de ustedes ahora, y ellas lo saben. No me cuentan nada.

Mirabella estira el cuello para poder ver. Bree tiene razón. Las sacerdotisas no se han comportado de forma normal en todo el día. Están más rudas y distantes que lo usual. Y algunas se ven preocupadas.

—Hay algo en el aire —dice Bree— que no me gusta nada.

EL CAMPAMENTO DE LOS MILONE

—————————— ❧ ——————————

Arsinoe se abotona otro chaleco sobre otra camisa negra y endereza el lazo que ata la máscara. Detrás de ella, Madrigal se acomoda el vestido negro y delicado.

—¿Te contó Jules? —le pregunta—. ¿Que me vio con Matthew?

Arsinoe se detiene. Se da vuelta para mirar a Madrigal, sorprendida y decepcionada.

—¿Matthew? ¿Estás hablando del Matthew de Caragh?

—No le digas así.

—Es eso, para ti y para todos nosotros. Supongo que Jules no estaba contenta.

Madrigal patea un almohadón y se sacude el bonito cabello castaño.

—Nadie estuvo contento. Sabía que no lo estarían. Sabía lo que todos ustedes dirían.

Arsinoe le da la espalda.

—Si sabías lo que íbamos a decir, entonces no importa mucho lo que digamos. Lo hiciste igual.

—¡No me discutas hoy! Me necesitas.

—¿Es por eso que me lo cuentas ahora? ¿Para que no pueda criticarte como te mereces?

Pero es cierto que necesita a Madrigal. En la mesita circular está el principio del hechizo: un pequeño cuenco de piedra con agua hervida y enfriada, perfumada con hierbas y pétalos de rosa. Madrigal tuerce la cara mientras enciende una vela y calienta la hoja del cuchillo en la llama.

—Todavía no he visto a Jules —señala Arsinoe cambiando de tema—. Si no llega a tiempo…

Madrigal se acerca con el cuenco y el cuchillo, y Arsinoe se arremanga.

—No pienses así —le dice mientras le hace un tajo profundo en el brazo—. Estará aquí.

La sangre de Arsinoe se derrama en el cuenco como miel de un panal. El agua se tiñe de rojo y se agitan las hierbas. Entre su sangre y la del oso, será mitad agua y mitad sangre. Le cuesta imaginar tener que beber eso.

—¿La magia va a funcionar igual si vomito en el escenario?

—Silencio —dice Madrigal—. Ahora, no podemos trazar la runa en tu mano. Tiene demasiadas heridas de antiguas runas, y con esto no podemos arriesgarnos a que esté sucia. Tendrás que dibujarla y luego presionar tu palma cubierta con la poción en la cabeza del oso. Guarda lo suficiente para tu mano y bebe el resto.

—¿Estás segura de que lo tengo que beber todo? ¿No lo puedo beber a medias con el oso?

Madrigal apoya la tela contra el corte y aprieta con fuerza el brazo de Arsinoe.

—¡Deja de bromear! Esto no es un hechizo menor. No convertirá al oso en tu familiar. Quizás ni siquiera en tu amigo. Si Jules no es capaz de controlarlo después de guiarlo por todo el valle, entonces es posible que te haga pedazos delante de todos.

Arsinoe cierra la boca. No le deberían haber pedido a Jules que haga esto. Joseph tenía razón: es demasiado. Controlar al oso en el silencio de los bosques ya es difícil. Controlarlo del todo delante de una multitud bulliciosa y antorchas encendidas parece casi imposible.

—Si tan solo pudiéramos teñir a Jules de negro y convertirla en reina... —dice Arsinoe sarcásticamente.

—Sí —contesta Madrigal—. Si tan solo.

Fuera de la tienda se escuchan los ladridos de Jake.

—Arsinoe —dice Ellis—, ya es hora.

Madrigal sujeta a la joven reina por los hombros y le da una sacudida para enderezarla.

—Cuando llegue Jules, me traerá la sangre y yo le daré la poción para que te la alcance al escenario. Está todo bien. Todavía queda tiempo.

Arsinoe sale de la tienda y se le hace un nudo en la garganta. Fuera de su tienda no están solo los Sandrin y Luke y los Milone, también la mitad de los naturalistas en el valle.

—¿Qué están haciendo aquí? —le susurra a Joseph.

—¿Esto? —pregunta Joseph, y sonríe—. Parece que alguien escuchó el rumor de tu espectáculo. La reina Arsinoe y su gran oso pardo.

—¿Y cómo pasó eso?

—Una vez que se enteró Luke, el valle entero lo supo en una hora.

Arsinoe mira a la gente. Algunos incluso le sonríen a la luz de las antorchas. Toda su vida la han considerado un fracaso, y aun así, al primer indicio de esperanza, se acercan a seguirla, como si fuera lo que hubieran querido siempre.

Quizás realmente lo querían.

EL ESCENARIO
DE LA REINA KATHARINE

❦

El Templo decretó el orden de los espectáculos del Avivamiento. La primera es Katharine. Las sacerdotisas dispusieron el banquete envenenado sobre una larga mesa de caoba. Las antorchas están encendidas. Solo tiene que subir a su escenario y empezar.

Katharine estira el cuello para ver al público. El mar de caras y cuerpos vestidos de negro se extiende a lo largo de los tres escenarios y por toda la costa. Su escenario es el del medio. Directamente frente a ella hay un estrado elevado, donde se sientan los pretendientes y la Suma Sacerdotisa Luca.

—Tantas sacerdotisas... —murmura Natalia junto a ella.

—Sí —dice Katharine. Se le tensa el estómago. Natalia es una poderosa fuente de tranquilidad, pero preferiría que Pietyr hubiese cambiado su idea de no verla.

—Bien, Kat —dice Natalia—. Empecemos.

Caminan juntas. Katharine sonríe de la manera más luminosa que conoce mientras trata de no parecer rígida y formal como su hermana elemental. Pero los ojos de la muchedumbre siguen sombríos. Cuando Mirabella suba a su escenario, no tiene duda de que sonreirán como imbéciles.

Genevieve y el primo Lucian están en la primera fila. Les hace un gesto de asentimiento y, por una vez, Genevieve no frunce el ceño.

Katharine y Natalia toman sus lugares en la cabecera de la mesa.

—Confía en mí. Di las palabras en voz alta.

El vestido de Katharine susurra contra sus piernas. Es una prenda demasiado elegante como para mancharse con el *Gave Noir*. Solo espera que ninguna de esas manchas sea por su agonía.

Ante ellas, las sacerdotisas levantan las campanas de cada plato envenenado y anuncian los contenidos. Champiñones venenosos rellenos con queso de cabra y uva lupina. Estofado de bacalao con bayas de tejo. Tarteletas de belladona. Escorpiones confitados con mantequilla, junto con una crema espesa de adelfas. Y vino de cantarela. Como pieza central un enorme pastel dorado, horneado con la forma de un cisne.

El aire está lleno de aromas deliciosos. Las primeras tres filas de envenenadores levantan la nariz para oler el aire como gatos callejeros en la ventana de una cocina.

—¿Tienes hambre, reina Katharine? —pregunta Natalia, y Katharine toma aire.

—Estoy famélica.

Natalia se hace a un lado mientras Katharine come. Al comienzo sus bocados son tentativos y pequeños, como si no lo creyera. Pero gana confianza a medida que el banquete avanza, y los envenenadores aplauden. La salsa rosa le resbala por la barbilla.

En el estrado los chicos continentales se mojan los labios. Qué admiración deben sentir al ver una chica que no puede morir. Ni siquiera importa que no sea real.

Katharine aleja el plato de escorpiones confitados. Se comió tres, lo suficientemente inteligente como para dejar las colas aplastadas en el azúcar amarillento. Todo lo que queda es la tarta del cisne.

Natalia guía a Katharine hacia el otro lado de la mesa, y la reina rompe la cubierta para engullir la carne. Eso es todo. Lo baja con un cáliz lleno de vino, que bebe hasta la última gota.

Golpea ambas manos contra la mesa. La multitud festeja. Más fuerte de lo esperado, de pura sorpresa.

Natalia dirige los ojos hacia el estrado y encuentra la fría y pétrea mirada de Luca.

Natalia sonríe.

EL ESCENARIO DE LA REINA ARSINOE

❧

Desde detrás del escenario que se encuentra a la derecha de Katharine, el *Gave Noir* parece tan grotesco como lo que Arsinoe espera para un banquete ritual de envenenadores. Desconoce muchos de los venenos enumerados, pero incluso ella debe admitirse impresionada ante la forma en que la pequeña y pálida Katharine los devoró. Al terminar, Katharine está hasta los codos del jugo de las bayas y la carne, y la muchedumbre grita.

Arsinoe aprieta los puños hasta que recuerda la runa dibujada en su palma y los abre. No puede borronearse o ensuciarse. No es el mejor día para pedirle a sus manos que no suden.

—Arsinoe.

—¡Jules! ¡Diosa bendita!

Jules le coloca el cuenco con la poción negra entre las manos. Arsinoe arruga la boca.

—Simula que es vino —dice Jules.

Arsinoe contempla el brebaje. Beberlo parece imposible. Aunque no es más que cuatro tragos, son cuatro tragos de un líquido salado, metálico y tibio. Sangre de sus venas y de las venas de un oso.

—Creo que veo un poco de piel —dice Arsinoe.

—¡Arsinoe! ¡Bébelo!

Bebe del cuenco hasta que choca con la madera de la máscara.

La poción sabe tan mal como temía. Es sorprendentemente espesa, y las hierbas y las rosas no ayudan, ya que únicamente suman texturas inesperadas y elásticas. La garganta se le cierra, pero encuentra la forma de tragarlo, recordando guardar un poco para esparcir sobre la runa en la palma de su mano.

—Estaré pegada al escenario —dice Jules, y desaparece.

Las sacerdotisas anuncian a Arsinoe, que sube al escenario. Los ojos de la multitud son tan pesados como fueron en el acantilado, pero no puede pensar en ellos ahora. En algún lugar, no muy lejos, el oso está esperando.

Camina hasta el centro del escenario, y los tablones clavados con apuro crujen bajo sus pies. El sabor de la sangre le cubre la lengua y le da vueltas en el estómago. Mantiene la mano con la runa cuidadosamente ahuecada contra el pecho. Va a funcionar. Parecerá que está rezando. Como si estuviera llamando por su familiar.

—Ven, oso, oso, oso —murmura Arsinoe, y cierra los ojos.

Por algunos instantes todo está en silencio. Y luego ruge.

Muchos gritan y se apartan, un ancho corredor desde la protección de los acantilados hasta el escenario. El oso trepa junto a ella sin dudarlo. Ver las garras alargadas y curvas le hacen picar las heridas de la cara. En algún lugar a su derecha, Arsinoe escucha cómo Camden gruñe y silba.

Arsinoe no tiene mucho tiempo. Quizás Jules no lo tenga completamente dominado. Tiene que lograr estampar la runa cubierta de sangre en la cabeza del oso.

El oso se acerca. Su pelaje le roza la cadera a Arsinoe, que queda paralizada. Su mandíbula es lo suficientemente grande como para arrancarle la mitad del costillar de una sola mordida.

—Ven —dice, y se sorprende de que no se le quiebre la voz. El oso gira el hocico para verla. El labio inferior le cuelga, como es común en los osos. Las encías están rosadas. Tiene una mancha negra en la punta de la lengua.

Arsinoe estira el brazo y apoya la runa sangrienta entre los ojos del oso.

Retiene el aliento. Mira en el interior de sus ojos castaños y moteados de oro.

El oso le olfatea la cara y le lame la máscara. La hace reír.

La multitud la vitorea. Incluso aquellos que dudaban de ella levantan los brazos al aire. Arsinoe le acaricia el pelaje marrón y decide tentar su suerte.

—Vamos, Jules —dice, y levanta los brazos en V—. ¡Arriba!

El oso retrocede. Luego se para en las patas traseras y echa un bramido.

La playa se llena con gritos y vitoreos, los ladridos y graznidos de los familiares felices. Luego el oso vuelve a ponerse en cuatro patas, y Arsinoe le arroja los brazos al cuello y lo abraza con fuerza.

EL ESTRADO

La Suma Sacerdotisa mira cómo la chica abraza al oso y aplaude junto al resto. No tiene otra opción. Entre los gritos y las celebraciones, busca con los ojos a Rho, que la observa con los ojos inyectados de sangre. Luca sacude la cabeza. Se terminó. Perdieron.

Rho también sacude la cabeza. Aprieta los dientes y busca el mango del cuchillo que le cuelga de la cintura.

EL ESCENARIO
DE LA REINA MIRABELLA

———————————— ✿ ————————————

——Nadie esperaba tal espectáculo de parte de Katharine y Arsinoe —dice Sara Westwood mientras le acomoda el ruedo—. Pero no tiene importancia. Sigue siendo a ti a quien vinieron a ver.

Mirabella estira el cuello hacia donde se sienta Katharine, junto a una mesa envenenada, y más a la derecha, donde se encuentra Arsinoe, acariciando con calma a un enorme oso pardo. No está tan segura de que Sara tenga razón. Pero solo puede hacer lo que puede.

Los tambores empiezan antes de que las sacerdotisas la llamen al escenario. Apagan todas las antorchas, así el escenario está a oscuras, salvo por el resplandor rojizo y cálido de un brasero.

Mirabella sube los escalones en tres pasos rápidos. Arroja su túnica al suelo, y el público calla. El silencio es absoluto.

Los tambores se aceleran, en concordancia con su corazón. Busca al fuego y el fuego salta a sus manos. Un murmullo atraviesa la multitud mientras las llamas rodean sus manos y su vientre.

Trabajar el fuego es lento y sensual. Más controlado que cuando convoca al viento y a las tormentas. Las llamas resplandecen. No la queman, pero siente cómo le hierve la sangre.

Gira sobre sí misma. El público contiene un grito ahogado, y el fuego cruje en sus oídos.

Entremedio de la gente que pugna por acercarse está Joseph. Verlo casi le provoca un tropezón. Tiene el rostro que le vio la noche que se conocieron, iluminado por las llamas en una playa a oscuras. Cuánto desea subirlo al escenario. Los envolvería en fuego a ambos. Los quemaría juntos, en vez de por separado.

Echa la cabeza hacia atrás cuando él pronuncia su nombre.

—Mirabella.

EL ESCENARIO
DE LA REINA KATHARINE

⚜

Natalia observa cómo la chica gira en llamas. El público es un mar de rostros subyugados, en blanco. Mirabella los tiene en la palma de su mano.

Algo sucede en las muchas filas de sacerdotisas que rodean los escenarios. Los brazos buscan dentro de los hábitos, para sujetar las empuñaduras de los cuchillos. Una sacerdotisa con cabello rojo como la sangre la mira con tanta intensidad que Natalia tiene que correr la vista.

La fuerza del espectáculo de Mirabella es difícil de creer. Incluso Natalia siente la atracción, el impulso de acercarse al escenario.

Parpadea y se torna hacia Luca, hacia los ojos oscuros y ardientes de la anciana. Las artimañas de Natalia y los envenenadores carecen de importancia. El Templo no se va a echar atrás. El Año Sacrificial se hará realidad.

EL ESCENARIO DE LA REINA ARSINOE

Jules apenas puede controlar al oso y al mismo tiempo observar la danza de Mirabella. El ruido y el movimiento del público lo ponen nervioso, y ya comienza a balancear la cabeza y rasguñar los tablones junto a Arsinoe.

Jules se vuelve a concentrar.

—Está todo bien —susurra, con perlas de sudor en la frente. En su cabeza el oso tironea. Tironea fuerte.

La muchedumbre se abalanza hacia Mirabella, y Jules aprieta los dientes. ¿Cuándo dejará de danzar? La danza parece extenderse eternamente, aunque a nadie le importa. Jules respira hondo y busca a Joseph. Estará mirando desde algún lugar, orgulloso de que lo que está haciendo con el oso.

Salvo que no estaba mirándola a Jules en lo absoluto. Está justo enfrente del escenario de Mirabella. Trata de acercarse a ella, como los demás.

Jules apenas puede creer lo que ven sus ojos. Si lo llamara gritando con todas sus fuerzas, no la escucharía. No la escucharía incluso si estuviera junto a él. La lujuria en su rostro le retuerce el estómago. Joseph nunca la ha mirado como la está mirando a Mirabella.

En el medio de su danza, Mirabella se acerca a Joseph a través de las llamas. Todo lo pueden ver. Todos sabrán que están juntos. Que Jules es una idiota.

El corazón de Jules se endurece como una esquirla de cristal, y algo se le pulveriza en el pecho. Con él también se quiebra el control que tenía sobre el oso.

Arsinoe sabe que algo anda mal cuando el oso comienza a sacudir la cabeza. Los ojos le cambian, primero serenos, luego asustados y finalmente enfurecidos.

Da un paso atrás.

—Jules —dice, pero cuando intenta capturar su atención es inútil. Jules tiene la vista fija en el escenario de Mirabella, como todos los demás.

El oso golpea los tablones de madera.

—Calma —dice Arsinoe, pero no puede hacer nada. La magia inferior que los une no es lo mismo que un vínculo con un familiar. El oso está asustado, y Jules ha perdido el control.

No hay tiempo de avisar a nadie que el oso ruge y salta del escenario al público, sacudiendo sus zarpas afiladas, la cabeza hacia atrás y hacia adelante. Nadie puede huir: están demasiado apiñados contra el escenario de Mirabella. Ni siquiera con sus zarpas logra abrirse paso, entre los cuerpos aplastados y destripados, y se da vuelta en dirección a los escenarios.

—¡Jules! —grita Arsinoe. Pero su grito se pierde con el resto cuando la multitud se da cuenta de lo que está ocurriendo.

El oso se trepa al escenario del medio, y Katharine pega un alarido. El animal se lleva puesta la mesa del *Gave Noir*, y la hace pedazos y la lanza contra la arena. Pero no alcanza a llegar a Katharine: es rápida y se lanza por el costado del escenario.

Las sacerdotisas desenvainan los cuchillos y avanzan con caras aterrorizadas. El oso ataca viciosamente a la que está más cerca, y los hábitos blancos no hacen nada para ocultar el rojo y los intestinos que le arranca con las garras. Al ver tanta sangre el coraje de las otras desaparece, y huyen con el resto de la gente.

La Suma Sacerdotisa se pone de pie y grita. Los pretendientes miran horrorizados.

En el escenario más lejano, Mirabella ya no baila, pero el fuego todavía le arde en los pechos y la cadera. El oso no tarda mucho en prestarle atención. Se abalanza hacia ella, tirando abajo las antorchas y a todo aquel que se cruce en su camino. Mirabella está paralizada: ni siquiera puede gritar.

Joseph salta al escenario, y cubre a Mirabella con su cuerpo.

—No —dice Arsinoe—, ¡no!

Jules debe saber que es Joseph. Lo tiene que estar viendo. Pero es demasiado tarde para llamar al oso de regreso.

EL ESCENARIO
DE LA REINA MIRABELLA

Las sacerdotisas gritan para proteger a la reina. Pero lo único que Mirabella escucha es el rugido del oso. Todo lo que siente son los brazos de Joseph sobre ella.

El oso no los ataca. Se para sobre las patas traseras y ruge. Pero luego se lleva las zarpas al hocico, como si estuviera herido, y salta del escenario en dirección a la playa.

Mirabella levanta la cabeza y observa la muchedumbre aterrorizada y dispersa. La mayoría se refugió en los acantilados y en el valle. Pero muchos cuerpos yacen inmóviles frente al escenario. La joven sacerdotisa que asistió a Mirabella en su espectáculo yace a los pies de la tarima, los brazos doblados, el hábito y el abdomen abiertos a la vista de todos.

—¿Estás bien? —le susurra Joseph al oído.

—Sí —dice, y lo abraza con fuerza.

Joseph le besa el cabello y el hombro. Las sacerdotisas de hábito blanco los rodean con los cuchillos en alto.

—¡Cálmense! —grita Luca, parada en el estrado junto a dos temblorosos pretendientes—. ¡Ya se ha ido!

Mirabella mira por encima del brazo de Joseph los escenarios arruinados. Arsinoe permanece de pie, sola, los brazos colgando. Quizás no se dio cuenta del alcance de la masacre que causaría.

—Lanzó a ese oso contra mí —dice Mirabella—. Después de lo que hice para salvarla. Hubiera dejado que me hiciera pedazos si no fuera por ti.

—Ya no importa. Estás a salvo. Estás bien —contesta Joseph, y le sostiene la cabeza con las manos, y la besa.

—¿Dónde está la reina Katharine? —grita Natalia—. ¡Luca! ¿Dónde está?

—No entres en pánico —dice la Suma Sacerdotisa—. La vamos a encontrar. No está entre los caídos.

Natalia mira hacia todos lados, desenfrenadamente, quizás para formar su propio equipo de búsqueda. Pero todos sus envenenadores han huido. Escucha gemidos al pie del escenario, y se le congela el rostro.

El oso derribó el *Gave Noir* hacia la multitud. La comida no envenenada yace desperdigada en la arena. Y varios perros familiares se acercaron de inmediato a los restos.

—Han comido de los restos —solloza una mujer—. ¡Deténganlos! ¡Llámenlos de regreso!

Natalia se hace cargo.

—Aíslen la comida —ordena, con la compostura recuperada y su voz plana y tranquila—. Esos perros deben ser traídos a mi tienda para tratamiento inmediato. Rápido. Júntenlos y mantengan alejado al resto.

Del otro lado de los escenarios, Arsinoe se aleja en compañía de los Milone. La máscara le hace ilegible cualquier emoción.

—¿Cómo pudo? —pregunta Mirabella, desconsolada. Pero incluso en sus oídos la pregunta suena tonta en boca de una reina.

Joseph la tranquiliza con besos en el pelo.

—Aléjate de ella, naturalista —lo sujeta Rho, y lo arrastra sin esfuerzo. Joseph deja de ofrecer resistencia en cuanto advierte el cuchillo serrado de la sacerdotisa.

—Déjalo en paz, Rho —dice Mirabella—. Él me salvó.

—Del intento de asesinato de su propia reina —contesta Rho. Hace un gesto con la cabeza, y otras tres sacerdotisas obligan a Joseph a alejarse. Luego sujeta a la reina por el brazo. Le clava los dedos en la carne hasta que Mirabella grita de dolor.

—Regresa a la tienda de inmediato, mi reina. El Avivamiento ya finalizó. El Año de Ascensión ha comenzado.

EL DOMINIO DE BRECCIA

❧

Las ramas arañan el rostro de Katharine mientras corre a través de los árboles del bosque del sur. El corazón le da saltos y la rodilla le palpita de cuando tropezó en el escenario. Se vuelve a caer cuando la falda se le enreda entre las zarzas. Sin antorcha, solo tiene la luz de la luna como guía, y no hay demasiada entre la espesura.

—¡Pietyr! —grita, débil y sin aliento. Hizo tal como le dijo y corrió del Avivamiento a la tienda de cinco lados y de ahí al bosque.

—¡Pietyr!

—¡Katharine!

Pietyr emerge de un árbol, con una pequeña lámpara en la mano. Katharine llega a los tropezones, y él la aprieta contra su pecho.

—No sé qué es lo que ocurrió —dice Katharine—. Fue tan horroroso.

El oso la habría matado. La hubiera abierto en dos como hizo con esa pobre sacerdotisa. Pasará mucho tiempo hasta que pueda olvidar la mirada enloquecida del animal y los afilados y salvajes arcos de sus zarpas.

—Esperaba que no fuera cierto —dice Pietyr—. Esperaba que Natalia tuviera razón. Que lo tenía bajo control. Lo
siento tanto, Kat.

Ella apoya la cabeza en su hombro. Fue muy gentil espe-
rarla aquí, lejos de todos, por unos pocos instantes de con-
suelo. Sus brazos le sacan el frío de la piel, y el extraño olor
a tierra del Dominio de Breccia la llena de calma.

Pietyr la acuna. Se mueve lentamente hasta que es casi
un baile, y sus pies se arrastran por la pulida superficie de la
roca que da lugar a la grieta.

—Quizás debería haberme quedado con Natalia —dice
Katharine—. Pudo haber sido herida.

—Natalia puede cuidar de sí misma —dice Pietyr— No
es ella la que está en riesgo. Hiciste lo correcto.

—Vendrá a buscarme pronto. No tenemos mucho tiempo.

Pietyr le besa la frente.

—Lo sé —dice con pesar—. El Templo sediento de
sangre.

—¿Qué?

—No se suponía que te amara, Kat.

Le toma la cabeza con las manos.

—¿Pero me amas?

—Sí —responde Pietyr—. Te amo.

—Yo también te amo, Pietyr.

Pietyr da un paso atrás. La sujeta con delicadeza por los
hombros.

—¿Pietyr? —pregunta Katharine.

—Lo siento —contesta, y luego la arroja al pozo sin fondo, sin fondo, sin fondo del Dominio de Breccia.

COMIENZA
EL AÑO DE ASCENSIÓN

EL CAMPAMENTO DE LOS ARRON

⚜

Un día y medio después del desastre del Avivamiento, el valle de Innisfuil está prácticamente vacío. Los naturalistas y los elementales se habían ido. También los que no tienen dones y aquellos pocos con el don de la guerra. Incluso la mayoría de los envenenadores regresaron a sus casas, excepto los Arron y las familias más leales.

Todavía quedan muchas sacerdotisas, incluida la Suma Sacerdotisa Luca, para organizar los grupos de búsqueda y el rastrillaje de los acantilados. Han buscado a Katharine en todo el valle. En la costa y en el bosque. El pobre Pietyr la está buscando sin cesar desde que desapareció.

Pero no encontraron ni cadáver ni respuestas.

Natalia está sentada en su tienda, sola. No busca desde ayer, y cuanto más se extiende la búsqueda, menos quiere encontrarla. Hoy el cadáver seguiría siendo Katharine. Pronto estará hinchada y descompuesta. No sabe si podría soportar encontrar los pequeños huesos de Katharine, todavía unidos por tendones y un vestido negro y podrido.

Apoya la cabeza en los brazos, demasiado cansada como para pararse. Decididamente demasiado cansada como para desarmar las tiendas y volver a Indrid Down. Enfrentar al Concilio y simular que queda algo que hacer.

Se abre la puerta de la tienda y entra la Suma Sacerdotisa Luca, de hábito blanco y cuello negro. Natalia se endereza, pero no pueden ser novedades sobre Katharine. Si así fuera, Luca la hubiera mandado llamar, en vez de acercarse ella misma sin escolta.

—Suma Sacerdotisa, pasa, por favor.

Luca se asegura de que la puerta quede bien cerrada. Luego arruga la nariz.

—Esta tienda, Natalia. Huele a perro muerto.

Natalia aprieta los labios. Los sabuesos familiares que le trajeron después del Avivamiento murieron mal. No hubo tiempo de preparar un veneno decente. Usó lo que tenía a mano, y los perros convulsionaron y vomitaron en las alfombras y las almohadas.

Luca se baja la capucha de su hábito y desabrocha el cuello; queda a la vista su propio cuello arrugado y el cabello blanco y delicado.

—Debo partir pronto. Hacia Rolanth y Mirabella.

—Seguro —dice Natalia con resentimiento.

—Un pequeño contingente de sacerdotisas se quedará aquí. Hasta que encuentren a la pequeña reina.

Por un instante, ambas mujeres se miran una a la otra. Luego Natalia hace un gesto en dirección a la silla opuesta.

Luca chasquea los dedos y le traen un té. Cuando están acomodadas, y solas de nuevo, suspira y se echa hacia atrás, cansada.

—Una de las delegaciones ha huido. El oscuro, con la flor roja en la chaqueta. Su familia es supersticiosa. Dijeron que esta generación estaba maldita.

—No fue un Beltane terriblemente exitoso —dice Natalia, y Luca se ríe, por una vez.

—Si tan solo le hubiéramos arrancado los brazos y la cabeza a esa mocosa cuando tuvimos la oportunidad.

—Si tan solo tu Mirabella nos hubiera dejado.

Luca le agrega crema y dos terrones de azúcar al té y deja un bizcocho delgado sobre el plato.

—No tiene veneno —le indica a Natalia, y agrega irónicamente—: Quizás podrías exprimir esa serpiente tuya en una taza.

Natalia sonríe y luego bebe su té.

—¿Qué podemos hacer con respecto a Arsinoe?

—¿Qué pasa con ella?

—Atacó a las reinas antes del final del Avivamiento. Antes de empezar el Año de Ascensión. Es un crimen, ¿no?

—Una infracción por un día. Fue una demostración de fuerza, nos guste o no. La gente la defenderá si la castigamos en público.

—Para qué sirve el Templo si no puede sostener sus propias leyes —murmura Natalia.

—En efecto —dice Luca. Bebe un sorbo de té y observa a Natalia por encima de la taza—. Ese hermoso *Gave Noir* que montaste. Todo ese veneno, derramado sobre la arena. Colé un poquito en la cena de una de mis sacerdotisas. ¡Y oh! ¡Está viva! Ni siquiera se enfermó. A diferencia de esos pobres perros que despachaste. ¿Qué les diste, Natalia? ¿Arsénico?

Natalia tamborilea los dedos sobre la mesa. La Suma Sacerdotisa levanta una ceja.

—No te quejes de nuestras debilidades ahora —continúa Luca—. Cuando somos únicamente lo que ustedes provocaron. Cuando fueron ustedes los que le dieron la espalda al pueblo.

—Si la gente le dio la espalda a tus sermones no es nuestra culpa. Nunca tratamos de imponer la voluntad del Concilio por sobre la del Templo.

—No. Solo silenciar nuestra voz.

Luca estudia a Natalia con atención. Son adversarias desde hace muchos años, pero han pasado poco tiempo a solas, y nunca sin estar batallando sobre algo.

—Es extraño —sigue Luca— que le hayas dado la espalda a la Diosa. Cuando es ella la que crea a las reinas. Cuyo poder en esta isla preserva nuestro modo de vida. Sí, ya lo sé —dice, cuando Natalia revolea los ojos—. Piensas que eres tú. Que es la fuerza de tu don lo que nos mantiene a salvo. ¿Pero quién piensas que te dio ese don? Es la fuente de lo que reverencias, y aun así no la reverencias. En tu orgullo, olvidaste lo que te ha dado y que es ella quien te lo puede quitar.

ROLANTH

❦

Mirando por la ventana del tembloroso coche, las calles de Rolanth están extrañamente en silencio. La ciudad esperaba que Mirabella regresara triunfante. No lo hizo, y hay un aire a derrota. Los negocios del distrito central quitaron la mayor parte de las decoraciones de Beltane, aunque todavía quedan algunos moños y guirnaldas. Después de todo, tampoco fue derrotada. Su espectáculo durante el Avivamiento fue prácticamente un éxito.

Prácticamente. Gracias a Arsinoe ni siquiera logró terminarlo.

No pasará mucho hasta que estén de nuevo a salvo en Casa Westwood. Aunque no será igual que antes. Ahora que Katharine está desaparecida y presuntamente muerta, el Templo tomará una posición defensiva hasta que se determine qué ocurrió. Rho armará un pequeño ejército día y noche en torno a Mirabella. Las sacerdotisas armadas ya rodean al coche, y lo mismo sucede con el de Sara y el tío Miles más adelante.

Mirabella duda de que Arsinoe lance otro ataque tan pronto. Pero el Templo estará listo por las dudas.

—Me quedé paralizada cuando me atacó el oso —susurra Mirabella, y Bree y Elizabeth levantan la cabeza de las ventanas—. Al comienzo pensé que era un error. Pero vino directo hacia mí.

Sus amigas la miran con tristeza. No le dirán que Arsinoe no quiso hacerlo. Y ella tampoco quiere escucharlo. Todavía le quedan muchos días para revivir ese terror, y para que el dolor en su corazón se transforme en furia. Quizás Arsinoe también asesinó a Katharine. Quizás tenía otra criatura esperando por ella para cuando corriera al bosque.

La dulce y pequeña Katharine. A quien ella y Arsinoe habían jurado proteger.

—Elizabeth, tú eres una naturalista. ¿Podrías haber hecho lo que Arsinoe hizo con ese oso?

Elizabeth niega con la cabeza.

—Nunca. Ni con otros cincuenta naturalistas. Ella es… más poderosa que cualquier naturalista que yo haya visto.

—U oído —agrega Bree abriendo los ojos—. Mira, ¿qué vamos a hacer? Si no fuera por ese chico, Joseph, estarías muerta.

Mirabella les había contado, después del Avivamiento, quién era Joseph y qué había pasado entre ellos. Le salió como un torrente, en la tienda, con el corazón roto por tantas razones. Traicionada por Arsinoe y alejada de Joseph, quizás para siempre.

—El querido Joseph —dice Elizabeth—. Su amor quizás te volverá a salvar. Si es verdaderamente el mejor amigo de Arsinoe, quizás la detenga. Quizás nos ayude.

—No le voy a pedir que tome partido —responde Mirabella.

—Pero alguien lo hará. Arsinoe. O Luca. No creo que alguien tan poderoso como Arsinoe dude en aprovechar las ventajas a su favor.

—Mejor. No quiero que dude. Quiero que me presione y me presione hasta que logre odiarla.

Mira de nuevo por la ventana, para escapar de la tristeza de los ojos de Bree y Elizabeth. Sabían que llegaría a esto. Todos lo sabían, salvo Mirabella. Pero ya terminó con el sentimentalismo. Ese oso, y el rosto imperturbable de Arsinoe detrás de esa máscara, le mostraron la verdad.

Las hermanas que amó en la Cabaña Negra se han ido. Arsinoe vio su oportunidad y la tomó. La próxima vez, Mirabella aprovechará la suya.

MANSIÓN GREAVESDRAKE

✦

Luego de una semana de búsqueda, Pietyr regresó a Greavesdrake junto con Natalia. Pero una vez que llegaron no quiso permanecer. Sin Katharine, no tenía razón para estar allí.

Natalia no trató de convencerlo de lo contrario. El chico estaba en un estado miserable. Incluso su aburrida casa de campo le era preferible a Greavesdrake, acechada por el fantasma de Katharine.

Antes de irse, tomaron una última copa en la sala de estudio.

—Me tenías tan convencido con el Templo y el Año Sacrificial —le confesó Pietyr—. Pensé que la iban a decapitar. Ni siquiera pensé en Arsinoe.

Ahora se ha ido, todo su equipaje en un coche, y Natalia está sola de nuevo. Genevieve y Antonin se fueron directamente a sus casas, temerosos de su humor. No se atreverán a volver sin invitación.

Los sirvientes se rehúsan a mirarla a los ojos. Sería agradable que al menos alguno de ellos fuera lo suficientemente decente como para simular que todo está bien.

Camina por el salón principal y escucha cómo el viento de la primavera hace golpear las ramas contras las ventanas. Este año la mansión tiene demasiadas corrientes de aire. Necesitará trabajadores de la capital para inspeccionar las puertas y ventanas. Aunque no sea suya por mucho tiempo más, no permitirá que la grandiosa y antigua casa se deteriore.

En el pasillo largo y carmesí que conecta con la escalera a su habitación, descubre polvo en los apliques y una pequeña pila de ropa doblada junto a la puerta del baño. Se inclina a juntarla y se detiene.

No está sola. Hay una chica, de pie en el vestíbulo.

Su vestido es de una reina, y tiene el cabello enmarañado y mugriento. No se mueve. Podría haber estado parada ahí desde hace mucho tiempo.

—¿Kat? —pregunta Natalia.

La figura no responde. Mientras se acerca, Natalia empieza a temer que sea un producto de su imaginación. Que su mente se haya quebrado, y que en cualquier momento la chica fuera a desaparecer o disolverse en un montón de piojos.

Natalia estira el brazo, y Katharine la mira a los ojos.

—Katharine —dice Natalia, y la aprieta contra su pecho.

Es Katharine, sucia y helada pero todavía viva. Tiene cortes en todo el cuerpo. Las manos destrozadas le cuelgan a los costados, las puntas de los dedos manchadas de rojo y con la mayoría de las uñas arrancadas.

—No me caí —dice Katharine, con la voz quebrada y áspera, como si tuviera la garganta llena de tierra.

—Tenemos que calentarte ya mismo. ¡Edmund! ¡Tráeme toallas y llena la bañera!

—No quiero eso —contesta Katharine.

—¿Y qué quieres, dulzura? ¿Qué es lo que quieres?

—Quiero venganza —susurra, y sus dedos trazan manchas sanguinolentas en el brazo de Natalia—. Y después mi corona.

MANANTIAL DEL LOBO

❧

Aunque en el pueblo querrían verla, Arsinoe pasa su tiempo en la casa de los Milone o en el huerto. No se está escondiendo exactamente. Pero allí es más fácil, donde nadie la observa con un recién adquirido respeto, y donde no tiene que explicar dónde está su oso.

Contarles que el oso no era exactamente su familiar será difícil. Pueden quedar impresionados por su treta, pero de todas maneras quedarán decepcionados de que no lo pueda usar de montura.

—¿Aceptas visitas? —le dice Billy, entrando al huerto.

—Junior —sonríe Arsinoe. Se ha recuperado de su estancia en la niebla, y se ve muy bien en una chaqueta marrón claro. Con las hojas tiernas en el hombro, casi que no parece un continental.

—Nunca te escuché tan contenta de verme —le dice.

—No estaba segura de que estuvieras por aquí. Pensé que tu padre te había empacado y subido a un barco.

—No, no. Estoy por empezar formalmente el cortejo, igual que los otros pretendientes. Es un hombre obstinado mi padre. No se rinde. Ya conocerás esa parte de él.

Extiende el brazo. Tiene una cajita envuelta en papel azulado y atada con un moño verde y negro.

—¿Te mandó esto, ves? Como una muestra de paz —Billy se alza de hombros—. No es demasiado. Bombones de nuestro local favorito, allá en casa. Chocolates. Nueces confitadas. Algunos caramelos. Pensé que te gustarían, de todas formas. Dado que eres sobre todo estómago.

—¿Un regalo? ¿De verdad? —dice Arsinoe, y acepta la caja—. Supongo que el oso le hizo cambiar de opinión sobre mí.

—Cambió la opinión de todos —suspira y señala la casa con el mentón—. ¿Cómo anda todo por aquí?

Arsinoe frunce el ceño. Jules está desconsolada desde el Avivamiento. Ya casi ni habla.

Joseph aparece detrás de Billy con las manos en los bolsillos. La expresión de su rostro es sombría y determinada.

—¿Qué estás haciendo aquí? —pregunta Arsinoe.

—Vine a ver a Jules. Necesito hablar con ella sobre lo que ocurrió.

—Necesitas arrastrarte, más bien. Delante de ambas.

—¿De ambas? —pregunta, confundido.

—Debe ser realmente especial esa hermana mía elemental. Para que te haya hecho olvidar cada promesa que hiciste. A Jules. Y a mí.

—Arsinoe.

—¿Prefieres que yo muera ahora, en vez de ella? ¿Eso te haría feliz?

Lo empuja con fuerza y se encamina a la casa. Hay muchas más cosas que querría decirle, pero es justo que Jules tenga su turno primero.

—Déjame guardar esto —le dice, y sacude la caja de bombones—. Y luego le diré que viniste.

No tarda mucho en encontrar a Jules, caminando en uno de los campos al sur en compañía de Ellis, mientras discuten las plantas primaverales. Cuando Jules la ve, se le desarma el rostro, como si supiera.

—Tendrás que hablar con él más tarde o más temprano —le dice Arsinoe.

—¿De verdad tengo que hacerlo?

Ellis apoya una mano cariñosa en el hombro de su nieta y se aleja entre las filas de plantas, con Jake del brazo. El pequeño spaniel blanco apenas ha caminado un paso desde Beltane. Ellis está muy agradecido de no haberlo perdido por el veneno, como esos familiares desafortunados que comieron del *Gave Noir* derramado.

Jules deja que Arsinoe la lleve al frente de la casa, donde espera. Arsinoe toma a Billy del codo, y se lo lleva para que Joseph y Jules puedan tener algo de privacidad.

—Está bien —dice Jules—. Hablemos.

Jules hace entrar a Joseph en la habitación que comparte con Arsinoe; luego le cierra la puerta en la cara a Camden. No sabe qué se van a decir ni cuán enojada se va a poner. Pero si Camden lo lastima, podría lamentarlo más tarde.

Afuera, Joseph parecía tenso pero entero, como si hubiera ensayado muchas veces qué reprimenda le daría. Adentro se desmorona y mira la cama, donde pasaron tantos momentos juntos.

—¿Cómo pudiste hacerlo? —le pregunta en voz baja—. ¿Cómo pudiste mandarle ese oso?

—Lo detuve, ¿o no? —lo interrumpe Jules—. ¿Y es eso lo que viniste a decirme? ¿Acusarme? ¿No me vas a pedir disculpas por enamorarte de otra?

—Jules, murió gente.

Ella mira para otro lado. Sabe eso. ¿Piensa que es estúpida? Todo pasó tan rápido. Un momento tenía al oso, y un momento después… Fue lo más difícil que hizo en toda su vida, volver a controlarlo. Pero no podía dejar que hiriera a Joseph.

Se apoya contra el escritorio y empuja la caja envuelta en papel azul.

—¿Qué es esto?

—Billy se los trajo a Arsinoe. Es una caja de bombones.

Jules desata el moño. No tiene un paladar tan dulce, al menos no como Arsinoe.

—Eligió bien.

—Jules, responde a mi pregunta. ¿Por qué lo hiciste?

—¡No lo hice! No quería soltarlo. Lo tenía. Hasta que la vi danzar. Hasta que te vi a ti, y la forma en que la mirabas. Nunca me has mirado así.

Joseph hunde los hombros.

—Eso no es cierto. Siempre te he mirado. Te miro, Jules. Siempre lo hice.

—No así —responde Jules. Vuelve a recordar cómo el oso se abalanzó. No sabe si hubiera impedido que matara a Mirabella. Solo recuerda la furia y el dolor, y cómo su mundo se puso rojo.

Jules abre la caja de bombones y se lleva uno a la boca. No tiene gusto a nada, pero al menos no puede responder preguntas mientras mastica.

—La noche del Desembarco —susurra—. En mi tienda. Cuando no quisiste tocarme. Era por ella, ¿no?

—Sí.

Lo dice con tanta simpleza. Una sola palabra. Como si no requiriera de más explicaciones. Sin justificativos. Como si no hiciera que su cabeza le dé vueltas.

—¿No me amas más, entonces? ¿Alguna vez lo hiciste?
—Jules se aleja del escritorio y se tropieza, su estómago dolorido y débil. —¿Fui una idiota, no?

—No —dice Joseph.

Jules parpadea. La vista se le pone negra, luego brillante, y negra una vez más. Las piernas se le duermen por debajo de la rodilla.

—Jules… yo…

—Joseph —dice, y el tono de su voz le hace levantar la mirada. Joseph estira los brazos y la sujeta antes de que se caiga—. Joseph. Veneno.

Los ojos de Joseph se agrandan. Mira la caja de bombones mientras Jules comienza a desmayarse, y ya está llamando a gritos a Cait y a Ellis.

—Es mi culpa —dice Joseph.

—Cierra la boca —le contesta Arsinoe—. ¿Cómo puede ser tu culpa?

Están sentados junto a la cama de Jules, donde han permanecido desde que se fueron los sanadores. No podían hacer nada, dijeron, salvo esperar a que el veneno le paralice los pulmones o el corazón. Cait los echó después de eso. Los echó y lloró por horas, doblada sobre la mesa de la cocina.

—Maldita sea, dónde está Madrigal —dice Joseph mientras aprieta el pelo de Camden, echada sobre las piernas de Jules.

—No lo puede soportar —dice Arsinoe. Pero sabe perfectamente dónde está. Fue hasta el árbol encorvado, a rezar y a hacer sacrificios con magia de sangre. A rogar por su hija.

Ellis golpea la puerta con suavidad y asoma la cabeza.

—Arsinoe, el chico del continente está afuera, pregunta por ti.

Arsinoe se levanta y se limpia los ojos.

—No la vayas a abandonar, Joseph.

—No lo haré. Nunca. Nunca más.

En el patio, Billy espera con la espalda hacia la casa. Se da vuelta cuando la oye llegar, y por un momento Arsinoe piensa que la va a abrazar, pero no lo hace.

—No lo sabía, Arsinoe. Tienes que creerme. No lo sabía.

—Ya lo sé.

El alivio ilumina el rostro de Billy.

—Lo siento tanto. ¿Va a recuperarse?

—No lo sé. Dicen que no.

Billy la abraza, lenta y tentativamente, como si pensara que podría morderlo. Arsinoe quizás lo mordería si no lo sintiera tan sólido y adecuado como para apoyarse.

—Van a pagar por esto —dice, la cara contra el hombro de Billy—. Van a sangrar y gritar y recibir lo que se merecen.

Dos días después de haber sido envenenada, Jules abre los ojos. Arsinoe está tan exhausta que no está segura de si está alucinando hasta que Camden se sube al pecho de Jules y le lame el rostro.

Madrigal gime de alegría. Ellis se arrodilla frente a la cama y reza. Cait envía una vez más a su cuervo, Eva, en busca de los sanadores.

Joseph solo llora y aprieta la mano de Jules contra su mejilla.

Arsinoe trae otra maceta con flores de parte de Joseph y la ubica en el alféizar de la ventana. Casi no queda lugar. Con tantos regalos la habitación ya se está pareciendo a un invernadero. Mientras acomoda las flores, algunos de los capullos se abren con un coqueto chasquido. Se da vuelta y la mira a Jules, sentada contra las almohadas.

—¿Nos estamos sintiendo mejor, no?

—Quería ver si todavía podía hacerlo —dice Jules.

—Por supuesto que puedes. Siempre podrás.

Se sienta al costado de la cama y le rasca las ancas a Camden. Hoy Jules se ve mucho mejor. Lo suficientemente fuerte, quizás, para oír lo que Arsinoe se está muriendo de ganas de contarle.

—¿Qué? —pregunta Jules—. ¿Qué pasa? Pareces Camden cuando finalmente consigue los huevos.

Arsinoe mira hacia el pasillo. La casa está vacía. Cait y Ellis están en el huerto, y Madrigal está en el pueblo con Matthew.

—Tengo que contarte algo —dice—. Sobre los bombones.

—¿Qué cosa? ¿Es sobre Billy? ¿Fue él?

—No. No lo sé. Me parece que no.

Traga saliva y la mira a Jules con ojos brillosos.

—Yo también comí.

Jules la mira, confundida.

—Cuando dejé la caja en el escritorio —continúa Arsinoe—. Antes de irte a buscar al campo. Me comí tres. Dos chocolates y un caramelo.

—Arsinoe.

—¿Cuándo me viste rechazar un dulce?

—No entiendo —dice Jules.

—Yo tampoco entendía. No al comienzo. Estabas tan enferma, y Joseph dijo que solo te habías comido uno. Y estaba tan preocupada por ti que durante un tiempo ni siquiera se me ocurrió. Pero luego te despertaste. Y entonces lo supe.

Arsinoe se inclina hacia adelante:

—Todo este tiempo no he sido una reina sin dones, Jules. Incapaz de hacer germinar unos frijoles o hacer que un tomate se ponga rojo o hacer que un estúpido pájaro se siente en mi hombro.

Su voz se hace más fuerte y más acelerada hasta que lo advierte y baja el tono.

—Todo este tiempo pensé que no era nada. Pero no es cierto, Jules.

Arsinoe levanta la vista y sonríe.

—Soy una envenenadora.

AGRADECIMIENTOS

Hola a todos. Este libro sí que fue una odisea. Años en producción. Un montón de gente a quien agradecer. ¿Pero por dónde empezar?

Con la idea, supongo. A los escritores nos preguntan seguido de dónde sacamos las ideas, y nunca tengo una buena respuesta. Por eso es muy emocionante que esta vez sepa qué responder. Muchas gracias a mi amiga Angela Hanson y a su compañera apicultora, Jamie Miller, por esa conversación sobre el enjambre de abejas que empezó todo esto. La cerveza de arándano también ayudó. Abejas y cervezas, ustedes sí que saben cómo divertirse.

El siguiente paso: el empujón de la idea a la escritura. Tengo que agradecerle a mi agente, Adriann Ranta, por eso (y por muchas, muchas otras cosas). Cuando le conté a Adriann sobre esto, se le iluminaron los ojos. Luego me escuchó con mucha paciencia sobre otro libro que quería escribir primero. Incluso lo leyó, una vez que estuvo escrito. Pero yo sabía que quería este. Así que gracias, Adriann, por militar por 3CO cuando era un impreciso pedacito de nada, y por guiarlo en el camino.

Gracias a mi maravillosa editora, Alexandra Cooper. Aportaste tanto al mundo de las reinas. Y amo tu quisquillosismo. Esa palabra no existe. ¿O sí? De cualquier manera, sabes lo que quiero decir. También es fantástico tenerte como defensora. Estas reinas tienen suerte.

Gracias a todo el equipo creador de libros de HarperTeen: Aurora Parlagreco, diseñadora extraordinaria, y Erin Fitzsimmons, legendaria directora artística. Olivia Russo, maga de la difusión, y Kim VandeWater y Lauren Kostenberger, dínamos del marketing. Jon Howard, por más excelencia editorial. La fabulosa correctora, Jeannie Ng. Estoy sorprendida de toda la pasión que le pones a todos tus proyectos. ¡Y todo lo que logras hacer!

Virginia Allyn, tremendo mapa. John Dismukes, genio de las coronas. Ambos son artistas tan talentosos.

Gracias a Allison Devereux y a Kirsten Wold de Wolf Literary.

Gracias a Amy Stewart, a quien nunca conocí, pero cuyo excelente libro *Plantas malignas: la hierba que mató a la madre de Lincoln y otras atrocidades botánicas* ayudó muchísimo para los venenos. Por supuesto, me tomé muchas libertades, así que no la culpen por los datos tergiversados.

Gracias a la novelista April Genevieve Tucholke por leer un primer borrador y decirme que le gustó.

Gracias a los lectores, los bibliotecarios, los blogueros, los libreros, los *booktubers*, los lamedores de libros (he visto a varios de ustedes: no tengan vergüenza, laman con orgullo).

Gracias a mis padres (¿listos para otro asado de lanzamiento de libro?); a mi hermano, Ryan; y a mi amiga Susan Murray. Gracias a Missy Goldsmith.

Y gracias a Dylan Zoerb, por la buena suerte.